ニューヨークの魂

鬼島紘一

花伝社

■カバー絵――小野純一「**I LOVE NY** New Dream3」
『JUNICHI（ジュンイチ）』（マガジンハウス）より

ニューヨークの魂◆目次

ニューヨークの魂

アフガンの義足士

ニューヨークの魂

1

テロ直撃

二〇〇一年九月十一日、ニューヨークはマンハッタン、午前八時四十五分。

そのとき羽沢広《はざわひろし》（通称ヒロ）はセントラル・パークにも近い七番街の高級ホテルを出て、七番街からブロードウェイを南に向かっていた。彼は、小島玲子と桐島あずさの二人連れの客を九時にそのホテルでピックアップする予定だった。しかし、二人から、早朝にダウンタウンに出たが、約束の時間にホテルまで戻れないのでワールド・トレード・センター（ＷＴＣ）に直接行くと携帯電話に連絡が入った。彼は、二人のうちニューヨークは二度目で地理も少し分かる小島にＷＴＣの南棟の一階ロビーに遅くとも九時三十分までに来るように指示した。そして、彼はそこで二人と落ち合うことにしていた。

ツインタワーになっているＷＴＣの展望台は南棟百七階にあった。二階に展望台へ上るチケット売り場がある。夏季の旅行シーズンには朝早くから行列ができる。すでにニューヨークの観光はシーズンオフに入ってはいたが、十時の開場間近になるとやはり列ができた。ヒロはニューヨークでの滞在時間が短い二人が時間をロスするのはもったいないと思って、早めに南棟へ来るようにと指示したのだ。

朝の早いニューヨークの通りはすでに車で溢れていた。夜は劇場などに向かう観光客で溢れているブロードウェイも、昼間はニューヨークを南北に貫く幹線道路として車の混雑が激しい。彼はこの混雑の中でも、ＷＴＣの南棟に近い駐車場に車を置けば、南棟まで歩いて約束の時間に十分間に合うと計算していた。

車の窓からは普段と全く変わらないニューヨークの街が見えた。今向かっているＷＴＣでこれから世界を揺るがす大事件が起こることなどは全く想像もできなかった。

そのとき、車の上空をかなりの低空でキーンという独特の金属音を残しながら飛行機が通り過ぎるのを感じた。彼は反射的に左ハンドルの上に顔を乗り出すようにして、フロントガラスから右側上空を見上げた。摩天楼の立ち並ぶマンハッタンの空は狭い。彼の視覚は、わずかに垂直尾翼と水平尾翼の一部を捉《とら》えただけであったが、それでもそれがかなり大きな旅客機であることが分かった。

「えっ?」

マンハッタンの上空をこれほどの低空で飛んでいる飛行機というものを見るのは初めてである。彼はなぜこれほど大きな旅客機がこのマンハッタンの上を、しかも信じられないくらいの低空で飛んでいるかが理解できなかった。

「あんなに低くては、ＷＴＣならぶつかるかもしれない」

彼は、そう思いながらも、それが実際に衝突するなどとは想像していなかった。操縦士は当然にそれを回避するだろうと思っていたからだ。

しかし、ものの数分もしないうちに、ロウアー・マンハッタンと呼ばれるブロードウェイの南のほうからけたたましいサイレンの音が聞こえてきた。それでも彼は、さっき上空を通り過ぎた飛行機とこのサイレンの音とを結びつけることができなかった。

ユダヤ系住民が多く住むことで知られているブルックリンのウィリアムスバーグに両親とともに住んでいるマーサ・ヘルツルは、八時四十分過ぎにいつものようにマーシー・アベニュー駅のホームにいた。WTCの証券会社で経理の仕事をしていた彼女は、九時三十分出社のシフトで勤務していた。朝七時には出社している者も珍しくない証券会社では遅い時間である。しかし、この時間にマーシー・アベニューで地下鉄に乗れば、WTCに最も近いコートランド駅までは三十分もかからない。WTCの地下にあるお気に入りのコーヒー・ショップでコーヒーをテイクアウトしても、南棟にあるオフィスには十分間に合った。

彼女が利用している地下鉄は、イースト・リバーの上に架かる鉄道と自動車併用のウィリアムスバーグ・ブリッジを渡ってマンハッタンの地下に入る。

彼女は、乗車するといつもの習慣で左側のドアの前に立った。そこからはブリッジを渡るときにマンハッタン南部の摩天楼が一望にできたからだ。

マーシー・アベニューを出た地下鉄は、すぐにブリッジの上に出る。ブリッジを渡るとき、地下鉄の車輌は、老朽化した鋼鉄製のブリッジに負担をかけないようにするためか速度を大幅に落とす。そのため、彼女はいつも摩天楼の眺めをゆっくりと堪能することができた。昨年、マンハッタンの大学を出て証券会社に就職した彼女は、ウィリアムスバーグ・ブリッジからWTCを眺めるたびに誇らしい気持ちになっていた。

マンハッタンの今日の繁栄は自分と同じユダヤ系の人たちが築き上げた。その中でも、アメリカ経済の中心、いや世界経済の中心と言って良いウォール街はユダヤ人の独壇場とでも言うべき職場である。金融街で働くユダヤ系の知人や友人は多い。彼女の兄も会社は違うがやはりウォール街で働いていた。兄の会社もＷＴＣの北棟の中にあった。彼女もまた金融街を目指し、大学で経済を学んだ。そして、希望の証券会社に就職することができた。念願かなって成績優秀者にのみ与えられる切符を手にしたのだ。それが誇りであった。

「今日はまたいつになく素晴らしい晴天だわ」

電車がブリッジを渡り始めると、雲ひとつない空のもとにいつもと変わらない摩天楼の勇姿が見えて来た。その中でも、抜きん出て高く、きらきらと一際輝いているＷＴＣの二本の超高層ビルは見るたびに彼女の心を躍らせた。そして、その中のオフィスで働けることに無上の喜びを感じていた。

しかし、摩天楼が視野にはっきり捉えられる時間はそう永くはない。ブリッジを支えるための無数の鉄骨と、車道の上に重なっている歩行者用の通路が視界を著しく遮《さえぎ》るからだ。それでも彼女は、切れ切れに見える摩天楼から目を離さなかった。

その彼女の目は、電車の窓を右から左へとマンハッタン上空を超低空で飛んでゆく飛行機を捕らえていた。そして、まさかと思ったときである。橋を支える鉄骨の隙間《すきま》から、その飛行機がＷＴＣに吸い込まれたように見えた。

「ありえないことだわ」

彼女は、自分の目を疑っていた。電車の中には吊革に掴《つか》まってマンハッタン側に顔を向けている乗客もかなりいた。彼女は、そうした人々の誰かがこの光景を見ていただろうかと乗客の顔を窺《うかが》って見た。しかし、摩天楼の光景にさほど注意を払っていなかったのか、誰一人として表情を変えた者はいなかった。

「やはり錯覚だわ」

彼女は、そう信じたい気持ちでもう一度、鉄骨の隙間からWTCの方向を凝視した。そして、それが真実なのか錯覚なのか判然としないまま、電車がブリッジをほぼ渡り切ってマンハッタンに差し掛かったときである。そこから電車は徐々に地下に潜り始めるのだが、ほんの一瞬だけ視界を遮るものがない瞬間がある。WTCがはっきりと見えるのだ。

「あっ！」

彼女は驚愕して、両手で口元を覆った。北棟のかなり高いところから、パッと激しい黒煙が上がっているのが見えたからだ。しかも、煙が上がった位置は彼女の兄が働くカーター・アンド・フィッツウォーター・カンパニーのオフィスがある辺りである。

彼女は、慌ててバッグの中を探り、携帯電話を探し出したが、電車はすでに地下に潜っており、連絡を取ることができなかった。


ヒロが、十四丁目を過ぎてグリニッチ・ビレッジと呼ばれる一角に差し掛かると、前方を消防車が数台サイレンとともにけたたましい勢いで南下して行くのが見えた。それと同時に、通りの左側を歩いていた人々が一斉に、南東の方を心配そうに眺めているのが見えた。車の中からは、彼らが眺めている方向に何があるのか見ることはできなかったが、このとき彼は、さっきの飛行機がWTCかあるいは他のかなり高いビルにぶつかったのではないかと直感した。

「これは大変なことが起きた」

彼は、消防車やパトカーに行く手を塞《ふさ》がれて流れが極端に悪くなった車道を抜け出して、一刻も早くその事故現場を見てみたいと思った。そして、WTCの南棟に近い駐車場まで行くのを諦め、トライベッカと呼ばれる狭い道が入り組んだエリアを巧みに抜けて、北棟に近い駐車場に車を入れた。そこはマンハッタンの最も西を南北に走るウェスト・ストリートを越えたところで、ハドソン川沿いに開発されたバッテリー・パーク・シティのちょうど北側に当たった。そこからWTCまでは五百メートルと離れていないはずである。

駐車場に入るとき、すでに車の窓から前方にそびえる北棟のかなり高いところから朦々《もうもう》とどす黒い煙が勢いよく噴出しているのが見えた。駐車場と北棟との間には、ニューヨーク電話会社のビルがあるが、WTCの半分の高さもない。北棟を眺めるには十分だった。

「おどろいたな。やっぱりWTCだよ」

彼は、車を降りると信じられない気持ちで呆然と見上げた。ビルの屋上から高さの五分の一くらいのところにほぼ水平に、まるで押しつぶされた洞窟の入り口のような不気味な傷口がぽっかりと開いていた。その傷口があたかも巨大な煙突を横にしたように猛烈な煙を吐き出している。辺り一面には、プラスチックが焼けたような匂いが漂って来た。

駐車場には、次々と車が入ってきて、皆、車から降りては驚きの声を上げていた。通りを歩いていた人たちは、やはり驚きとも喚声《かんせい》とも付かない声を上げながら、現場周辺に集まって来た。しばらくすると、黒山になった野次馬の間から、悲鳴のような大声が上がった。

「オー、ゴッド（神様）！」

ヒロはしばらくの間、野次馬たちが一斉に騒ぐ理由が分からなかった。

しかし、人々が指差す先のほうを見ると、ビルの上のほうから人影がまっすぐ下へと落ちてゆくのが見えた。これがまた彼を身震いさせた。あんな高いところから飛び降りて助かるはずがない。それにもかかわらず、次から次へと人が飛び降りるのだ。

飛び込んだ飛行機の爆発で、ＷＴＣの中は火の海になっているのかもしれなかった。人々は逃げ場を失っているに違いない。非常階段にすら到達することができないのかもしれない。彼の目にも、傷口の上に有る数フロアの窓という窓に、人々が張り付いているのが見えた。彼らは下から見上げている自分たちに向かって必死に助けを叫んでいるのかもしれなかった。しかし、彼らを助けることができるのはヘリコプターくらいのものだろう。時間が経てば経つほど、火はさらに上層階に回って救助はますます困難になるに違いないとヒロは心配していた。

野次馬の間から、「ヘリコプターはいないのか？」、「ヘリコプターを呼べ！」と叫び声が上がった。すると、しばらくして上空にヘリコプターが現れた。しかし、煙の勢いはヘリすらも寄せ付けないように見えた。実際、しばらくの間、上空を旋回しながら着陸場所を探していた消防ヘリは、消防本部に、「屋上への着陸は不可能。救出作業はできない」と報告せざるをえなかった。

その間にも、消防本部には、百三階にいた女性から、「わたし妊婦なんです。助けてください！」という悲痛な叫びが入っていた。百七階の「ウィンドウズ・オン・ザ・ワールド」というレストランでは、従業員など百人余りが取り残された。「ここに百人以上いるんだ。だれか助けてくれ！」

しかし、飛行機が激突したところから上の階の救出活動は事実上不可能だった。

ヒロが皆と一緒に心配そうに北棟を見上げていると、こんどはマンハッタンの上空を北から東へと大きく旋回するようにして旅客機がＷＴＣの方向へ向かっているのが見えた。この飛行機も信じられないくらいの超低空で飛んでいる。不気味な低い爆音が彼らの耳にも届いていた。

「あれを見ろ！」

誰かが、東の方向を指で指し示すと、人々の視線はそちらの方向に釘付けになった。

「なんだ一体これは？」

「どういうことなんだ、これは？」

この日に限って、旅客機という旅客機がまるで魔法によってＷＴＣに引き寄せられて来るかのようだ。誰もがこの現実を現実として受け止める能力を失ったかのように呆然としていた。ただ、その飛行機が近づいて来るのを見守るしかなかった。そして、その飛行機もまたＷＴＣに衝突することが間違いないことを確信すると、人々の間に諦めにも似たどよめきが起こった。

「ノオー」

「ノオー」

「オオー」

「ノオオーー」

見物人の悲鳴も虚しく、機影は北棟の向こう側に入って消えた。その後の激しい衝突音と地震のような地響き。そして、一瞬、目の前が眩むほどの激しい閃光。二機目が南棟の中腹から少し上に激突した瞬間だった。

余りの激しい爆発音と閃光にその場にいた人々は、驚いて身を伏せた。そして、恐る恐る上を見上げると、北棟の後方から、今までのものとはあきらかに違う黒煙が朦々と立ち上がるのが見えた。彼らのいる場所からは、北棟が視界を遮って、南棟を直接に見ることはできなかったが、飛行機が衝突したことは明らかだった。そして、煙の勢いは北棟とは比べ物にならないくらいの激しさで噴出しており、それがまた見物人を震え上がらせた。

ヒロはこの事態をどう理解してよいのか分からなかった。とにかくこのニューヨークがなにかによってめちゃくちゃにされそうになっているという激しい恐怖感にとらわれていた。それはそこにいた見物人のだれもが感じていたに違いない。

「テロだ！　これはテロに違いない！」

誰かが、そう叫ぶと、他の人々もそれを復唱するように、「テロだ！」「戦争だ！」「アメリカに対する挑戦だ！」「第二のパールハーバーだ！」と叫んだ。

「パールハーバー」という言葉は、日本人のヒロには堪《こた》えた。いまでもアメリカ人の会話に登場するこの言葉は、卑劣な行為に対する最大限の侮辱を表している。これを聞くと、彼はいたたまれない気持ちになった。

しかし、「テロ」という言葉は、ヒロの混乱した頭の中で、もっともこの事態を説明するにふさわしいものだった。そして、偶然にしてはあまりにも大きすぎる事件を説明する唯一の言葉のように思えた。

2

アラブの富豪、オサマ・ビンラディンを神の分身と崇めるモハメド・アタ、三十三歳は、他の三人の仲間とともにアメリカで飛行機の操縦訓練にあけくれていた。二十人のテロリストのリーダーである彼は、昨日まで、ほとんどのメンバーにテロの最終目標を明らかにしていなかった。そして、昨日になってようやく操縦士役の三人にだけ最終目標がＷＴＣの二棟とホワイト・ハウス、それにペンタゴンの四箇所であることを打ち明けた。操縦士以外の同志にはついにそれは明かされることがなかった。しかし、仮に彼らがそれを打ち明けられたとしても誰一人としてひるむものはなかったであろう。正義のための死は、彼らイスラム原理主義者の望むところであり、それは天国に行く確実な方法だったからだ。自爆テロは最初から覚悟のうえのことだった。アタは彼らの変節を恐れたのではない。必要以上に計画を知らせることで、情報が漏れることを恐れただけのことだった。

九月十一日の早朝八時頃、前後して四機の大型旅客機がアメリカ東部にある三つの主要空港から、いずれもカリフォルニアに向かって飛び立った。飛行機は二機がボーイング七六七型で、ほかの二機は七五七型だった。いずれも満員ではなかったが、大陸横断のために何万ガロンというガソリンを満タンにしていた。

テロリストたちが、この早い時間帯を選んだのは、目標となる建物に従業員が出社している時間で、しかも、飛行機の乗客の数が比較的少ないときを狙ったのである。目標となる建物は、いずれも朝早くから勤勉な従業員たちが出社していることで有名なものばかりだった。飛行機の乗客が少なければ、それだけ抵抗する人間が少なく、成功率がぐんと高まったからだ。

先に、アメリカン航空一一便に乗り込んだアタは、コックピットにも近い前方の席にいた。そして、飛行機が離陸の態勢に入って、乗客にパソコンや携帯電話などの電子機器のスイッチを切るようにアナウンスがあると、彼は後続機にすでに搭乗していたマルワン・アルシェヒに手短に電話を入れた。

「いくぞ、いとこよ」

ローガン空港の管制塔が、アメリカン航空一一便の異常に気づいたのは、機が飛び立ってからまもなくのことだった。

「二人の乗員が刺された。コックピットに一人の男が押し入った。八Dにいた乗客だ。犯人の数はわからない」

緊急に携帯電話で連絡してきた乗員の声は切羽詰っていた。

その頃、ニュー・ハンプシャー州のロチェスター空港を飛び立ってニューヨークの上空に到達していたUSエアー一二三七便は、ラガーディア空港への着陸許可を待ってニューヨークの上空を旋回していた。そのとき機長から機内放送があった。

「ニューヨークの空港はハイジャックのため閉鎖されました」

機内に乗客の驚きが広がった。

ところが、まもなく更にショッキングな放送があった。

「ボストンを飛び立ったアメリカン航空一一便のボーイング七六七型機は、さきほど我々の上空を飛び去ってゆきましたが、残念ながらＷＴＣに激突しました。右側の窓から煙が見えます」

乗客は機の右側の窓に殺到し、窓からＷＴＣに黒煙が上がっているのを見て戦慄を覚えた。


北棟六十二階の証券会社で働いていたミシェル・リーガンは、自分の席から大型旅客機が一直線に自分のほうに向かって飛んでくるのに気が付いていた。

「見て！　飛行機よ！　このビルにぶつかるわ！」

彼女は同僚に危険を知らせるために大声を上げた。飛行機はビルを避ける様子もなく、確信したように機首をまっすぐに向けて飛んで来た。彼女は、それが事故ではなく確実な意思によるものだということを直感した。しかし、もはや逃げる時間はなく、気が付いたときには彼女の事務所からかなり上の部分に大音響とともに衝突していた。机や椅子が弾き飛ばされそうなほどの激しい衝撃と、今までに経験したこともないほどの大きな揺れ。彼女は一九九三年のＷＴＣ地下駐車場爆破事件も経験し、こうしたテロには心構えができていたはずだった。しかし、まったく想像したこともない意表をついた攻撃と、立っていることすらままならない激しい揺れに平常心を失った。

「誰か、助けてえ！」

フロアには、恐怖に怯える彼女の悲鳴が響き渡った。

「全員、ただちに避難しろ！　ただちにだ！」

大声で怒鳴る上司の言葉で、彼女は同僚とともに避難階段を必死に下りはじめた。そして、二回目の大きな揺れを感じたのは、それから約二十分後。彼女らがスプリンクラーの放水で水浸しになった避難階段を四十四階まで逃げて来たときのことだった。その揺れは、二機目が南棟にぶつかったときのものであったが、彼女は、それをあとで知った。


第一機目が衝突したとき、北棟の九十一階にいたシステム・エンジニアのジミー・オルシニーは、さらに激しい爆発音を二度聞いた。飛行機が飛び込んだのは、彼のいたフロアからは五階上の九十六階から百三階である。第一回目の爆発音を聞いたのは、飛行機が飛び込んだ直後で、たちまち上階で作動したと思われるスプリンクラーの水が階段を伝わって降ってきた。避難階段には、飛行機の直撃か、あるいはその爆発にやられたのか、皮膚が焼けただれ、血だらけで助けを求める人が次々と降りてきた。

「いったい全体、何が起きたんだ！」

飛行機が飛び込んだことを知らなかった彼は、上階で爆発テロが起きたと思った。そして、エレベーターで逃げようと、ドアに近づいたところで、二度目の爆発があった。エレベーターのドアが吹き飛び、彼も一緒に吹き飛ばされた。彼はここで死ぬんだと思った。意識が遠のいた。そのとき誰かに助け起こされて避難階段を下りた。彼は全身埃まみれになって、身体のいたるところに血が滲んでいた。

北棟の五十二階で働いていた小さな投資会社のあるマネージャーは、旅客機が飛び込む前にミネソタの妹に「元気か？　朝食は取ったか？」とメールを送ったばかりだった。そのとき窓が大きく振動してビル全体に衝撃が走った。窓の外を無数の破片が飛び散って落ちて行くのが見えた。しかし、彼はこれがこのビルからのものだとは思わなかった。しばらくして、なにか異常があったことは間違いないと同僚とともに階段を降り始めた。すると、そこに妹から携帯電話があった。

「あなたのビルに飛行機がぶつかったのよ！　テレビでやっているわ。とにかく早く逃げて！」

彼は三十二階までくると、煙が充満して二十分ほど動けなくなった。避難階段にいた人々は空気を求めて事務所のフロアへ殺到した。彼もすでに誰もいなくなったフロアへと避難して大きく息を吸った。そして、窓の外を見ると、隣にあるマリオット・ホテルの屋上に人が何人か横たわっているのが見えた。彼はそれがビルの上のほうから落ちてきたものに違いないと思って身震いした。避難階段から地上階にあるプラザへ逃れると、そこは瓦礫とがらくたの山だった。無数の紙くずと靴が散乱し、埃が舞っていた。

二機目の飛行機が南棟に飛び込んだショックで、ヒロはしばらく放心したようになっていた。ところが、気を取り直したところで、激しい驚愕《きょうがく》に襲われた。南棟の下で、小島と桐島の二人と待ち合わせの約束をしていたことを思い出したのだ。彼は、北棟の衝撃的な場面《シーン》を見た瞬間から、待ち合わせのことをすっかり忘れていた。約束は九時三十分で、まだ、二十分ほどあった。しかし、もしかすると二人はすでに到着しているかもしれなかった。

「これは大変だ！」

彼は我に返ると、駐車場を脱兎《だっと》のごとく飛び出して、ウェスト・ストリートを南へと走ろうとした。しかし、そこにはすでに警察官が多数出ていて、行く手を阻まれた。

「大事な客が、南棟の下にいるんだ！」

彼は必死に説明したが、道一杯に広がった警官の一人として耳を貸す者はいなかった。これでは埒《らち》が明かないとみた彼は、まだ警察の警備が手薄な、マレー・ストリートを東に走り、それから、ブロードウェイと平行して南北に走るチャンバー・ストリートを南下しようとした。これを南下すれば、WTC南棟の東隣にある低層の第四ビルに到達し、それを右折すれば南棟の前に出ることを知っていたからだ。

WTCはツインタワーが有名だが、実際は七棟のビルから成る複合開発である。ツインタワーの北棟と南棟が順に第一ビル、第二ビルとなる。第三ビルはマリオット・ホテルのことで南棟の西隣にある。南棟の東隣にある第四ビルから時計と反対回りに第五ビル、第六ビルと比較的低層のビルがツインタワーを取り囲むように建っている。第七ビルは北棟の北側にあるが、間にベッシー・ストリートがあって、ニューヨーク電話会社のビルと連邦政府庁舎に挟まれている。四十七階建てでツインタワーに次ぐ高層ビルである。

しかし、彼はチャンバー・ストリートを連邦政府庁舎の横まで下ったところで、また警官に行く手を遮《さえぎ》られた。彼はさらに東に走って、ブロードウェイを南下すると、マンハッタンでは最古の教会として有名なトリニティ教会の横の辺りを右折して、狭い通りを西に向かって入った。この先の右方向に彼も行ったことのある和食レストランがあって、そこに出れば、南棟は目と鼻の先にあることを知っていたからだ。

この辺りに来ると、鼻をつく匂いがますます強くなった。それにジェット燃料と思われる強い揮発性の匂いが交じり合って、息が苦しい。彼は上着を脱ぐと、それで鼻を覆った。狭い横丁のような通りにも、旅客機の激突で粉々になったビルのガラスか、壁材と思われる塵が降り注ぎ、建物の間から差し込んでくる太陽光線にキラキラ輝いて、無数にただよっていた。彼はそれらの塵も吸い込まないように、上着で口と鼻を覆ったが、目に入ってざらざらと痛い。ぼろぼろと涙が出てきた。

そして、もう少しで和食レストランというところで、こんどは全身を宇宙服のような防護服に包み、戦国武士の兜のように大きなヘルメットを被った大男の消防士に行く手を阻まれた。見ると、レストランの向こう側には小さな消防署があり、外に真っ赤な消防車が出ているのが見えた。その消防署の消防士らしい。

必死だった彼は、ここで大芝居を打った。

「南棟の下に車を置いて来たんだ。その中に赤ん坊がいる。赤ん坊を助けたいんだ!」

「なに? 赤ん坊!」

消防士を驚かせるには十分だった。彼は「急げ!」「ゴー、ゴー」といって、道を開けた。ヒロは嘘をついたのは申し訳ないと思いながらも、二人の客を探すのに必死だった。

彼は消防士に急かされるようにして、南棟の南を東西に走っているリバティ・ストリートに入ろうとしていた。ストリートに入れば、そこからは左手方向に南棟が聳《そび》えているはずだった。しかし、目に飛び込んできたのは、夥《おびただ》しい数の落下物だった。南棟のものと思われる壁面の一部や窓枠と思われる金属製の構造物を始め、旅客機の車輪と思われる大きなタイヤの破片、飛行機の直撃を受けた事務所から吹き飛ばされたと思われる無数の紙片。それに事務所からのものか、旅客機からのものは判然としない黒の皮製のビジネスバッグなど。コンクリート片と思われるごつごつした塊に至っては至る所にころがっている。足の踏み場もないとはこのことだ。それでも彼は、更に通りを西に向かおうとして、少し行ったところで足が止まった。目の前に黒い革靴の片方が落ちていたが、その様子が余りに異様だったからだ。彼はそれが何かを確かめるように凝視して、足がすくんだ。それは靴を履いたままの人間の足がちょうど足首のところから切断されて、靴下が血に染まっていた。

「ウェエー」

彼は言葉にならないうめき声を上げた。しかし、それは辺り一面に落下していた人間の肉片のごく一部でしかなかった。地面に落下した衝撃で潰れたと思われる髪の毛が纏《まと》わりついた頭蓋、血だらけの腕から先の部分、膝から先がない大腿部、腸の部分と思われる埃まみれになったチューブ状の内臓の塊。どれとしてまともな人間の形をしたものがなかった。修羅場とはこのことだろう。

ビルから逃げ出してきた人々は、これらの落下物から目をそむけるようにして走っている。一度目にしたら絶対に忘れることができないほど強烈な光景だった。彼はそれでも落下物を見ないようにしながら、逃げてくる人々と反対の方向に向かって走っていた。途中で何人かの消防士が制止する様子を見せたが、彼ら自身、この事態にうろたえている様子で、ヒロを本気で制止する者はいなかった。彼は必死の形相で逃げてくる人々を避けながら、南棟の広いロビーに入った。いくつかのエレベーターは、ドアが吹き飛んでいて、エレベーターホールの周りは瓦礫の山になっていた。激突した飛行機の爆発がエレベーターのシャフトを伝わって階下にも及んだものと思われる。ロビーの床は、スプリンクラーの放水によるものか水浸しだった。

ロビーには、緊張した様子の消防士らが大勢集まっていて、トランシーバーの無線がひっきりなしに飛び交っていた。こうした災害の現場というものには比較的慣れているはずの消防士たちも、緊張が極限状態にあるのが分かる。無線の声もまるで怒鳴り合いのように大きい。

ロビーには、ビルの周辺に結集した消防自動車から引き込まれたと思われる消防ホースが所狭しととぐろを巻いていた。消防士の何人かはその消防ホースを持つと、決死の覚悟で避難階段を上っていった。ホースを持たない消防士も、背中にボンベを背負って階段を上っていった。ヒロは水浸しのロビーの床に足を取られながらも、ロビーの奥のほうまで探して、そこに彼女らがいないのを確認した。そして、今度はビルから避難する人々と一緒になって一目散にリバティ・ストリートを東に走った。彼は本能的にこんな修羅場に永くいればきっと何かとんでもない危険な目に会うのではないかと感じていた。とにかく一刻も早く、その場を逃れたい一心だった。そして、嘘をついて通してもらった消防署のところまで来ると、そこからさっき来たのと反対方向に向かって裏道を走ろうとしていた。

すると、向こうから髪を振り乱して中年の女性が走ってきた。彼女も、やはり消防士に止められている。

「一歳半の娘を第五ビルのデイケア・センターに預けているのよ！　このままでは死んでしまうわ！」

彼女は半狂乱だった。ここから一ブロック離れたビルにある法律事務所で働いていた彼女は、テレビで事件のことを知ると、財布だけ掴んでビルを飛び出したのだ。

消防士は、ヒロと同じように彼女もまたそこを通過させた。

「ゴー、ゴー、急げ！」

ヒロは、狭い通りで彼女と同じように髪を振り乱してやってくる女性を何人も見た。

3

ヒロは狭い通りに入って、一旦大きく息を吸った。やっと人心地が付いたような気持ちだった。それにしても南棟の下は息も詰まる修羅場だった。彼の脳裏に人間の身体の一部の映像が焼きついて、それを思い出すたびに身震いした。

彼が腕時計を見ると、すでに九時三十分を回っている。もし二人が約束通りに行動しているなら、間違いなくこの近辺にいるはずだった。彼は、二人は地下鉄で来ているに違いないと思った。そして、ＷＴＣの周りにいくつかある地下鉄の出入り口付近にいるのではないかと考えて、自分が知っている出入り口をひとつひとつ当たってみることにした。

狭い通りからブロードウェイに出ると、まず、ウォール・ストリート駅の出入り口を確かめた。出入り口には行き場を失ったような人々が大勢集まっていたが、そこに二人の顔はなかった。そこからブロードウェイを北に少し行くと、フルトン・ストリート駅の出入り口があった。この出入り口を出ると、すぐに北棟が見えるせいか、出入り口近辺には地下から上がって来たばかりの人たちが、上を見上げて驚きの声を上げている。とにかく凄い人だかりで、この中から二人の顔を見つけ出すのは不可能だった。

小島と桐島は、東京にある芸能プロダクションからの依頼で、ヒロが昨日からマンハッタンを案内していた。彼が勤務するマンハッタン・トランス・サービス（ＭＴＳ）は、ニューヨークに来る日本人客の空港への送り迎えや市内の移動などのリムジン・サービスをしている会社である。客は政府関係者や企業の幹部、それに観光客などだが、国連に来る外務省関係者が圧倒的に多い。それもあって事務所は、国連に近いイースト・サイドに構えている。企業ではテレビ局や芸能プロダクションの関係が多い。社長の反町《そりまち》が東京で芸能プロダクションを経営していたことがあり、その筋では名前が知られていた。観光客は大手の旅行代理店から回されて来る下請けの仕事が多い。その他にも、ＭＴＳは旅行代理店業務を行っていて、総勢では二十数人の会社である。

小島と桐島も、反町が付き合いの深かったプロダクションの社員で、二十代の女性たちだった。ロサンゼルスにプロモーション・ビデオの製作に来たが、アメリカは初めてという桐島がどうしてもニューヨークを見たいと言って、ロスからの帰国前に二日ほど休暇を取ってきた。昨日の午後にニューヨークについた二人は、時間がないということもあってＭＴＳのリムジン・サービスを利用して効率よく市内を見て回ろうとしていた。昨日は、五番街を見て回ったあと、オーナーがハリウッドの俳優で日本人にも人気のあるトライベッカの和食レストランに行った。その後、ミュージカルを鑑賞し、ジャズも聴くというハード・スケジュールである。ヒロはその全てに同行していた。もっとも、そういう場合、店の中に一緒に入ることはない。客に同席を求められない限り、寒い冬の最中でも屋外の車の中で待っている。仕事柄、ニューヨークの有名なレストランやクラブはほとんど知っているが、そのうち実際に中に入ったことがあるのはごく僅かだ。

彼女たちは、今日は、ＷＴＣの上から市内を一望したのち、人気のブティックが並ぶマディソン街で買い物をして、午後には東京に帰るという慌《あわただ》しいスケジュールだった。

彼は、万一の場合の連絡用に自分の携帯電話番号を彼女らに伝えてあった。しかし、いまだに連絡がない。そこで、事務所になにか連絡が入っていないか携帯で連絡を取ろうとすると全く繋《つな》がらないことが分かった。この大事件の発生で、携帯電話の使用が集中しパンクしているのだ。彼は仕方なく、街角にある公衆電話を使おうと思ったが、どこも人が列を作って張り付いている。やっと見つけた公衆電話から、会社に電話を入れると事務をしている兼高《かねたか》しずえが出た。

「ヒロさん、いまどこにいるの？　えっ？　まだ、ＷＴＣの近く？　そんなところにいて大丈夫なの？　連絡がつかなくて心配したわ。みなテレビを見ているけど、ヒロさんたちが巻き込まれていないかって大騒ぎだったの」

「ああ、こっちは大変なことになっている。僕は大丈夫だが、待ち合わせをしていた二人と会えないで困っている。そっちに何か連絡は入っていないか？」

「ええ、何も入っていないわ」

社長の反町が、兼高の受話器を奪うようにして電話口に出た。彼は、まもなく五十歳を迎えるが、いつも若やいだ格好をしていて、威勢がいい。

「おい、大丈夫か？　そこからさっさと引き上げたほうがいいぜ」

「ええ、そうしたいんですが、客と会えないんで」

「え？　一緒じゃなかったのか？」

驚いた様子だった。

ヒロは事情を説明した。

「そりゃ、大変だ。しかし、こんな大事件の現場で人を探すこと自体無茶だ。ヒロが、そこまでして探したんだから、こちらに落ち度はない。二人の無事を祈るしかない。これから新たな攻撃があるかもわからないぞ。そこを早く離れろ。ワシントンのペンタゴンにも旅客機が突っ込んだ。ほかにもハイジャックされている飛行機があるらしい」

「ええ？」

ヒロは、テロリストによる攻撃がニューヨークだけでなく、アメリカ全土に広がっていることに言い知れぬ不安を感じていた。


ヒロは、二人を探すことを諦めることにした。ここまでして彼女らを発見できなければ、反町のいうように誰に責められることもないだろう。そう考えて、とにかく駐車場に戻ろうと思った。そして、ブロードウェイを北に歩き始めた。すると、シティ・ホールのある公園のほうからこっちに向かってブロードウェイを走って横断しようとしている二人の小柄な女性の姿が目に入った。

彼は反射的にそっちの方向に走った。間違いない。昨日から案内をしている小島と桐島である。彼が声を掛けると、二人は驚いて、申し訳なさそうな顔をした。

「ああ、すみません。電車が途中で何度も止まって、遅れてしまいました」

二人は、遅れたことを詫びていた。その様子では何が起きているのか知らない様だった。三人が立っているところからではＷＴＣも煙も見えなかった。ただ、夥しい数の野次馬と警官が歩道にも車道にも溢れ、サイレンとクラクションの音が鳴り止まなかった。通りという通りに緊張が走っていた。

「なにかあったんですか？」

年長の小島が訊いた。

「テロがあった。ＷＴＣが二本ともハイジャックされた旅客機に激突された」

「ええ！」

二人は驚いて、両手で口を塞ぎ、互いに顔を見合わせた。

「これから上ろうとしていたＷＴＣですか？」

「そう。危ないところだった」

「信じられませんね」

二人は表情を強張らせた。

「とにかく無事であるのが分かってよかった。この人ごみの中で出会うなんて、幸運を感謝しなくちゃいけない」

「ほんとですね」

二人は、互いに顔を見合わせて少しばかり頬を緩めた。

「とにかく、ここを早く脱出しよう。何があるか分からない。この先の駐車場に車を置いているので、急ごう」

ヒロはそう言って、津波のように押し寄せてくる群衆の間を先導して、先を急いだ。警察による立入規制の範囲はどんどん広くなっていると見えて、一時間前には簡単に通り抜けることができたマレー・ストリートにも多くの警官が出て、規制に当たっていた。彼は、制止した警官にウェスト・ストリートに車を駐車させていると説明しながら、ＩＤ（身分証明書）になっているリムジン・サービスの公式ライセンスを見せた。警官は「用が済んだら、急いで、このエリアから出ろ」と言って、通した。

一般人の進入が規制されているお陰で、通りには警官と消防士以外には人通りがなく、三人はウェスト・ストリートへと一目散に走った。

ウェスト・ストリートに出ると、駐車場の周りにはすでにパトカーが相当数駐車していて、一般の車は入れないようになっていた。ヒロはここでもＩＤを提示して、駐車場へ入ることを認められた。そのときである。

駐車場の周辺をウェスト・ストリート一杯に広がっていた野次馬の群集から、悲鳴に似た大声が一斉に上がった。そのとき三人の左手に見えていたツインタワーの方向から、バリバリという雷鳴のような激しい轟音と振動が伝わって来た。そして、ダムが決壊したような勢いで黒煙がもくもくと上がるのが見えた。三人はツインタワーでいったいなにが起きているのか全くわからなかったが、押し寄せてくる猛煙から逃れる術《すべ》を本能的に探していた。

「早く車の中に入れ！」

ヒロはそう大声で怒鳴りながら、ドアのロックを一斉に外した。まごついている小島と桐島が慌てて後部ドアを開けて中に入り込もうとしたときには、ウェスト・ストリートをまるで台風のような強風が走り、通りの砂と言う砂が舞い上がった。そして、新聞やポスターの類と思われる紙類が一斉に空中を飛んだ。

いち早く、運転席に飛び込んだヒロは、ただちにエンジンを掛けた。しかし、突風のような猛煙は、たちまち辺りを覆い、周囲が暗闇に包まれた。ライトを点けると、猛烈な紙ふぶきが車の前方に向かって飛んで行くのが見える。駐車場の入り口にある「ＰＡＲＫ」と書かれた大きな黄色の看板が吹き飛ばされそうなくらいにかしいでいる。

小島と桐島も、猛烈な風圧で吹き飛ばされそうになりながらも、必死で後部ドアを開けて、車の中に飛び込んだ。

車の窓からは、外の警官たちが、立っていられないような風圧と飛んでくる無数の紙片と闘いながら、パトカーの中に逃げ込んでゆくのが見えた。パトカーに入れない警官たちは一斉に北に向かって逃げ出した。さっきまでツインタワーを遠巻きにしていた群集も蜘蛛の子を散らすようにウェスト・ストリートを北に向かって逃げて行く。その人々の姿は、空中を飛び交う無数の紙片と辺りを蔽う粉塵に遮られて見えなくなった。締め切った車内からは突風が吹き抜けて行く音以外には何も聞こえなかった。ときおり警官らしい男が車の周りで大声で怒鳴っているのがわずかに聞こえるばかりだ。車を包む暗闇と激しい突風。窓から見る混乱した光景がまるでスローモーションビデオのようにゆっくりと見える。その光景もやがて窓に積った埃で見えにくくなった。

やっとのことで後部座席に潜り込んだ小島と桐島は、ドアを閉めたとたんに恐ろしさで泣き出してしまった。お互いに抱き合ったまま、ただぶるぶると震えている。言葉も発せられないくらいに怯えていた。ヒロも泣きたくなった。しかし、彼は、なんとしてもここを脱出しなければならないと思っていた。

彼は、埃で曇ったガラス窓から微かに見える周囲の様子を窺っていた。外は、まるで猛烈な噴煙が通り抜ける煙突の中に放り込まれたような混乱ぶりで、ほとんど何も見えない。ここで車を動かせば、何かに激突して自滅するか、あるいは周辺を逃げ惑う人びとを車で跳ねて、殺人者になるしか選択肢がないように思えた。

(いまは下手に動かないほうがいい)

気が動転しながらも、心の中の冷静な部分が彼をその場に引きとめた。

しかし、粉塵が絶えず降り注いで、ボディやフロント・ガラス、それにサイドドアの窓ガラスなどに付着して、外が見えなくなってきた。まるで雪の中に閉じ込められたようだ。フロント・ガラスに洗浄液を噴射して、ワイパーを掛けても、たちまちにして粉塵で見えなくなった。彼は無駄だと思って、一度で止めた。しばらくして、左サイドの窓ガラスを引き下げると、粉塵がボロボロと落下してゆくのが分かった。窓を開けると、そこから塵が容赦なく車内に吹き込んだ。彼は、あわてて窓ガラスをもとの位置に戻した。車内にはプラスチックが焼けた匂いが充満した。

ヒロは、粉塵が剥がれ落ちた窓ガラスのわずかな隙間から、周囲を見回したが、もはや誰もいなかった。駐車場には何台かパトカーが止まっていた。ほかには何も見えない。ヒロは自分たちだけがこの修羅場に取り残されてしまったような恐怖感に囚《とら》われた。しかし、絶えず降り注ぐ粉塵の中を逃げ出すことは、車の中に留まっているよりはるかに危険なことのように思えた。

ヒロは気を落ち着けようと、FMラジオをつけた。いつも聞いているポップス専門の局だった。ヒット曲を多く流すので、ファンが多い。彼は、ラジオが事件のことを報道しているに違いないと思った。スピーカーから聞きなれたDJの声が聞こえて来たが、いつもとは完全に様子が違っていた。

「崩壊《コラプス》！　崩壊！　南棟《サウスタワー》が崩壊した！」

DJは興奮の余り、絶叫していた。

(崩壊？　南棟が崩壊？　この猛煙はWTCの崩壊で発生したものなのか？)

ヒロは想像だにしなかった事態に驚愕《きょうがく》した。彼は、あの四百メートルの高さの壁を真下から見上げたときの度肝を抜かれるような高さを思い出していた。そして、あんな巨大な建築物が崩壊するということが信じられなかった。

ＤＪは盛んに、「爆発《イクスプロード》」と言う言葉を連発していた。ヒロは、あの巨大なタワーがテロリストによって爆破されたのだと思った。そして、テロリストの凶暴さに改めて戦慄が走った。

「南棟が爆破されたらしい。爆発で崩壊したんだ」

ヒロがそう言うと、後部座席の二人は、恐ろしさでまたすすり上げた。

ヒロは車のエンジンを止めた。このままではエンジンが周りに飛んでいる粉塵を吸って動かなくなってしまうと思ったのだ。あとはバッテリーだけが頼りだった。バッテリーを消耗してしまえば、エンジンを再始動することはできない。ラジオで外の様子を聞くこともできなくなってしまう。彼はバッテリーの消耗をできるだけ少なくするためにヘッドライトも消した。

それから、どのくらいの間、そうしていただろうか。ヒロにはそれが一時間にも二時間にも思えた。車の外は、光も音も失われてしまったかのようだ。ラジオから聞こえるＤＪの声以外には何も聞こえない。ＤＪもマイクの前でうろたえているのが分かる。彼が言葉に詰まって放送がしばらく途切れると、たちまち不気味な静寂の世界が広がった。ヒロは、こうして世界が終わってゆくのかと諦めに似た無力感を覚えていた。

ヒロは、はじめてニューヨークに来たときのことを鮮明に思い出していた。二十代最後の年だった。当時の彼は、なんとなく入った中堅の商社で平凡なサラリーマン生活を送っていた。日本はすでにバブルが弾けて久しく、経済がどこまで落ち込むか誰にも分からないときだった。日常の生活に物足りなさを感じていた彼は、憧れのニューヨークに観光で訪れていた。

彼には、一時の不況から立ち直り、繁栄を極めていたアメリカ、とくにニューヨークはきらきらと輝いて見えた。そして、ＷＴＣの足元に立って、上を見上げたときの驚きと衝撃は、今でも忘れられない。スカイスクレーパーというに相応しい圧倒的な迫力。人間が造ったものとは思えないような神々しいほどの威容。彼はこれがアメリカだ、ニューヨークだと実感した瞬間だった。彼は、その後もＷＴＣの下に立つたびに初めてのときの純粋な感動を思い出していた。彼が、日本を飛び出してここに来たいと思った一因に、そのときの感動が大きく影響していたことは間違いない。そのＷＴＣの一つが崩壊した。それは耐えがたいことだった。彼は、自らの精神的支柱を失ったような無力感に襲われていた。

ヒロはラジオのＤＪが、「ピッツバーグ郊外でハイジャックされたと思われる旅客機が墜落した。テロがアメリカ全土を覆っている」とヒステリックに伝えるのを聞いて、また、恐怖に襲われた。しかし、このことは後部座席で怯えている二人には言わなかった。二人は少しばかり英語ができるようだったが、早口で喋るＤＪが言っていることまではわからないはずだった。滞米五年になる彼ですら、ラジオのＤＪに早口のスラングで捲《ま》くし立てられるとよく分からないことが多かったからだ。しかし、このときのＤＪの言っていることは彼にはよく分かった。彼は、「テロが全土を覆っている」というＤＪの言葉を自分の胸の中に仕舞った。そして、じっと車の外の混乱が収まるのを待っていた。

4

おそらく、彼らがそうして車の中でじっとしていたのは二十分足らずの間であろう。ヒロは、外の突風が収まって来たのを感じていた。この分なら、逃げ出せるかもしれないと思った。そして、フロント・ガラスに洗浄液を吹き付けた。洗浄液はどす黒い濁流となってガラスのうえを流れ落ちた。それをこんどはワイパーで拭き取るという作業を二度、三度繰り返した。

空は相変わらず闇に包まれていたが、一時に比べれば大分明るくなった。フロント・ガラスから見える周囲の景色は一変していた。通りという通りに書類の紙片が散乱していた。まるで雪が降ったあとのようにあらゆるものが埃にまみれていた。人影ひとつない。まるで死の世界のようだ。

それまで激しく降り注いでいた粉塵は、空中を無数に浮遊しているような感じになっていた。空中を舞っていた無数の紙片も、地上に落ち尽くしてしまったようだ。

「まるで廃墟のようですね」

後部座席からフロント・ガラスを覗いた小島が恐ろしそうに声を震わせた。

「しかし、なんとか助かったようだ」

「ほんとですね」

「でも、一時はどうなるかと思いました」

桐島は恐ろしさがこみ上げてくるのか、そう言って、また、泣き出してしまった。

ヒロはドアをおそるおそる開けて見た。屋根に積もった塵がどっと落ちて、座席の上に散った。強烈な匂いが車内に充満した。車の外は夕闇か早朝の薄もやのようだった。彼は車の外に出て、辺りを見回した。警官たちもパトカーから出て来た。そして、ＷＴＣの方へ向かって歩いてゆくのが見えた。通りには逃げ遅れたに違いない人たちが、全身真っ白になって歩いて来た。まるでミイラか何かの行進のように見える。

サイドドアのガラス窓を引き下げると、積もった埃が音を立てて崩れ落ちた。それでも、四枚のサイドドアのガラスを全部引き下げると、それまで暗かった車の中が明るくなった。

彼は試しに、セルモーターを回した。しかし、モーターは喘《あえ》ぐようにして空回りしただけだった。キャブレーターが埃を吸ってしまったに違いない。彼はそれでも二度、三度と試みた。その度に、セルモーターがルルルと空転した。彼が駄目かと諦めかかったときだった。奇跡的にエンジンが掛かった。

「よかったあ」

彼はため息をついた。

小島も桐島も後部座席で、同じように歓声を上げて、安堵のため息をついた。

「逃げよう。いまだ」

そう言うと、彼はスルスルと車を駐車場からウェスト・ストリートに向けて滑らせた。地面には数センチはあると思われる灰が積もっていて、それが濛々と粉塵を上げた。

車が通りを走り始めると、すぐに北に向かって歩いている人たちに追いついた。逃げ遅れて煙に巻き込まれた人たちだ。全身埃まみれだった。埃を大量に吸ったのか、呼吸が苦しそうで、歩くのがやっとという様子だった。

「見て、あの人。血だらけじゃない」

小島が通りすがりの人を見て、気の毒そうに言った。

彼らの右側の歩道を行くサラリーマン風の男は、崩壊した南棟から命からがら逃げてきたのか、ずたずたの服の上に気の毒なくらいに塵が積もっていた。頭や顔から血が流れて、それが埃まみれの服にこびりついているのが分かる。

ヒロは何か救いの手を差し伸べたい気持ちに駆られたが、二人の客を安全なところまで連れて行くことで頭が一杯だった。

　車がさらに進むにつれて空が明るくなってきた。崩壊した南棟の粉塵は少なくとも一キロ以上に渡って、拡散したと思われた。その粉塵の切れ目を超えると、北に向かって大勢の人々が歩いていた。ときおり後方を窺《うかが》いながら歩いている彼らは、崩壊とともに逃げ出した見物人たちであろう。埃もほとんど被っていなかった。

　車は、ウェスト・ストリートをゆるゆると二キロくらいは北上しただろうか。もはや道路に降った粉塵も紙ふぶきも見当たらないあたりに来たところで、ヒロは車をとめた。

「ここで現場のほうを見てみよう」

　ヒロが、そう言いながら後部座席の二人を振り返ると、事件現場を抜け出せたという安堵からか、彼女たちの表情が少しばかり和らいでいた。

「ええ」

　車を降りると、小島と桐島は、埃が積もったヒロの車を驚いたように見つめていた。

「まるで、泥で作った車のようですね」

「まったくだ」

　ヒロも呆れたように見つめていた。

「ガソリンスタンドか、どこかで綺麗にすることはできないんですか？」

　小島は、車が可哀想だというような顔だった。

「この先に、工事現場か何かがあったと思う。そこで水道を貸してもらおう」

　三人は、ＷＴＣがよく見渡せる西側の歩道へと渡った。ウェスト・ストリートは、車の交通が制限されているとみえて南下してくる車はほとんどなかった。三人は広い通りを難なく渡ることができた。

　歩道の上からは、ウェスト・ストリートが南の端のほうまでよく見渡せた。通りの遠くのほうに北棟が見えた。それは、どんよりとした粉塵の雲の上に、激しい黒煙を上げながら立っていた。煙はマンハッタンの西側、ハドソン川を越えてニュージャージーのほうまで延々と広がっていた。

　そして、時間が経つにつれてどんどん激しくなっているように見えた。その北棟の向こうには、南棟の崩壊した現場があるはずだった。彼はいまでもそれが崩壊したというのが信じられなかった。しかし、それが本当に無くなったということは、その方向からでは確かめようがなかった。

「あの雲海のような粉塵の中から逃げて来たのね」

　小島が、よく逃げて来れたというようにため息をついた。

　桐島も、「ええ、ほんとうに」と言って、相槌《あいづち》を打った。

「僕も、ほんとうにどうなることかと思った」

　彼も同じ気持ちだった。

「この分では、もうニューヨークは早く切り上げて、帰国したほうがよさそうですね」

　小島は、予定していたマディソン街でのショッピングを止めたい様子だった。これだけのショックを受ければ、そういう気持ちになるのも当然だった。

　しかし、ヒロは彼女らが今日の便で東京に帰るのは無理ではないかと思った。ラジオのＤＪが、アメリカ連邦航空局が全米の空港を閉鎖すると言っていたからだ。

「それよりも東京行きの便が予定通り出るかが心配だ。全米の空港が閉鎖されるらしい」

「ええ！」

　二人が驚きの声を上げた。そして、また不安そうな顔に戻ってしまった。

「どうしたら良いのかしら?」

東京での予定があるに違いない二人は、困り果てた様子だった。

しばらくして、小島は思い出したように手に抱えていたバッグから小型カメラを取り出すと、WTCの方向にレンズを向けてシャッターを切った。

「凄すぎる経験だったけど、思い出にはなるわね」

そう言いながら、苦笑した。

そして、三人が車に戻ろうとしていたときだった。歩道にいた人々の間から、「オー、オー」という大きな声が上がった。

三人は何だろうと思いながら、WTCの方向を見ると、それまで激しい黒煙を濛々と上げていた北棟が、徐々にその黒煙の中に埋没してゆくのが見えた。

「ええーっ!」

「ほんとう???」

「なんてことだ!」

三人は信じられないというように呆然と立ち尽くした。

北棟はみるみる小さくなって、南棟が崩壊したときのような噴煙を高々と上げながら完全に見えなくなった。

彼らのすぐそばにいた中年の太った黒人女性二人が、「オー、ゴオッド!」と言いながら、抱き合って泣き出してしまった。

ヒロも泣きたい気持ちだった。余りにも悲惨すぎる。余りにも冷酷すぎる。これが現実なのだろうか。この世の中に、神はいなくなってしまったのか。むごすぎる現実だ。

「ひどいわ！」

小島も桐島も、再び瞼をぬぐった。

ヒロの近くにいた四十代に見える大柄な白人は、涙を流しながら拳を振り上げた。

「ちくしょう！　こんな目にあわせたテロリストには必ず報復してやる。アメリカの魂を見せてやる！」

それは、そこに呆然と立ち尽くしていた多くのアメリカ人に共通の気持ちだったに違いない。一人ひとりの顔に、悲しみと同時に強烈な怒りが滲み出ていた。

テロとの闘い

1

ＷＴＣへのテロ攻撃をいち早く伝えたのは、ＡＢＣニュースの特派員、ドン・ダーハーだった。彼は最近までアフリカの内戦を取材していたが、ちょうどＷＴＣの北側の一キロと離れていないトライベッカにあるアパートに戻っていた。この朝、着替えをして出社の準備をしていた彼は、アパートの上空を戦場でよく耳にしたキーンという高音で唸るような爆音が通り過ぎるのを耳にした。そして、その直後にアパートを激しく揺らすほどの爆発音を聞いた。彼は即座にミサイル攻撃だと思った。とっさに階段を上がって、六階建てアパートの屋上に出た。正面のＷＴＣ北棟の北面に大きな穴が開き、黒煙が上がっているのが見えた。彼はただちにテレビ局に携帯電話を入れると、通常番組に割って入った。

「たったいま、ミサイルと思われる攻撃がありました。ＷＴＣ第一ビルの北面に大きな穴が開いています。相当な被害がある模様です」

マンハッタンにあるテレビ局は、次々と通常番組を取りやめ、黒煙を上げているＷＴＣの映像に切り替えた。取材用のヘリがただちに空に舞い上がり、携帯電話で連絡を受けたレポーターたちは自分の車か、あるいはタクシーを捉まえて、ただちに現場に向かった。

ブッシュ大統領は、このときフロリダのサラソタにいた。フロリダ州知事は彼の弟で、フロリダは故郷のテキサスに次いで親しみのあるところである。昨年十二月の大統領選挙で彼は民主党のゴア候補と史上希に見る大接戦のうえ大統領の座についた。その決着をつけたのがこのフロリダだった。開票はやり直しにつぐやり直しの結果、僅差ではあったが、勝ったのである。それ以前からもそうだったが、彼にとっては力を入れているところであった。この日も、地元の小学校を訪れて、愛嬌を振りまいていた。もちろん目当ては、子どもの人気取りではなく、票を落としてくれる親たちである。

この日も、ブッシュ大統領を一目見ようと、二百人の親たちが集まっていた。ブッシュが控室から教室に入ろうとしているとき、大統領お抱えのチーフ・スタッフ、アンディ・カードは、一機目がWTCの北棟に衝突したとの報告を得た。彼は単なる事故だと思った。

報告を聞いたブッシュは、

「なんてへたくそなパイロットだ」

と呆れていた。

何も知らない大統領は、子どもたちが可愛らしい声で教科書を読み上げるのに目を細め、教室の一番前に座って、子どもたちから質問を受けようとしていた。

「みんな、何か、おじさんに聞きたいことがあるかい？」

そのとき、カードが教室に入ってきて、大統領に耳打ちした。

「WTCに二機目が衝突しました。ツインタワーが炎上中です。テロリストの犯行によるものと思われます」

ブッシュの顔色が変わった。そして、小さく頷いたものの、しばらくの間呆然として、小学生の質問にもうつろだった。彼が、テロ後最初のテレビ演説をしたのは、それから三十分ほどしてからだった。

「アメリカは困難に直面している。これはわが国に対する明らかなテロだ。これは戦争だ。テロリストは必ず捕まえて見せる。私は、ただちに、ワシントンに戻って指揮をとる」

しかし、その後、ペンタゴンにも旅客機が激突したことが報告されると、大統領も随行員も顔色を失った。全米がテロリストのターゲットになっていると考えられたからだ。となれば、もっとも攻撃の対象になりやすいのが、大統領関連の施設だ。ホワイト・ハウスはその最たるものである。

随行員のシークレット・サービスは、「ワシントンでは、大統領の身の安全は保障できない」とワシントンに戻ることに反対した。

チェイニー副大統領も、ホワイト・ハウスに戻るというブッシュを思いとどまらせた。

大統領専用機のエア・フォース・ワンは、サラソタを飛び立つと、ワシントンではなく、ルイジアナ州のバークスデール空軍基地を目指して飛んだ。大統領は、ここで午後一時前に記者会見を行った。

「今朝、われわれの自由が姿を見せない卑怯者によって攻撃された。この試練を必ず乗り越えてみせる。テロには屈しない」

ブッシュはエア・フォース・ワンで避難を繰り返しながらも、ホワイト・ハウスの司令室に残っていたチェイニー副大統領と連絡を取り合っていた。そして、戦闘態勢に入っていた。

世界中に散らばっているアメリカ軍が最高度の警戒態勢であるデルタに入った。ワシントンとニューヨークでは州兵が緊急に召集され、アメリカ海軍はジョージ・ワシントンとジョン・F・ケネディ二隻の空母をワシントンとニューヨークの警備と医療のために派遣した。

ブッシュ大統領が、両側を戦闘機に守られながら、エア・フォース・ワンで避難を始め、妻と双子の娘たちも安全な場所へと移動していた頃、ホワイト・ハウスでも職員の避難が始まっていた。

ホワイト・ハウスの前には、全米から訪れる観光客が途切れることがない。このとき観光客のほとんどは、ニューヨークやワシントンで起きていたテロ攻撃を知らなかった。ところが、自分たちの目の前で、ホワイト・ハウスの職員たちが、仕事を投げ出してペンシルバニア・アベニューへと逃げてゆく姿を目撃した。職員の中には、白いエプロン姿のまま逃げ出した食堂のコックたちも混じっていた。

警備員たちが、「来るぞ、来るぞ！　逃げろ！　逃げろ！」と怒鳴っていた。

観光客たちは、政治の中枢部から多くの人々が慌てふためいて飛び出して来たことにショックを受けた。そして、このアメリカに大変なことが起きていることを直感した。

ＷＴＣがあったロウアー・マンハッタンでは、攻撃を受けなかった企業でも大規模な避難が始まった。ロウアー・マンハッタンからハドソン川を渡ってブルックリンに繋がるブルックリン・ブリッジには、避難の人々が殺到し、ニューヨーク・マラソンも比べ物にならないくらいの人波だった。なかには、ＷＴＣ崩壊の中を命からがら逃げて来たと思われる埃まみれの人たちもいた。しかし、多くは周辺の企業や店で働いていた人たちで、二次、三次の攻撃を恐れていた。すでに、地下鉄を始め、マンハッタンの鉄道もバスも完全にストップしていた。公共交通手段を奪われた人々は歩くしかなかった。

このアメリカでの同時多発テロの映像は、世界中に衛星中継され、全世界を呆然とさせた。ところが、この事件を聞いて、歓喜に沸いている国があった。パレスチナである。イスラエルとパレスチナの紛争が続いているエルサレムの西岸では、イスラエルを支援するアメリカが被害甚大な攻撃を受けたことがテレビで放送されると、パレスチナ市民がお祝いに繰り出した。街にはクラッカーが鳴り、祝砲が轟《とどろ》いた。車はクラクションを鳴らし、人びとは歓声を上げて踊った。歓喜に沸き返る市民の表情は、国際映像で世界中に放映された。

「テロリスト、万歳！　テルアビブも攻撃しろ！　イスラエルをやっつけろ！」

「アメリカ人も、これで死の意味を知るだろう！」

市民の一部は、テロリスト集団であるハマスの旗を振って祝った。

「アラー・アクバル（神は偉大なり）！」

「アラー・アクバル！」

しかし、世界中のどのテロリストからも犯行声明も勝利宣言もなかった。アメリカ政府も市民も、見えない敵に不気味なものを感じていた。宣戦布告なしに奇襲を受けたパールハーバーでも、機体には堂々と日の丸の国旗が描かれていた。敵は明らかだった。しかし、今度の襲撃ではテロリストは旅客機もろともビルの藻屑と消えて、ボイスレコーダーひとつ回収できない。テロリストを特定する手がかりはほとんどなかった。

しかし、アメリカ国内では、すでにこのテロには、アメリカと敵対するイスラム勢力が関わっているに違いないとの認識が広まりつつあった。

ブロードウェイを北に行ったアッパー・マンハッタンでアラブ人が経営するレストランには、十人の客が入れ代わり立ち代り現れて、「お前の仲間がやった」と罵声を浴びせた。

同じアッパー・マンハッタンのウェスト・サイド一七七丁目にあるアラブ系の雑貨店では、客のひとりに罵られたパレスチナ人の夫人が「アメリカがイスラエルのテロを支持しているからだ」と非難すると、客同士の怒鳴りあいが始まった。

アップタウンのある食料品店では、十九歳のアラブ人でパレスチナ出身のある学生が、「私はこれは悪いことだと思う。しかし、アメリカ人は何かを感じ取らなければならない。もし我々が殺されれば、殺したやつらは仕返しされるということを。イスラエルを支持するのをやめろ！」と叫んで、客の袋叩きにあった。

ダウンタウンにあるアラブ系レストランのオーナーは、何人かの客にののしられると、「これはアラブ人のしわざじゃない。オクラホマを思い出せ」と客たちの過剰反応を牽制した。一九九五年に起きたオクラホマの爆破事件では、やはりイスラム教徒が犯人と疑われ、モスクが攻撃された。しかし、実際の犯人はアメリカ人の青年であったことをオーナーは言っていたのだ。

イースト・ビレッジでは、九年前にエジプトから移住してきたタクシー運転手が途方に暮れていた。

「私は車を止めて泣きたい。この国を愛しているんだ。アメリカは誰でも助けてくれた。アメリカに栄光あれ！」

この人種的迫害の中で、ユダヤ系でありながらイスラム教徒でもあるアメリカ人は困惑していた。テレビの映像でパレスチナ占領地の人々が歓喜の声を上げ、クラクションを鳴らして大喜びをしている姿を見て深刻な面持ちだった。

「こうして喜んでいるということは彼らが我々の敵だということではないのか？　イスラム教徒の彼らがこの事件の背後にいるということなのか？」

アメリカのイスラム教徒たちは自分たちの居場所がなくなることを心配していた。

こうしたパレスチナからの映像にもかかわらず、ニューヨークのイスラム教徒とアラブ人の多くは、アメリカ人と同じように反応していた。仲間に献血を呼びかけ、イスラム教徒の医者は救護にあたった。

「我々はアメリカ国民の一部であることを示さなければならない」

しかし、全米でアラブ系住民への人種迫害が始まった。イスラム教徒のモスクには酒瓶が投げ込まれたり、爆弾予告があったりと嫌がらせが絶えず、アラブ系住民の家では子どもを外に出せない事態が起きていた。

全米で著名なイスラム教の指導者は次々と信者から不安を訴える電話を受けていた。

「アメリカは我々を日本人のように収容所に送るつもりなのか？」

アメリカのイスラム社会に大きな不安が広がっていた。

2

小島と桐島の二人をホテルに送り届けたヒロは、そこから事務所に電話を入れた。反町らが心配しているに違いないと思ったからだ。

「ヒロさん、いまどこ？」

事務の兼高だった。

「いまホテルに着いたところだ。二人を無事送り届けた」

「そうだったの。帰りが遅いから心配したわよ」

ほっとしたような声だった。

「おお、大丈夫だったか？　連絡がないんで心配した」

反町だった。

「南棟の崩壊に巻き込まれて、身動きが取れませんでした」

「ええ！」

反町は驚いた様子だった。そして、

「とにかく早く戻って来い」と言った。

ヒロが事務所に戻ると、すでに何人かの同僚ドライバーが戻っていて、一斉に声を上げた。

「おおー、無事だったか」

「よかったなあ、無事で」

部屋の一番奥に座っていた反町も机を立って出てきた。

「おお、ご苦労さんだった」

「ええ、ひどい目に遭いました。電話でここに連絡したあと、二人の客と偶然会うことができたんです。そして、一緒に逃げるところで、ビルの崩壊に巻き込まれました。それでしばらく身動きができなくなって、もう死ぬかと思いました」

反町も同僚たちも、それを聞いて驚いた。

「とにかく無事でよかった。いや、ほんとに心配したよ。テレビで見ていても凄い崩壊だったからね。君から連絡がないものだから、まさか巻き込まれていやしないかとみんなで心配していた」

「すみません。連絡するどころではなかったものですから」

「それはそうだろうな。しかし、東京のMプロからは、社長が二人の安否を心配してなんども電話してくるものだから大変だった」

　Mプロは小島と桐島が所属する芸能プロダクションだった。

「とにかく、日本でも事件直後からテレビ各局がこの事件を報道していて、この報道一色らしい。ニューヨークには駐在員も多いし、なにしろ、どの企業もエリート社員を送っているから、安否の確認に必死になっている」

「日本人でも事件に巻き込まれた人が大勢いるみたいよ。WTCに入っていた都市銀行の従業員や、出張中のシンクタンクの人も何人か巻き込まれたらしいんですって」

　兼高だった。

　WTCには日本を代表する都市銀行が多数入っていた。ヒロも日本から出張してくる銀行幹部のエスコートを何度かしたことがある。彼が知っているだけでも、富士銀行、第一勧業銀行、住友海上火災などがあった。確か、富士銀行が南棟の八十階前後に入居していたはずだと、ヒロは思い出していた。

　この事件の余波で、日本からの出張者のキャンセルが相次いだ。MTSもその日の午後に二件ほど空港で出迎える予定が入っていたが、いずれも客はカナダのバンクーバーで足止めを食って、ニューヨークに入って来ることができなかった。明日から来週に掛けての分はすべてキャンセルが入った。

「こんなことは初めてだ」

反町は頭を抱えていた。これだけ大きな事件になれば、これから先どれほどの影響が出るか想像も付かなかった。

午後になると、早々にドライバーたちが戻って来た。いずれも企業の幹部たちをニュージャージーやブロンクスなどへ案内していたが、マンハッタンの橋やトンネルが封鎖されていることを知ると、慌てて戻って来た。彼らは、わずかに通ることができたハーレム川の上に架かる橋を渡って、戻って来たのだった。

「わあ、ひどいことになっているねえ。こんなにすごいとは思わなかった」

車で走り回っていて、状況を詳しく知らなかった彼らは、事務所のテレビが旅客機の激突やビル崩壊のシーンを繰り返し放映しているのを見て、一様に驚いた。

「今日は開店休業だな」

事務所で一番古い社員で取締役をしている黒金一郎だった。年齢は反町よりも上だったが、古くからの友人で、ＭＴＳの設立にも加わっている。会社では主にリムジン・サービスのほうを見ていたが、胡麻塩頭で眼光が鋭く、社員に睨みが効いた。いわば番頭役のような存在だった。

「とにかくこんな状況では、車は動かせない。何か情報が入ったら連絡するので、今日は帰っていいぞ」

会社は、リムジン・サービスと旅行代理店業務でほぼ二分されていた。リムジン・サービスをする社員は会社ではドライバーと呼ばれていた。反町と黒金も繁忙期には自らハンドルを握る。反町と黒金を除けば、十年以上ドライバーを続けているのは、グリーンカード（永住権）を持っている島村孝史《たかし》だけで、あとはヒロが五年で一番永い。大抵は、二、三年で辞めて行く。アメリカの大学を出て、しばらくこちらで働いてみたいとか、俳優を志望して渡米したものの生活ができなくて、ロサンゼルスから流れて来たような社員もいた。ほかに観光シーズンの繁忙期や突発的な対応などに備えて声を掛けてあるアルバイトが四、五名いる。アルバイトはいずれも学生などで定職がない連中である。

社員といっても、反町、黒金、島村以外のドライバーは時間給である。仕事がなければ、ごく僅かなベース以外給料は一切払われない。時間給のドライバーたちは観光シーズンの繁忙期に朝早くから夜遅くまで働いて給料を少し蓄え、閑散期には少ない給料で耐えるという生活を繰り返している。

必要以上の金を払いたくない黒金は、時間給の彼らを早く返したいのだ。もっとも、彼らが時間給にカウントせずに、事務所に残るのは勝手である。早く帰っても仕方がない二、三人を残して、あとは全員帰宅した。

ヒロは、会社からも近いイースト・サイド三十八丁目のアパートに住んでいた。このあたりはミッドタウンの中でもマレー・ヒルと呼ばれる一角である。地名の由来は、イギリス植民地時代にここにロバート・マレーが別荘を持っていたからだという。ヒロは、このロバート・マレーがどういう人物かは知らなかったが、ロウアー・マンハッタンのＷＴＣ近くには同姓が付いたマレー・ストリートがある。偶然かもしれないが、この通りに住んでいた金持ちではないかと想像していた。マレー・ヒルにはロウアー・マンハッタンの金持ちが所有する別荘が多かったらしい。五番街にデパートなどの高級店が並ぶようになってからは、マレー・ヒルにアッパーと呼ばれる金持ちたちが住み着くようになった。五番街が目と鼻の先で、歩いても行けたからだ。今では、そうした金持ちたちは、もっと北のアッパー・イーストに移っているが、それでもまだ人気の高いエリアである。パーク街からイースト・リバーに向かってなだらかな斜面になっており、高層アパートからは、イースト・リバーを眺めることができる。高級アパートの多いエリアであるが、彼のアパートは、高級アパートに挟まれて取り残されたように建っていた安アパートだった。間取りは日本風にいえば一ＬＤＫであるが、それでも日本のものよりはずっと広い。ここにサチこと西村幸子と一緒に住んでいた。

彼が戻ると、机の上にメモがあった。

『心配しています。帰ったらすぐに連絡してください』

イースト・サイド四十五丁目にある日本料理店で事務の仕事をしているサチは、事件のことを知ってヒロと連絡を取ろうとしていたに違いない。

ヒロが店の事務所に電話を入れると、彼女がすぐに出た。

「ああ、無事だったのね」

彼女は胸をなでおろしたようだった。

「今日は朝からＷＴＣに行くと言っていたから、心配したのよ。携帯は通じないし、わたし、気が狂いそうだった」

「ごめん、心配を掛けて。でも、会社のほうに電話を掛ければ良かったじゃないか。会社にはちゃんと無事を連絡してあったんだから」

「だってえ」

ヒロとサチが同棲していることは誰にも秘密だった。サチは会社に電話して、どういう関係なのかを聞かれるのが嫌だったのだ。以前にも一度、彼女が会社に電話をしたことがあって、兼高に関係をしつこく聞かれて嫌になったと言っていたことがある。

もともとサチは、MTSで働いていた。兼高の二代前だから二人は互いに面識はない。サチも、やはり事務の仕事をしていた。反町も黒金もよく知っていた。

ヒロがニューヨークに来てMTSで働き始めたとき、サチは彼よりも少し前からそこで働いていた。ニューヨークの大学を中退したばかりの十九歳のときである。すでに三十歳になっていたヒロから見ると、まだ、幼く見えた。しかも、大学を中退したばかりということもあるのか、仕事も投げやりに見えた。笑顔もなく、ヒロには気ままな小娘が、ニューヨークでちょっとした小遣い欲しさにアルバイトをしている程度にしか見えなかった。親しく話をした記憶もなかった。確か、彼女はそれから三ヶ月くらいで会社を辞めていた。

その彼女と再会したのは、二年前のことだった。ヒロは、五番街で買い物をしている客待ちの間に、近くにあるハードロック・カフェに入った。そして、コーヒーを飲んでいたときだった。店に入ってきた日本人の女性にどこか見覚えがあると思っていたら、彼女のほうからきさくに声を掛けてきた。

「あら、ヒロさん。きょうはお仕事じゃないんですか?」

ヒロは一瞬、彼女を思い出せなくて戸惑った。

「西村よ。西村幸子」

彼女が名乗った。

「ああ、なんだサチじゃないか。ずいぶん変わったんで、分からなかった」

実際、彼女は以前の印象とは大分変わっていた。すっかり大人になって、表情も活き活きとしていた。そして、なによりも希望に溢れているように見えた。

ヒロが席を勧めると、彼女は向かい合って座った。

「お元気でした？　仕事は相変わらずＭＴＳですか？　順調なんですか？」

矢継ぎ早に質問する表情にも活気がある。

「仕事は相変わらずだよ。まあ、仕事にも慣れてきて、順調な部類かな」

「ヒロさんはまじめだったから、大丈夫よね。あそこの人たちって少し変わった人多かったものね」

彼女はそう言って、笑った。

「ええ？」

ヒロは、会社の人間が特別変わっているという意識がなかったから意外に思った。

「だって、社長は個性が強いし、黒金はすけべで大っ嫌い。それにみんな勝手で、まとまりがないでしょ。すぐに会社を辞めてしまう人も多いし」

ヒロは、そう言われてみればそうかなと苦笑した。

「でも、ヒロさんは違うわよ」

サチは、慌ててヒロのことではないと言い訳した。

「いいよ。僕だって日本からサラリーマンを辞めて来たんだから、変わり者と思われても仕方が無い」

「ううん、そんなふうになんて思っていないわよ。あの会社では、ヒロさんが一番まともだったわ」

ヒロは、そう持ち上げられて、また苦笑した。

「そう言われたから言うんじゃないが、きみも変わったね。活き活きとしているじゃないか」

「そう、ありがとう」

サチは誉められたことが嬉しいのか、素直に笑顔を浮かべた。

「いまはどうしているの？」

「夜働きながら、昼間はこの上でレッスンを受けているのよ」

「えっ？　この上って？」

「この上が、ダンス・スクールになっているのよ。ミュージカルの勉強をしているの」

「へえ」

彼はときおりこのカフェは利用していたが、ビルの中にダンス・スクールが同居していたことは知らなかった。

「それで活き活きとしているんだ。目標があるんだね」

「ええ、まあ」

彼女はそう言って、笑った。

「一度、くわしく話を聞かせてよ。ぼくは仕事があるからもう出なくちゃいけない。連絡先だけ教えてよ」

彼女は臆面もなく電話番号を教えた。

それ以来、ふたりは何度か会っていたが、しばらくして同棲するようになった。

彼女は、それまでブルックリンに住んでいて、国連ビルにも近いパブで夜働いていた。しかし、彼と一緒に住むようになってからは、今の事務所で昼間働いて夜にスクールに通うようになった。これなら昼間の仕事が終わって、スクールに行く前にヒロの食事の用意ができたからだ。彼女の給料は減ったが、ヒロの稼ぎと合わせれば、生活はできた。

3

夕方帰って来たサチは、今日の事件がショックだったとみえて、スクールに行くかどうか迷っていた。彼女にしては珍しいことだった。もっとも、彼女が念のためにスクールに電話すると、今日はやっていないということだった。

「そうよね。こんなときにスクールもやっていられないわよね。でもショック。わたしの好きなニューヨークがこんなになってしまったんですもの」

今日は、彼女の事務所でも事件のことで大変だったらしい。彼女が勤める料理店はもともとタイムズ・スクエア近くのラーメン屋で成功し、いまではラーメンだけでなく、とんかつや定食など幅広く店を展開していた。ニューヨークだけでも五店舗、ロサンゼルスやサンフランシスコなどにも進出していた。イースト・サイド四十五丁目では定食屋を開いており、サチと同棲する前には、ヒロもよく行った店である。サチが働いている事務所はその店に近いところにあった。

聞けば、WTCの地下にあるショッピング街にあった店が被災したという。WTCのビジネスマンにも人気の店で売上が最も良かったらしい。ヒロも一度そこで食事をしたことがあった。食事ができるだけでなく、ランチボックスを持ち帰ることができて、昼時は列ができていたのを覚えている。

「従業員に怪我はなかったの？」

「ええ、幸い開店前の早い時間だったから、下ごしらえをするメキシコ人などが何人かいただけだったの」

「それでも人がいたんだ」

「ええ、それがね。何が幸いするか分からないものね。彼らは移住してきた人がほとんどだったから、英語がよくわからないのよ。ところが、最初に飛行機が激突して激しい振動があったからおかしいと思って、すぐに逃げようとしたのね。そうしたら、安全だから、元に戻りなさいと館内放送があったらしいの」

「へえ！」

ヒロはあれほどの大事件のときに、元に戻りなさいという指示があったということが信じられなかった。

「それがね。彼らは英語が聞き取れないものだから、とにかく逃げようと言って地下から地上に出たのよ。そのとき、館内放送を聞いて、何人か仕事場に戻る人たちを見たんですって」

「でも、彼らは事情が分からないまま逃げたのがよかったんだ」

「ええ、ほんとうに」

ヒロは複雑な表情だった。そして、あれほどの事件で、「戻れ」と指示を出したのは殺人行為にも等しいのではないかと怒りを覚えた。

テレビは、ツインタワーばかりでなく、五号館も七号館も崩壊したことを告げていた。

「ああ、ひどい。めちゃくちゃだわね」

サチは改めて落胆していた。

「あ、ルディだわ。今日は、事件直後から現場に姿を現したり、陣頭指揮を取ったりで、一生懸命やっているわね」

　サチは、テレビに出て来たルドルフ・ジュリアーニ市長を彼の愛称で呼んだ。彼女は彼のファンなのだ。

　ジュリアーニ市長は、今年で二期目の任期を終えようとしていた。その在任中に、全米一治安が悪いと言われていたニューヨークで、犯罪率を大幅に減少させるなど数々の成果を上げた。その強権的手法ゆえにニューヨークの皇帝と呼ばれていたが、市民の圧倒的人気を誇っていた。しかし、最近はスキャンダル続きでその人気にも翳《かげ》りが見えていた。

　昨年の上院選では、一度は、ヒラリー・クリントンと争っていた。しかし、マスコミによって恋人との不倫をすっぱ抜かれ、あっさりと出馬を断念してしまった。それ以来、人気は急落した。いわば、今回のテロ事件の前に、彼自身がテロ並のマスコミ攻撃によって崩壊寸前のところまで追いやられていたのである。


　この日の朝、ジュリアーニは知人と五番街にあるペニンシュラ・ホテルで朝食を取っていた。そこで事件の一報を受け取ると、ただちにＷＴＣへ向かった。そして、二機目がＷＴＣに激突する場面に遭遇した。

「車でＷＴＣに近づいたとき、わたしは南棟が炎に包まれるのをこの目で見たんです。壁に大きな穴が開き、何人もの人が飛び降りて来るのを見ました」

　テレビの取材を受けていたジュリアーニは、これが現実のことなのかと呆然としていた。

　この事件がテロであることを確信した彼は、まず、第七ビルの危機管理センターに向かった。ところが、一千三百万ドルも掛けたこのシェルターは職員が避難して閉鎖されてしまっていた。彼はケリック警視総監とともに、三ブロックほど歩いてウェスト・ストリートに面していた消防署の臨時の司令室に入り、そこで指揮をとることにした。ここで彼はペンタゴンにも飛行機が激突したことと、ホワイト・ハウスで避難が始まっていることを知って、絶望的な気持ちになっていた。しかし、ここも安全ではなかった。南棟の崩壊が始まると、建物は地震の直撃を受けたように激しく揺れ、部屋の中に真っ黒な煙と埃が容赦なく吹き込んできた。外に出た彼は、信じられない光景を目にした。まるで原子爆弾が投下されたような物凄い煙が上がっているのが見えた。もはや逃げるしかないと思った。一度は建物の地下に逃げ込もうとしたが、全ての部屋に鍵が掛かっていた。慌てて階段を駆け上がったときは、更に状況が悪くなっていた。通りにある全ての物が舞い上がり、とても外に出られる状況ではなかった。

「駄目だ。逃げられない！」

ジュリアーニは、絶望的になった。

そのとき、ビルの中に飛び込んできた男たちがいた。

「この建物の地下に、チャーチ・ストリートへ逃げる地下道がある」

ジュリアーニは、ケリックら数人の警官とともに再び地下に下りると、その男たちと一緒に地下道を必死に逃げた。地上に出たのは、ＷＴＣの東側にあるチャーチ・ストリートに面したビルからだった。

警官らは、ジュリアーニにしばらく外が収まるまでそのビルの中で待機していたほうが良いと進言した。しかし、彼は「早く通信手段を確保して、市の機能を回復しなければならない。ここに留まって死ぬより、外で死んだほうがましだ」と言って、ビルを飛び出すと、北へ向かって歩き始めた。警官たちは仕方なく彼を追った。ジュリアーニは、煙と埃の中で通りを歩いている人たちを見ると、「北へ歩け！」と声を掛けて、励ましていた。通りには、書類が散乱し、数センチの埃が真っ白に積もっていた。

チャーチ・ストリートを北に行ったウェスト・サイド二十丁目にある警察学校博物館に司令室を置いたジュリアーニは、ただちに、ラジオ放送で、人々に北へ避難するようにと呼びかけた。彼と一緒に前立腺癌と闘った恋人で看護婦のジュディスは、通りという通りでボリュームを一杯に上げてラジオのニュースを人びとが流しているのを聞いていた。ジュリアーニの健康を人一倍心配していた彼女は、ラジオから彼が落ち着いた声で、市民に呼びかけているのを聞いて、安心した。そして、

「無事だったんだわ！」

とほっと胸をなでおろした。それから、ジュリアーニがいる警察学校博物館へと向かった。

ジュリアーニはここで多くの情報に接した。友人だったバーバラ・オルソンがハイジャック機の犠牲になったことを知ったのを始め、親しい知人や有能な部下たちが大勢犠牲になったことを知って、愕然とした。

彼は午後になると、十二丁目にあるセント・ビンセント病院を訪れ、次から次へと運び込まれる怪我人に声を掛けて励ましていた。献血に訪れ、列を成している市民たちには感謝の言葉を投げた。そして、被害の状況をつぶさに把握していた。

「いったい人間が、他の人間に対してこんな恐ろしいことができるものだろうか？」

彼に付き添っていたジュディスは、彼がなんどもそう呟くのを聞いていた。

ジュリアーニは、ライトに照らし出された瓦礫の前で、テレビカメラに向かっていた。

「懸命の救出活動を続けているが、死者は六千人を下らないだろう。さきほど五千人分の棺桶を準備するように命じたが、今は六千人分のボディバッグを準備させている」

ジュリアーニは悲痛な面持ちだった。

「棺桶ではなくて、ボディバッグですって。どういうこと?」

サチは怪訝な顔をした。

「部分遺体が多いんだよ、きっと」

ヒロは、南棟で目撃した惨劇の場面を思い出していた。ただひとつとしてまともな遺体が無かった。彼がそのときの様子を彼女に話すと、彼女は身震いした。

「ああ、こわい」

「しかし、百五十万トンとも言われる瓦礫だろ。その瓦礫の中から生存者を発見するのは容易ではないな。遺体だって、全部探し出すのは不可能だと思う」

ヒロは諦め顔だった。

テレビの現場中継は、煌々と照らし出されるライトの中で濛々と煙を上げる瓦礫の山を映し出していた。そこには、放水を繰り返しながら、黙々と救出作業を続ける消防士の姿があった。消防士はニューヨークばかりでなく、ニュージャージーやマサチューセッツ、それにノースカロライナなどからも来ているという。

テレビは、ニューヨークの病院に殺到した献血者の行列を映し出していた。WTCの近くにある教会などで、怪我人の救護に当たる医療関係者や市民などの姿も映し出されていた。

「こんなに大勢の人びとが助け合っているニューヨークの姿は初めてだわね。ニューヨークの人たちはお互いに競争はし合っても、助け合うことは嫌いな人たちだと思っていた。でも、きっとニューヨークは立ち直るわね。これだけ多くの人たちが協力し合っているんだもの」

サチはなにか役に立つことはできないかと献身的になっている人びとの姿に心打たれるものを感じていたようだった。

それはヒロも同じだった。


二人が夕食の片付けをしている頃になって、テレビにブッシュ大統領が現れた。時計を見ると、午後八時三十分だった。エア・フォース・ワンで避難の飛行を続けていた彼は、ようやくホワイト・ハウスに戻り、執務室であるオーバル・オフィスからテレビ演説を始めたのだ。

「こんばんは、みなさん」

ブッシュの顔は心なしか青ざめて見えた。

「本日、われわれアメリカ国民の生活と自由は、テロリストの周到な一連の行動によって攻撃されました。数千人の命が悪魔の手によって突然失われたのです。こうした大量殺戮はわが国民を混乱と失望に陥れようとしたものです。しかしながら、この国を混乱に陥れようとした彼らの試みは完全に失敗しました。われわれの国は強い。いかなる脅威によってもアメリカの根幹を揺るがすことはできない。犯人は探し出して、必ず法の裁きを受けさせる」

ブッシュ大統領は、国民に結束を呼びかけ、報復を誓った。

テレビは、WTCで働いていた従業員の家族らが、必死で被災者の消息を探す姿も映し出していた。それぞれが探している者の写真や特徴を記載したコピーを手に手に持って、それを現場近くに設置された掲示板や、人目につき易い塀や柱など手当たり次第に貼り付けていた。その数の多さに人びとの必死の想いが伝わって来た。

4

ヒロは現場に近いところまで行ってみたいと思った。

「ちょっと外に出て、現場に近いところまで行ってみるけど、サチはどうする？」

「ええ？　危ないいんじゃない？」

「大丈夫だろ。テロももうないみたいだし」

「わたしはやめとくわ。でも、地下鉄は動いているの？」

「マンハッタンの南のほうを除いて動いているらしい。どっちみちそんなに近くまでは行く気はないよ」

「そうよ。余り現場には近づかないほうがいいわよ。じゃあ、気をつけてね」

ヒロがカメラの用意などして出かけようとすると、

「やっぱりわたしも行くわ」

サチが寝室から声を掛けた。

ふたりは一ＬＤＫの部屋をそれぞれ共同で使っていたが、主に寝室をサチが、主に居間をヒロが使うという棲み分けをしていた。

サチは寝室で着替えると、お気に入りのポシェットを手に出て来た。

二人が地下鉄に乗るときは、四十二丁目にあるグランド・セントラル駅が一番近い。ここは鉄道のターミナルであるが、地下鉄の便も良い。マンハッタンの南北を貫く四号線、五号線、六号線の各ラインが走り、クィーンズに行く七号線も走っている。タイムズ・スクエアとの間にはシャトル便も頻繁に走っていて、使い勝手の良い駅である。

二人は十四丁目以南は封鎖になっていて動けないだろうから、十四丁目のユニオン・スクエア辺りまで行ってみようと打ち合わせていた。

グランド・セントラル駅はボザール様式と呼ばれる格調高い建築様式を持った堂々たる建築物である。映画の名場面にもしばしば登場するが、竣工以来すでに九十年近く経って、老朽化が進んでいた。それが数年間に渡って大修理が行われていた。一昨年にリニューアル・オープンしたが、従来の格調を残したまま、ピカピカの駅に生まれ変わった。

二人にとって最もうれしかったのが、地下に大規模なレストラン街ができたことと、一階に大きなショッピング・モールができたことだった。レストラン街にはデリ風の屋台が一杯できて、ベーグルやサンドイッチの類はもとより、肉料理やサラダそれにくだものなどありとあらゆるものを買うことができた。二人には休日のお昼などで、ちょっとした食事をするのにちょうどよかった。ショッピング・モールには、野菜やくだもの、それに肉やさかななどを売る店もできて便利だった。マレー・ヒルはマンハッタンの中心部にあるだけにスーパーマーケットが少なく、こうした買い物には不便だった。それが一辺に解消されたのだ。これらは、サチの事務所からアパートへ帰る途中にあって、彼女が一番喜んでいた。

駅の構内にある高い天井には、まるでプラネタリウムのように星座が描かれている。クリスマス・シーズンになると、この星座の上に、レーザー光線を使った様々な絵模様が映し出されて幻想的である。

二人は生まれ変わったこの駅が以前に増して好きになってしまった。

この駅も、今日の昼間はテロに備えて厳戒態勢が敷かれていたらしい。午後までは閉鎖されていたが、夜になって自由に入れるようになった。二人が地下鉄の構内に入ると、普段ならここは大道芸人たちの天国だった。天井が高く、広い構内にはいたるところにちょっとしたコーナーがあって、夜になるとここに世界中から様々な芸人たちがやって来た。もちろんニューヨークのミュージシャンと思われるグループもあった。ここでは時間があれば面白そうな芸を只で見ることができた。もちろん彼らもこれで生活している訳だから、面白いものがあったら、集金箱に一ドルも放り込んでおけば良い。

「さすがに今日は大道芸人たちもいないわね」

たしかにいつもならあちこちから煩いくらいに楽器の音色や歌声が聞こえてくるのに、気持ち悪いくらいに静かだ。ただ、電車の出入りする音が聞こえるばかりであった。

「今日ばかりは芸人も馬鹿騒ぎはできないだろうね。通行人だって、聞く気もしないだろうしね」

二人はいつになく静かな構内でダウンタウンに行く電車に乗った。

この地下鉄もジュリアーニ市長になってから大きく変わったものの一つであろう。以前は、汚い落書きは有名であったし、駅構内や車内での暴力や犯罪が後を絶たなかった。しかし、どの車両も見違えるほどに綺麗になったし、犯罪も減った。夜でも比較的安心して利用できるようになったのは有難かった。

ユニオン・スクエアは南北を十四丁目と十七丁目に挟まれ、東西をブロードウェイとパーク街に囲まれた落ち着きのある公園である。公園の北側にはリンカーンの銅像があり、南側にはワシントンの騎馬像がある。地下鉄の出入り口が公園の周りにあるが、洒落た帽子のような屋根が印象的である。普段は公園のベンチで読書を楽しむ人たちの姿をちらほら見るくらいだったが、この日は違った。十四丁目以南への侵入を阻止されたためか、身内や知人の消息を求める人たちや、この事件を悼む人たちがここに集まっていた。

ふたりが地下鉄の出入り口を出るとすぐに無数のチラシが目に入った。チラシには必ずと言ってよいほど、犠牲になった人々の写真が入っていた。

「うわあ、色々なチラシがあるわ。それにしても凄い数」

チラシの数だけを見ても、犠牲者の数がとてつもなく多いことが分った。

チラシは駅の出入り口から公園のフェンスや樹木に至るまで、貼れると思われるところにはいたるところに貼られていた。チラシには、探している人の写真とともに、名前、性別、年齢、身長、髪の色、瞳の色、被災時の服装、装飾品の有無など個人を特定する特徴が事細かに書かれていた。中には、「必ず帰って来ておくれ。愛している」と無事の帰還を熱望するメッセージなどが添えられているものもあった。チラシの一枚一枚に貼った人たちの必死になっている気持ちが読み取れて、ヒロもサチも胸が痛くなった。

「見て、公園の真中に人が一杯集まっているわ」

ユニオン・スクエアは大木の多い公園だが中央部は広場のようになっていた。そこに多くの若者たちが輪になって座り、火を灯した無数の蝋燭を取り囲んでいた。皆ただじっとその蝋燭の火を見つめていた。そして、それぞれが今日の事件の痛ましさを忌み、犠牲者の冥福を祈っているように見えた。中には、じっと目頭を押さえている者や嗚咽している者もいる。きっと犠牲者の家族か知人であろう。

二人はそれらの姿を遠目に見て、いかに多くの人たちがこの事件を悲しみ、深い憤りを覚えているかを感じていた。

彼らはそこからタイムズ・スクエアに向かうことにした。そして、一旦地下に下りて、一号線、二号線、それに三号線が通る十四丁目駅まで歩いた。そこで再び地下鉄に乗って、北上した。タイムズ・スクエアの駅は、いつもに比べると利用者が少ないように感じられた。しかし、それでも狭い通路では、しばしば人と肩が触れ合うこともあった。そういうときには、お互いに、「ソーリー」と声を掛け合うのが礼儀だった。

「なにか感じない？　いつもと何かが違うような気がするんだけど」

ヒロは、彼女にそう言われてもピンと来なかった。

「なんとなくニューヨークの人たちが神妙になったという気がしない？」

「どういうこと？」

「だって、ちょっと身体が触れただけでも、アイム・ソーリーと言う人が多くなったような気がする」

「そういえば、そうかな？」

そう言っている間にも、大きな黒人の男性が、「ソーリー」と言いながら、横を通り過ぎて行った。

ヒロとサチは、目を合わせて少しばかり笑った。

「ニューヨークの人たちは、このテロでお互いの弱さを痛いほどしみじみと味わったのじゃないかな。だからここで平和に暮らしてゆくにはお互いを大切にしなければいけないということを学んだんだ。お互いに助け合おうってね」

「そうね。ニューヨークに住んでいる人は、わたしたちのような外国人も含めて皆大きな衝撃を受けたもの。自分たちの非力さというものをいやというほど感じているのよ」

ふたりは、いままで傲慢で他人に無関心であるように見えたニューヨーカーが、以前とは少し違って見えるという点で一致した。


タイムズ・スクエアはブロードウェイの劇場街で有名である。グランド・セントラルと同じ四十二丁目にあって、ともに多くの人々が集まる。東にあるグランド・セントラルがどちらかといえばビジネスの匂いが強く、いわばマンハッタンの昼の顔であるのに対し、タイムズ・スクエアは圧倒的に夜の顔である。昼間はミュージカルの当日チケットを求めて集まって来る人たちはいるものの、どちらかといえば人よりも車のほうが目立つという印象である。しかし、これが夜ともなるとどこから人が出てくるかと思うほど人が集まって来る。ほとんどの人は何週間も前からチケットを予約している。人気のミュージカルともなると、数ヶ月前から予約で一杯だということも珍しくない。客は全米はもとより、世界中から集まってくる。ニューヨーク以外から来る人たちの多くはマンハッタンのホテルから繰り出して来る。劇場が開演となる八時前はスクエアの周辺は劇場に向かうひとたちでラッシュアワーなみの混雑になる。

しかし、今日は違った。

「わあ、人が少ないわね」

二人がそこに着いた夜十時過ぎはどこの劇場も跳ねる時間帯で、ミュージカルを見終えたひとたちがどっと劇場から吐き出されてくる頃だった。普段なら、この時間帯の混雑も相当なものである。ところが今日はその数も半減している。ヒロもこんなに閑散とした印象の夜のブロードウェイを見るのは初めてだった。スクエア周辺のビルは煌々《こうこう》と輝くネオンを競い合っているが、その明るさが一層街の閑散ぶりを際立たせているようにも思えた。

多くの旅行者が、テロの影響でニューヨークの外で足止めを食っているのかもしれなかった。しかし、それ以上に、この惨劇のあとではミュージカルなど楽しむ気持ちにはなれないというのが実態であろう。

二人はそこからタイムズ・スクエアとグランド・セントラルの間を結ぶ地下鉄のシャトル便を使ってマレー・ヒルの自宅に戻った。テレビをつけると相変わらず今日の惨劇の場面を繰り返し放映している。ヒロは現場での悲惨な体験が脳裏を離れず、今夜は眠れそうになかった。

グランド・ゼロ

1

ヒロとサチが外出から帰ると、反町から電話があった。

「一時間前に携帯に電話を入れたが繋がらなかった」

「ちょうど地下鉄に乗っていたころですね。少しの間街に出ていましたから」

「そうだったのか。街は閑散としているだろう」

「ええ、タイムズ・スクエアに人が少ないんでびっくりしました」

「この分だと観光客が減るね。日本でも大々的に報道されているらしいから、とくにこういうことに敏感な日本人客は激減するだろうね」

彼はため息をついていた。

「それで、電話をしたのは、明日、日本の大臣が現場を見にやって来るので、君にアテンドを頼みたいんだ」

反町に信頼されていたヒロは、会社にとって最重要の人物を任されることが多かった。

「えっ？　外務大臣がですか？」

「いや、日本から来るということじゃない。たまたまワシントンを訪問していた大臣がいて、急遽、日本を代表するような形で、現場を訪れるらしい。沖縄および北方対策担当大臣とか言っていたよ」

「しかし、ワシントンから来るのですか？　飛行機が全面的に止まっているのに、よく来られますね」

「いや、いまはボストンにいるらしい。車で移動するそうだよ。今夜のうちに、ミッドタウンの北野ホテルに移動してくるって」

北野ホテルは日系の高級ホテルで、日本の要人がよく利用していた。

「大臣もこういうときには大変だな。とにかく、午前中に事件現場を見たいそうだ」

「車は現場に入れるんですかね？　現場周辺は厳しい規制があるでしょ？」

「外務省の役人が付いているんだ。外交特権で入れるだろう」

「わかりました」

電話を切ると、ちょうどバスルームから出て来たサチが聞いた。

「誰から？」

「社長から。明日、日本の大臣が現場を視察に訪れるので、僕にアテンドを頼みたいんだって」

「へえ、日本政府も対応が早いのね」

「いや、たまたまワシントンに来ていたらしいよ」

「それにしてもね。でも、現場が見られるの？」

「外交特権で入れるって？」

「大臣はそうでしょうけど、あなたも見られるかということよ」

「どうかな。近くまでは同行できると思うけど」

ヒロは今日の惨劇を思い出したくなかった。しかし、あの巨大な建物が崩壊したあとがどうなっているものなのか直接目で確かめてみたい気もしていた。テレビで見る映像でも、その凄まじさは想像できたが、実際の印象とどう違うのかも興味があった。

翌日の九月十二日午前、ヒロは北野ホテルで大臣と総領事以下の外交官、それに新聞記者ら八人を大型のバンに乗せた。普段なら、大臣クラスの場合は胴体の長いストレッチタイプの車を使う。しかし、混乱した現場に入るのに、小回りが効かないストレッチでは問題があるだろうと思って、領事館とも相談のうえ、バンを使った。

ストレッチタイプの車は、日本では単にリムジンと言うが、アメリカではストレッチ・リムジンが正式名称である。リムジンはむしろ出迎え用車輌の一般名称として使われる。ＭＴＳはこのストレッチを二台持っている。ほかにセダンタイプの高級車を四台とバンタイプのものを二台所有している。これらの車は事務所の近くにある大きな倉庫を駐車場代わりにして置いてある。天井の高い倉庫のシャッターを一斉に開けると、これらの高級車がずらっと並んでいるのが見えるが、これが実に壮観である。以前はこれにスーパーストレッチといってさらに胴体の長い化け物のような車も持っていた。バブル期には、日本からのお登さんに人気があって、結構繁盛した。しかし、バブル崩壊後はピタリと需要が無くなった。使われなくなると、このスーパーストレッチは図体が大きいだけに扱いに困る。特別な倉庫を借りていたのだが、その賃料も馬鹿にならない。メンテナンスなどの維持費もかかる。反町は、このスーパーストレッチがお気に入りだったが、とうとう手放さざるを得なかった。

ヒロは、大臣らを車に乗せると、パーク街を南に向かった。テロから一夜が明けたニューヨークは、ビルというビルに星条旗がはためいていた。たった一日の間に、ニューヨーク全体が国家意識に目覚め、愛国心一色に染まっていた。

テレビやラジオはまるで国民の戦意を高揚させるかのように、盛んに『ゴッド・ブレス・アメリカ（神よアメリカに御加護《かご》を）』の曲を流している。

「神よ、大地の端から大海の果てに至るまで、わが愛《いと》しき故郷《ふるさと》アメリカに祝福あれ」とあるときは壮大に、あるときは厳《おごそ》かに歌われるこの歌ほど、アメリカ人の愛国心を揺さぶる歌もあるまい。

車は十四丁目のユニオン・スクエアの交差点に差し掛かった。ここからブロードウェイに入るが、その手前にニューヨーク市警の検問があった。そこから南のエリアは車の出入りが規制されているのだ。エリア内の住民か、現場の救出活動に関係のある者以外は入れなかった。

領事館の外交官の中には、日本の警察庁からの出向者もいてニューヨーク市警との交渉は彼の役目だ。総領事とともに彼がＩＤ（身分証明書）を見せながら、日本の大臣が現場を視察したいと説明すると、ただちにパトカーの先導が付いた。

十四丁目から南にブロードウェイを下ると、ハウストン・ストリートとキャナル・ストリートという大きな通りを横切るが、市警の検問はさらに厳しくなった。とくにキャナル・ストリート以南の出入りは水も漏らさないくらいの厳重なチェックがされていたらしい。この辺りはロウアー・マンハッタンと呼ばれるエリアで、中には大きなチャイナタウンがある。ここには不法に入国したと思われる中国人やとっくにビザが切れた中国人が何万人と住み着いていると言われている。ここに出入りするには写真付きのＩＤが必要だったが、こうした不法滞在の中国人にそういう証明書があるはずがない。事件当時ロウアー・マンハッタンの外に出かけていた中国人が自宅に戻れず、とくにキャナル・ストリート以北の公園にはかなりの数の中国人がさまよっているという。こうした中国人たちにとっても、テロはとんでもない迷惑だったのだ。

パトカーに先導されたヒロの車は、これらの厳重な検問もほぼノーチェックで通過した。十四丁目以南は、このエリアに住んでいる住民もみな自宅でじっとしているのか、人影が全くなかった。ただ、迷彩服に身を固めた州兵ばかりが目に付いた。

キャナル・ストリートを南下したころから、焦げた煙の匂いが車の中にも漂って来た。その煙の匂いの中に、彼が昨日嗅いだのと同じプラスチックを焦がしたような匂いが混じっていた。それとともにヒロの脳裏に昨日の惨劇が生々しく蘇って、身震いした。

左手に市庁舎《シティ・ホール》が見えるあたりから、路面が埃で白くなっているのが見えた。現場から出る煙が拡散しているのか、空には黒い煙が薄く雲のように掛かっていた。市庁舎の辺りで先導のパトカーが右折すると、ヒロもそれに従って右折した。ここはトライベッカの南に当たる辺りであったが、彼が昨日見たと同じようにビルも通りも厚い埃に覆われて、まるで廃墟のようだった。その通りを消防士や警察官たちだけが往来していた。

パトカーが第七ビルが在った辺りの二ブロックほど北で止まると、ヒロも車を止めた。車の外に出ると、細かい粉塵が空中を漂っていて、空気が悪い。一行は息を殺すようにして、消火の放水でぬかるんだ道を現場が見えるところへと歩いた。

テレビは昨日から、事件現場を「グランド・ゼロ」と呼んでいた。爆心地という意味だ。一行はまさに戦場に向かうような厳しい表情で誰もが無言だった。被害の状況はすでに、ホテルで大臣に報告されていたのだろう。車の中では、一行は一様に押し黙っていた。この事件で、少なくとも二十数名の日本人が巻き込まれているはずだった。

一行は、連邦政府庁舎ビルの横から現場が見えるところまで来た。ちょうど第五ビルが建っていた辺りを北側から南に向かって見るような形になった。

そこから瓦礫の山が見えた。高さはビル十階分はありそうだった。めちゃくちゃに折れ曲がって重なった鉄骨のなんと高く、そして無残なことか。それらの鉄骨が、まったく無秩序に折り重なっていた。なんとも凄まじい巨大なビルの墓場のようだ。これが昨日の朝までは雄々しい姿で聳え立っていたはずのＷＴＣなのか。その変わり果てた姿に全員が息を呑んだ。

(これは凄い！)

ヒロは初めて見た現場の余りにも凄惨な姿に、改めて戦慄した。

現場の一番手前には第五ビルのものと思われる巨大な外壁が僅かにビルの面影を残して哀れな姿を晒《さら》していた。瓦礫のうえからは、いまなお収まらない火災の黒煙がもうもうと立ち上っていた。ヒロは初めてＷＴＣが無くなってしまったことを実感した。

そして、ただその場に立ち尽くしていた。


ヒロが大臣を無事ホテルに送り届けて、会社に戻ると、反町を始め、社員が何人も寄ってきた。ヒロから現場の様子を聞こうというのだ。

「どうだった。現場は見たのか？」

反町だった。

「ええ、見ることができました。それにしても、想像を絶する凄さです。あんなに高い瓦礫の山は見たことがありません」

　彼が現場の状況を詳しく説明すると、事務所には驚きと、重苦しい空気が広がった。

「復旧には大分時間がかかるな」

　反町は観光客の減少を心配して、顔を曇らせた。

「でもテロの容疑者は分かったらしいわよ。オサマ・ビンラディンと関係がありそうだって。テレビで盛んにやっている」

　兼高だった。

「ええ、もう？」

　ヒロは驚いた。当初からビンラディンが怪しいとは言われていたが、証拠はすべて旅客機もろとも消滅して、それを証明するのは難しいと思われたからだ。

　事務所のテレビは、ちょうどモハメド・アタと、いとこのマルワン・アルシェヒが住まいに使っていたというフロリダの住宅を映し出していた。住居は普通の民家で、これがテロリストが数日前まで使っていたとは信じられないようなものだった。

　アタの顔がテレビに大写しにされていた。

　誰かが、「怖い顔をしている」と言った。

　その写真は、確かに意思の強そうな顎の角張った顔をしていたが、ヒロにはむしろその目が生真面目で、ひ弱な印象だった。

（こんな奴があんな大事件を起こしたなんて信じられない）

　彼はいま見てきたばかりの凄惨な現場を思い出して、心の中で呟いた。

「やつらはフロリダの飛行学校で訓練を受けていたらしい。あそこは誰でも自由に入れるからな」

自分自身もフロリダの学校で小型機の運転免許を取っていた反町だった。テレビはフロリダにある飛行学校も映し出していた。

「しかし、よくそれでボーイング七六七のような大型ジェット機を運転できたものだ。大型と小型では操縦桿は全然違うし、運転技術も全く違う。特別な訓練を受けなければ絶対に無理だ」

反町は不思議そうだった。

実際、ツインタワーに飛び込んだ二機は、いずれも正確無比と言ってもいいくらいに、ビルのど真ん中に激突していた。とても素人の仕業とは思えないものだった。

2

その日の夕方、ヒロはブロードウェイを歩いていた。日本から来る予定だった客は全てキャンセルされていて、一日中仕事が無かった。彼がこの仕事を始めて五年になるが、こうした異常事態は初めてだった。

反町は、午後になるとドライバー全員を帰宅させた。時給社員を会社に留まらせれば、それだけ会社の出費がかさむだけだからだ。

ヒロは、こんなに早く自宅に帰っても仕方がないと思って、会社のある三番街から五番街へと歩いた。そして、ちょうどロックフェラー・センターの前に出た。高層のオフィスビルが林立するこの辺りには普段と変わらないビジネス街の佇まいがあった。忙しそうに早足で歩くスーツ姿のビジネスマンたちには、もはや昨日のようなテロの恐怖におののく表情はなかった。しかし、昨日のこの時間は、マンハッタンを脱出しようとするビジネスマンたちが、慌てふためいてハドソン・リバーやイースト・リバーの鉄橋やフェリー乗り場に殺到していたのだった。

ヒロは、午前中にグランド・ゼロの凄惨な現場に行き、消防士や警官たちが必死に生存者を探すのを見て来ただけに、このビジネス街の平静さに違和感を覚えた。この同じマンハッタンの中で、何千人もの命が一瞬にして奪われ、今なお、瓦礫の中で助けを求めている人がいるかもしれないというのに、ここではもう平然と仕事をしている。当たり前のことなのだが、ヒロは、そこにニューヨークのような大都市の冷淡さを感じざるを得なかった。


彼は、そこからセント・パトリック教会を右に見ながら、五番街を北上した。もともとニューヨークはシーズンオフで観光客が少ないときではあったが、それでもこの辺りは、いつもなら一目で観光客と分かるリラックスしたカップルや若者たちが、目抜き通りのショーウインドーを楽しそうに覗き込んでいる姿が多く見られた。五番街でも最も賑やかな五十七丁目の交差点には、日本人にも人気のティファニーやブルガリがあって、平日でも人通りが多い。観光シーズンには、日本人客が店の前に列を作っていることも珍しくない。それが今日は、日本人はおろかヨーロッパ人観光客の姿もほとんど見られなかった。ときおり見られる観光客は、おそらく飛行機が飛ばないために、帰るに帰れない人たちであろう。ほかにすることがなく、手持ぶさたでブラブラしている様子がありありだった。

ヒロはこんなに閑散とした五番街を見るのも初めてだった。

彼は、人通りの少ない五十七丁目の通りを西に歩き、サチと再会した思い出のハードロック・カフェに入った。ここはいつも若者たちで溢れていたが、この日は、やはり閑散としていた。普段なら店内にハードロックのサウンドと熱気が充満していたが、何か耳障りなやかましい音だけが広い店内に響いているようだった。

ヒロは、そのカフェで夕方まで時間を潰してから、ブロードウェイへと歩いた。ブロードウェイの劇場街を冷やかしてから、タイムズ・スクエアで地下鉄に乗り、自宅に近いグランド・セントラル駅へと戻ろうと考えていたのだ。

ブロードウェイを南に四十七丁目まで下ると、ダフィー・スクエアがあり、ここにはその日に売れ残ったミュージカルのチケットを売るコーナーがある。大きな赤字で「ｔｋｔｓ」と書かれた看板が目印で、いつも大勢の観光客がチケットを求めて群がっている。ところが、今日は全く観光客がおらず、チケット売り場のブースの中では、暇を持て余した売り子嬢たちが、人待ち顔でまばらな通りを眺めていた。

ヒロは、このぶんなら、ずっと満席で見ることができなかったライオン・キングを見ることができるのではないかと思った。もちろん、チケットはすでに売り切れてしまって、劇場でも、このチケット・コーナーでも買うことはできなかった。しかし、チケットを買った客がなんらかの都合で、劇場に売りに来ることも多い。中には観光客のためにチケットを押さえていた旅行代理店が観光客のキャンセルで使えなくなったチケットを売りに来ることもある。ヒロは、今日は、そういうチケットが一杯あるのではないかと思った。

彼が、ライオン・キングが上演されているニュー・アムステルダム・シアターに行くと、開演の数時間前だというのに劇場のロビーに何人かの人たちがいるのが見えた。通常ここで待っている人たちは、チケットを売りに来る人を待っている客たちだ。ヒロは、人気のミュージカルだけに、こんな日でもここだけはやはり人がいるなと驚いた。

ところが、ヒロが待っている人に聞いて驚いた。今日は、なんとチケットを売りたい人が列を作って待っていたのだ。売り手が、チケットを求める客を待っているという珍現象が起きていた。彼は、まだ事務所で仕事をしているに違いないサチに電話を入れた。

「おい、サチ。今日はライオン・キングが見られるぞ」

「ええ？　ほんとう？」

「そうさ。驚いたことにチケットを売りたい人が列を作って待っている」

「ええっ？」

サチも信じられないという様子だった。

「でも、今日は駄目みたい。テロでＷＴＣにあったうちの店が被災したでしょ。その整理で大変なのよ。晩御飯の支度もできないと思うの。ごめん」

「そりゃ、大変だ。ご飯は適当に外で食べるからいい。じゃあ、僕だけライオン・キング見てもいいかな？　悪いけど。これからもこんなに売りがあるか分からないからな」

「いいわよ。気にしなくて。私は、そのうちに見られると思うから」

ヒロは、こういうときにミュージカル鑑賞は不謹慎かもしれないと思いながらも、誘惑には勝てなかった。そこで売人からチケットを買い、夕食に出かけた。店は、グランド・セントラル駅の北側にある四十五丁目の定食屋で、サチが働くチェーン店のひとつである。ヒロが、サチと同棲する前は毎週のように通っていた店でもある。この店の店長兼料理長のヤスさんは在米二十年以上でずっとこうした日本料理店で働いて来た。年齢は五十歳くらいであろう。きっぷの良い江戸っ子という雰囲気をもった料理人である。ヒロはときおりサチとこの店に来たことがあったから、ヤスさんは、二人が同棲していることは薄々気が付いている。しかし、人のことをとやかく言う人ではない。

「おや、今日は一人？」

ヤスさんは、ヒロがサチと一緒じゃないのを意外に思ったのだ。

「ＷＴＣの店が被災したんでしょ？　その整理で大変なんだって」

「そうなんだよ。俺もさ、あのときは店に応援に行っててね」

「えっ？　現場に行ってたの？　ヤスさんも？」

「そうよ。事件のこと聞いてさ、これはてえへんだと思って、飛んで行ったのよ」

「ええ？」

ヒロは自分のほかにもあの事件現場にわざわざ向かった日本人がいたことを知って驚いた。

「それが、少し遅れていったものだから、地下鉄の駅を出た途端に例の崩壊が始まってさ。まるでナイヤガラの滝みてえな、すげえ轟音だった。そこに猛煙が濛々と迫って来るんで、腰を抜かしそうになっちまって。とにかく、警官が、逃げろ、逃げろ、と言うものだから、周りのひとたちと必死に逃げてさ。ほんとうにどのくらい必死で走ったかわかりゃしねえ。生きた心地がしなかったね」

「僕も、そのときあの凄い煙に巻き込まれていてね」

ヒロが昨日の恐ろしい経験を話すと、さすがにヤスさんも驚いていた。

「そう。でも、よかったねえ、無事で。ほんとに」

彼も必死に逃げて来ただけに、心からそう言っているのが分かった。

「でもさ、何が幸するかはわからねえもんだね」

「例の館内放送のこと？」

「あっ、さっちゃんからもう聞いたの？」

サチは事務所では、さっちゃんと呼ばれていた。

「ほんとにさ、開店前の準備をしていたメキシカンのやつらは英語が分からなくて助かったって言うんだからな。驚いちまうよ。そういえば、今日の昼に来た女性のお客さんは、例の大勢犠牲者が出た都市銀行に勤めている人だった。その犠牲になった人たちは、一度は南棟の五十階くらいまで下りて避難していたんだそうだ。そこに例の放送があって、また、階段を戻ったらしいんだな。戻ったのはほとんどが上の役職の人で、彼女たちはそのまま避難を続けたそうだ。そこに二機目が突っ込んだというんだから、上に戻った人たちは、飛行機の直撃を受けた可能性もあるって言って、その人泣いていたよ。話を聞いていて、こっちも辛くなっちまってね」

ヤスさんは鼻をすすり上げた。

ヒロも言葉がなかった。

「現場からは、とにかく歩いて事務所のあるミッドタウンまで来たんだけど、そのときの光景は不思議な気がしたね。この辺りは全く普段と変わらないんだ。普通に食事をして、お茶を飲んでいる。WTCで多くの人が地獄のような目に遭っているというのにだよ。実に妙な感じだった。しかし、思ったね。これがニューヨークなんだ。これが現実なんだと」

ヒロは、昨日と今日の違いはあるにしても、ヤスさんが自分と同じような印象を受けていたことに驚いた。

ライオン・キングはヒロが期待した通りの素晴らしい舞台だった。動物の衣装が奇抜で、それでいて違和感がなく、舞台全体を盛り上げていた。それに躍動感あるダンスの連続。彼は充分に堪能した。しかし、それにしてもこのロングランの超人気ミュージカルでさえも、空席が目立っていた。最初に動物の衣装を纏《まと》ったダンサーたちが、客席の通路を歩いて次々と舞台に上がって勢揃いするところでは、その壮観におもわず観客から拍手が沸いた。しかし、その拍手も遠慮がちに思われた。おそらく普段なら、この場面でもっと観客の大拍手で盛上がるところではないだろうか。しかし、未曾有の事件に襲われて、大被害を被った直後である。観客も手放しで喝采するのは、遠慮されたのかもしれない。

ヒロは自宅に帰ると、その様子をサチに話した。

「やっぱりミュージカルは雰囲気が大切なのよね。こういうときに心から楽しんで見るというのは難しいのじゃないかしら。わたしはもっと落ち着いてから見るわ」

その後、ブロードウェイの観客は減りつづけ、いくつかの劇場は閉鎖に追い込まれた。事件後、数週間の間に数百人のダンサーが職を失った。これに耐え切れないダンサーたちは、一斉に通りに出て通行人に、「ブロードウェイに来て、ミュージカルをもっと見てね」と訴えた。

1

その後、日本からの飛行便が再開されると、ぞくぞくと被災者の家族や報道関係者がニューヨークを訪れた。一般の観光客はほとんどゼロだったが、ヒロたちはこうした人たちの対応で追われた。彼自身、被災者の家族をなんどか現場に案内したことがある。現場を見た者は誰でも、その余りに無残な姿に大きな衝撃を受けた。そして、瓦礫の山に向かって必死に子どもの名前を呼び続ける母親の痛ましい姿などを見て、ヒロはいたたまれない気持ちになった。

車で街を走っていると、ちょっとした横丁にときおり小さな消防署がある。消防署の前には、必ずと言ってよいほど、犠牲になった消防士の遺影と花などが飾ってある。ヒロはそれまで、ニューヨークの街にこれほど多くの消防署があったとは気が付かなかった。だから、その多いのに驚いていた。WTCの崩壊に巻き込まれて死亡した消防士は三百名を超えた。凄まじい数の犠牲である。現場を訪れた家族の中には、そうした消防署の前で車を止めてくれと要望するものもあった。そこに献花して、すこしでも彼らに感謝の意を表したいというのだ。遺影の前でじっと手を合わせる家族の後姿に、ヒロは胸を打たれた。

現場での救出活動は必死で続けられていたものの、崩壊の二十七時間後に一人の女性が奇跡的に救出されたのを最後に、ひとりの生存者も確認されなかった。この幸運な女性は、病院で回復後、しばしばテレビに登場して、惨劇の模様を語った。北棟四十六階で働いていた彼女は、ビル崩壊のときまだ避難の途中だった。彼女は一斉に崩落してくるビルの瓦礫ともに奈落のそこに突き落とされた。ところが幸運にも、コンクリートの壁に身体の周りを護られるようにして落下して行ったらしい。気が付いたときはコンクリートの壁が重なり合った僅かな隙間にいた。しかし、足を何かに挟まれて身動きはできなかった。救助隊は夜になっても現れず、どんどん周りは真っ暗になっていった。彼女はこうして自分は死んでゆくのだと思った。しかし、翌日になって、誰かがコンクリートを叩く音に気が付いた。そして、コンクリートを必死で叩き返した。その音が消防士の耳に入って救出されたのだと言った。

ヒロはテロ事件以来、友人のデービッド・ヘルツルとキャシー・マクマホンのことが気になっていた。二人は、ＷＴＣの崩壊で最大の被害を受けたカーター・アンド・フィッツウォーター・カンパニーに勤務していた。

ヒロは、二年近い間、デービッドに空手を教えている。デービッドとキャシーは恋人同士で、ヒロのアパートとは通りを挟んで斜め向かい側にある三十九丁目のアパートに同棲していた。この辺りでは最も高級な高層アパートで、単に『タワー』と言えば、このアパートのことだった。

事件の夜、ヒロは何度も彼らのアパートに電話を入れたが連絡が取れなかった。翌朝、ヒロがよく知っているアパートのドアマンに聞いたところでは、デービッドは被災を免れて、一度はアパートに戻って来たという。しかし、キャシーが行方不明になっており、デービッドは必死で彼女の行方を探しているらしい。ヒロはそれを聞いて痛ましい気持ちになった。そして、その場で、お悔やみの言葉をメモにして、ドアマンに渡しておいた。しかし、その後も連絡は取れなかった。

ヒロとデービッドが知り合うようになったのは、ヒロが前の安アパートに住んでいたときだった。このアパートは今のアパートの丁度向かい側にあり、タワーの隣にあった。これが、彼がニューヨークに来て最初に住んだアパートだった。彼の部屋は、二階の奥の部屋でほかの部屋よりも一、二割安かった。それもそのはずで、部屋の窓の外はアパートの事務所の屋上になっていて、そこには空調用の室外機がずらっと並んでいた。窓を締め切る冬は、ほとんどその音も気にならなかったが、窓を開ける夏にはたまらない騒音になった。誰も入りたがらない分安かったのである。しかし、彼はこれほど足の便がよく、安い物件はほかになかったから住むことにした。当時、ここをしばしば訪れていたサチは、窓の外に見える室外機の並んだ屋上を見て、「天井裏部屋ならぬ屋上裏部屋だわね」と言って笑った。

ヒロは、サチと同棲することになってから、そこを引き払い、いまのアパートに移ったのである。

前のアパートの部屋は、タワーに住む住民が使うフィットネス・ルームの真向かいにあった。デービッドはエリート・サラリーマンらしく、朝早くからそのフィットネス・ルームで汗を流していた。ちょうどランニング・マシンが窓に向かって置いてあり、ヒロが朝起きて、カーテンを開けると、二人は顔を合わせることがしばしばあった。

デービッドはきさくな男で、ヒロと顔が合うと、ランニング・マシンの上で「グッド・モーニング」と言って、手を振った。ヒロもそれに、「モーニング」と手を振って返していた。

デービッドは小太りのうえに、すでに額がかなり後退していた。ヒロは最初、彼が自分よりも年上の三十代後半くらいかと思っていた。ところがその後話をするようになって、三十二歳になったばかりだというので驚いた。

付き合うようになったきっかけは、三十八丁目の交差点にあるステーキハウスだった。ステーキやハンバーガーがおいしい普通のレストランだが、カウンター・バーが付いていて、夜はここで一杯やることができた。

サチと付き合うようになっていたヒロは、彼女を誘ってよくこの店に来て一緒に飲んでいた。デービッドもまた、キャシーと一緒にここに通っていた。

先に声を掛けたのは、デービッドだった。

「ハーイ、おはよう良いお隣さん《グッドネイバー》」

デービッドは、夜にもかかわらず、朝いつもするように片手を上げて、「おはよう」と言った。

「やあ、おはよう。あんたはいつも朝早くから頑張りやさん《ハード・ワーカー》だね」

ヒロがそう言い返して、二人で笑った。そして、お互いに名前を名乗りあった。サチもキャシーも互いに紹介し合った。

「ところで、あなたがたは日本人か?」

ヒロは、中国人や韓国人も多いこの辺りで、まず自分たちのことを日本人かと聞かれて嬉しい気持ちになった。よく中国人や韓国人に間違えられて機嫌を損ねていたからだ。

「そう。よく分かるね」

「数年前、日本に少しいたことがある。それでなんとなく分かるようになった」

「へえ！　どのくらい」

「三ヶ月くらいかな。東京で日本の証券会社との仕事があった。京都や奈良にも行ったが、日本は素晴らしいところだ」

　そう言ってから、「コンニチワ。キョウハ、ドウモアリガトウゴザイマシタ」とたどたどしい日本語を使った。

　これで、デービッドが証券会社に勤めていたことが分かった。


　ヒロはニューヨークでアメリカ人から親しく話し掛けられることは少なかった。アメリカに次ぐ世界第二の経済大国ニッポンといえども、極東アジアのどこかにある国のひとつにすぎず、一般のアメリカ人の関心は薄い。にもかかわらず、親しげに話し掛けてくるアメリカ人がいるとすれば、それはなにか下心があるに違いなかった。まだ、ヒロがニューヨークに来たばかりで慣れない頃は、旅行客と間違えられて危うく高価な物やマリファナを買わされそうになったことがあった。当時は、人寂しく、アメリカ人に声を掛けられるということだけで、うれしい気持ちになったものだった。しかし、だんだんそういう連中がいかがわしい者たちであることが分かるにしたがって、無視するようになった。

　しかし、分厚い眼鏡をかけたデービッドは見るからに誠実そうな風貌を持っていた。ヒロは最初から安心して付き合い始めた。

　もっとも、デービッドにも一つ魂胆があった。

「カラテは知っているか？」

　彼は空手に関心があったのだ。

「空手なら、大学で四年間やった」

「じゃあ、クロオビなのか?」

彼の顔が輝いた。

「ああ、二段を持っている」

「二ダンというと、クロオビよりも上なのか?」

彼は驚いたような顔をした。どうもクロオビを初段のことだと思っているらしい。

「黒帯の中にランクがあって、初段の上が二段だ」

「グレート(すごい)!」

彼は、また顔を輝かせた。

聞くと、グランド・セントラル駅の近くにもビルの中に空手道場があって、彼もそこに入門したことがあるらしい。ところが仕事が忙しくて、週二回の練習にほとんど出ることができない。それで二ヶ月で止めてしまったが、どうしても続けたいのだという。そして、自由な時間で教えてくれる日本人の空手家を探していたのだとも言った。練習場所は、自分のアパートのフィットネス・ルームが使えると言う。

「自分も仕事の関係で時間は不規則だが、お互いに時間が合えばいいよ。僕も身体を動かしたいと思っていたんだ」

ヒロがそう言うと、デービッドは天を仰ぐようにして両手を上げて喜んだ。喜び方も大げさで陽気だ。

「すばらしい。夢のようだ。ほんとうに感謝する」

彼は上機嫌で、飲み代もおごってくれた。

それ以来、お互いに忙しいこともあって、せいぜい月に数回程度であるが、ヒロが空手を教えている。デービッドはよほど空手に憧れていたと見えて、それ以外にも自分で熱心に練習している。ヒロがまだ前のアパートに住んでいたとき、ヒロの部屋からフィットネス・ルームの奥の方で空手着に身を包んで得意満面で練習している彼の姿を見たことがある。それもあってか、まだ始めて二年も経たないのに、黒帯の一歩手前の力はあった。ヒロもこんなに指導する時間が少ないのに上達が早いのには感心していた。

日本人相手の仕事をしていたヒロにとっては、デービッドは、ほとんど唯一とも言ってよいアメリカ人の友人だった。

2

ヒロはデービッドと連絡が取れないまま、週末のブランチに三十八丁目のステーキハウスに行った。デービッドとキャシーも週末は、このステーキハウスか向かいにあるレストランにいることが多かった。向かいのレストランは、ニューヨークの優れた店を紹介するザガットにも出ている有名な店で、有機野菜をふんだんに使った料理が人気だった。とくに健康志向のキャシーが気に入っていた。

ヒロはサチを伴って昼の遅い時間にステーキハウスに顔を出した。彼は、店の中にデービッドとキャシーの姿を探したが、いなかった。ところが、店の奥に、デービッドの妹のマーサが座っていたので驚いた。彼女は、週末になるとデービッドのアパートに遊びに来ることが多く、ヒロもサチも何度か一緒に食事をしたことがあった。マーサは店の奥でコーヒーを飲みながら物思いに沈んでいるように見えた。

ヒロは、マーサの会社もWTCにあったことを思い出した。一瞬、声を掛けるのを躊躇したが、

「ハーイ、マーサ」

彼が近寄って、声を掛けると、マーサは驚いたようにヒロとサチを見て、挨拶を返した。彼女は、表面上は笑顔を取り繕っていたが、心の中に深い悲しみを抱えているのが、ヒロにも分かった。

ヒロが、彼女と同席しても良いかと訊くと、「どうぞどうぞ」と言って、笑顔を繕った。

「マーサも無事でよかった」

「ありがとう」

兄のデービッドに似てよくしゃべる彼女にしては、口数が少なかった。

「キャシーのことは聞いた。ほんとうに気の毒だ」

ヒロがそう言うと、マーサは、「ええ」と小声で言って、涙ぐんだ。小太りの彼女は、デービッドと同じように分厚い眼鏡を掛けていた。その厚いレンズの奥の小さな瞳を涙で一杯にしていた。

「キャシーがこんな目に遭うなんて信じられない。あんなに知的で優しい人はいなかったわ。ほんとうに無事でいて欲しいの」

しかし、すでに事件から五日経っており、被害者の生存が絶望的になっているときだった。

「デービッドはどうしているの？　なんどもアパートに電話したけど、まったく繋がらない」

「事務所が崩壊してしまって、新しい事務所への引越しで忙しいのよ。それに時間があれば、キャシーがどこかにいないか探しているわ。それも夜遅くまで……」

マーサは、ハンカチを取り出して瞼を拭った。ヒロもサチも辛い気持ちになった。

「彼もさっきまで、ここにいたのよ」

ヒロもサチも、ここにデービッドがいたと聞いて、驚いた。

「ブランチを済ますと、早々に出て行ったの。グランド・ゼロに行くって言って。デービッドは、毎日、救出作業を遠くから見守っているのよ」

マーサは、またハンカチで瞼を拭った。

サチも思わず、涙声になった。

「ほんとうに、お気の毒だわ」


デービッドとマーサはユダヤ人の兄妹である。実家は、ハドソン川を渡ったところにあるブルックリンのウィリアムスバーグにあって、マーサがそこに両親と一緒に住んでいる。第二次世界大戦の前に、二人の祖父母がハンガリーから移住して来た。家族の姓はヘルツルで、イスラエル建国の父、セオドール・ヘルツルと同じである。デービッドは、「遠い祖先が一緒だったかも知れない」と冗談ぽく言っていたが、血縁関係はないらしい。

ウィリアムスバーグには、正統派と呼ばれるユダヤ人たちが多く、いまだに伝統を守って暮らしている。ここには、映画『ワンス・アポン・ア・タイム・イン・アメリカ』で描かれたような千九百年代初頭のユダヤ人街の面影がそのまま残っている。街の中を車で通過すると、レンガ造りのアパートのあちこちからおそろいのシルクハットに黒のコートで身を包んだユダヤ人たちが大勢出てくるのを見ることができる。分厚い眼鏡を掛けて、長くカールした揉《も》み上げをブラブラさせながら、せかせかと急ぎ足で歩くのも彼らの特徴だ。

朝と晩の通勤時間にはウィリアムスバーグとマンハッタンとを結ぶ専用のバスが走っている。バスは、小学校のスクールバスと同じ黄色で、エンジンルームが前に突き出した時代遅れのものである。マンハッタンの四十七丁目にはユダヤ人が経営する宝石店が軒を並べているが、多くの従業員がここからバスで通っている。同じユダヤ人でも、宝石店の経営者と従業員では、収入は雲泥の差である。ウィリアムスバーグに住んでいるのは、貧しい労働者ばかりだ。デービッドの家族は代々仕立屋で、両親は貧しく、慎ましい生活を送っているという。両親が、生まれてからこの方、ほとんどウィリアムスバーグを出たことがないというのが驚きである。

ウィリアムスバーグの住民のほとんどが、ユダヤの伝統をいまだに守っているという。デービッドによると、食事は、コーシャと呼ばれるユダヤの料理で、食べられる肉が決まっている。獣肉は、ひづめが分かれた反芻動物でなければならず、牛や羊は良いが豚は駄目。鳥肉は地を這うものは駄目で、ダチョウは食べない。しかし、ケンタッキーフライドチキンは食べると言うところを見ると、鶏《にわとり》は良さそうだ。魚はヒレとウロコのあるものでなければならない。したがって、エビやタコは駄目だという。

ヒロが、デービッドに、

「日本でウナギの蒲焼は食べなかったのか？」

と訊くと、

「食べたよ。おいしかった」

と答えたので、驚いた。

「ウナギはウロコがないから駄目じゃないのか？」

「いや、最近、ウナギにも小さなウロコがあることが分かって食べられることになった」

「ええ？　ほんとう？？」

これには、ヒロもサチも半信半疑で、呆れて笑った。

マーサが、「母親は坊主頭に鬘《かつら》を被っている」と言うので、サチが驚いたことがあった。坊主頭は、母親が家族と主人のために尽くし、他の男性に媚を売ることがないようにするためのものだという。ユダヤの伝統では、結婚も両親が決めるもので、本人同士は結婚式まで互いに知らないことも多いらしい。

ユダヤ人の生活というものを全く知らなかったヒロとサチは、デービッドやマーサが自分たちの生活をあっけらかんと包み隠さず話すたびに、あるときは驚き、あるときは笑った。

「でも、私はそんなの絶対に嫌なの。早くウィリアムスバーグを出たいのよ」

マーサは、すでに家を出て、自由な生活をしているデービッドが羨ましいと言った。しかし、大学を出て、証券会社に就職したばかりの彼女には、まだその余裕がないらしい。

世界的に見れば僅かな人口しかいないユダヤ人だが、ここニューヨークでは一大勢力だ。というよりもニューヨークそのものがユダヤ人の街といっても良いくらいのものだ。

証券や金融の分野はもともと有名だが、ここでは主な新聞もデパートもユダヤ資本であり、ミュージカルや映画の世界にも支配が及んでいる。ユダヤ人抜きではニューヨークは成り立たない。いや、アメリカそのものが成り立たないのである。

ユダヤ人と一口に言っても、ニューヨークには、様々なユダヤ人が世界中から集まっている。最初にニューヨークに来たユダヤ人は、十七世紀にブラジルから追われて来た人たちだという。この人たちは、もともとは東欧からオランダに移住し、その後、ブラジルにあった定住地に移った。しかし、ブラジルがポルトガルに征服されたために逃げ出して来たのだ。いかに、ユダヤ人というものが、世界中をさ迷っていたかが分かる。

十九世紀になると、中央ヨーロッパから、また、十九世紀末には東ヨーロッパからと、様々なユダヤ人が入って来た。今日のアメリカを支えているユダヤ人の多くは、東ヨーロッパからの末裔たち、すなわち東欧系ユダヤ人たちだと言われている。

ユダヤのしきたりに囚われない人たちもいれば、いまだにかたくなに伝統を守っている人たちもいる。ウィリアムスバーグに住んでいるユダヤ人の多くは、後者の典型である。

しかし、デービッドもマーサもその伝統と貧しさから逃れようとしていた。二人が大学を出て、証券業界に身を投じたことからもそれは分かる。

とくにデービッドは、証券界で働いていることに強い誇りと自信を持っていた。デリバティブの専門家であるという彼は、しばしばその内容についてヒロに解説してくれた。その語り口は自信に溢れたものであったが、残念ながら、ヒロの金融知識と英語力ではまったくと言って良いほど理解できなかった。ただ、難しい計算と高度なコンピューター・ソフトの知識が必要な分野であるということが分かっただけで、あとは分かったような顔をしていただけであった。

月額五千ドルは下らないと思われるマレー・ヒルの高級アパートに住んでいることから見て、デービッドの年収は十万ドルは越えていると思われた。ヒロのざっと四、五倍はあるに違いない。給料の話をすれば、自分が惨めになるだけだと、ヒロはその話題は避けていた。

「こんどのテロはユダヤ人を狙ったものだわ」

マーサの口調はきつかった。そして、厳しい表情になったので、ヒロもサチも驚いた。

「アラブのテロリストたちは、ユダヤの象徴である金融の世界を破壊しようとしたのよ。マンハッタンでも一番高く、目立つWTCは絶好のターゲットだった。オサマ・ビンラディンら、パレスチナを支持するテロリストたちにとって、これほど破壊するのに効果的な建物はなかったのよ」

ヒロもサチも黙って聞いていた。

「モスレム（イスラム教徒）はこれをユダヤの陰謀だと言っているらしいけど、ほんとうに馬鹿馬鹿しい」

「えっ？」

ヒロは、マーサが言った「ユダヤの陰謀」という意味が分からなくて訊き返した。

「WTCで働いていた何千人ものユダヤ人たちは、このテロのことを事前に知っていて、事件の当日には一人も出社しなかった。ユダヤ人にひとりも犠牲者がないのは、ユダヤ人が仕組んだ陰謀だと言うのよ。馬鹿げているわ。私が知っている人だけでも何十人も巻き添えになっているのよ。少なくとも何百人というユダヤ人が犠牲になっているわ。もし、デービッドが事前に知っていたら、愛するキャシーを会社になんか行かせていないわ」

マーサは、また涙声になった。

ヒロは、こんどのテロがユダヤの陰謀だというのはそのとき初めて聞いた。しかし、何かにつけ、取りざたされるのがユダヤ人である。とくに昨今の世界的な経済戦争ではユダヤ人が深く介在していると言われている。ヒロは、日本のバブルとその後の崩壊も全てはユダヤ人の仕組んだことだと聞いたことがあった。

「ユダヤ人が自らWTCを破壊するなんて、有り得ないことだ」

ヒロも、馬鹿馬鹿しいというように吐き捨てた。

「あんなに素敵だったキャシーまで巻き込まれてしまうなんて。ほんとうになんて不幸なんでしょう」

マーサは、また涙を拭った。

キャシーは、フィラデルフィアの出身で、実家は銀行家の一家だった。祖先はイギリスから渡って来たプロテスタントで、典型的なアメリカのエリート一家である。彼女はボストンの大学を出て、ニューヨークで働いていた。デービッドよりは四歳若い二十八歳だった。ブロンドヘアーの美人で、透き通るような白い肌を持っていた。最初は、会社の財務関係の仕事をしていたらしいが、二年前から社長の秘書をしていた。

ヒロは、若禿げで、けっしていい男とは言えないデービッドが、こんな美人を射止めたことが不思議だった。そして、

「デービッド、どうしたらキャシーのような美人を捉まえられるんだい？」

と冗談ぽく訊いたことがあった。

「デリバティブさ。彼女はデリバティブに興味があって、知識も豊富で優秀だったが、経験の永い僕にはかなわない。それで、よく相談に来ていたんだ」

デービッドは、キャシーのことになると相好を崩して話が尽きない。要するに、彼女に手取り足取りでデリバティブを教え込んだのは自分だ。キャシーの実力が社長の目に止まって、秘書になれたのも自分のお陰だ、と言った。

「僕は、キャシーに僕の全てを捧げたよ。そしたら、キャシーも僕に全てを捧げたいって言ってくれてね」

ヒロは自分なら赤面してとても言えないことを、デービッドが臆面も無く言うのに唖然とした。

ヒロが、

「じゃあ、なぜ早く結婚しないんだ？」

と問うと、デービッドのそれまでの勢いがたちまち消えうせた。

「僕の両親も、彼女の両親も反対なんだ」

デービッドのそれまでの勢いが凄かっただけに、ヒロは拍子抜けした。

「二人だけの問題じゃないのか？　結婚するのは君たちなんだから」

こんどは、ヒロが力づけるようになった。

「いや、それがなかなかそうも行かない」

デービッドが気の毒なくらいに困った顔をしたので、ヒロはそれ以上訊かなかった。異教徒同士の結婚には、日本人の彼が想像する以上の高い壁があったのかもしれない。

3

ヒロがデービッドの姿を見たのは、事件から一週間経ったときのことだった。ヒロが仕事を終えて、三番街を下って四十丁目に来たときのことである。この角にも、デービッドがキャシーとよく使っていたレストランがあった。ヒロが、大きなガラス越しにレストランの中を覗くと、窓側のテーブルに一人悄然として座っている彼の姿があった。その表情は、いつもエネルギッシュな感じのする彼とは思えないくらいに疲れきっていた。おそらく、今でもマンハッタンにある病院やあちこちに開設されていた支援センターなどを必死に回って、キャシーの手がかりを探しているに違いなかった。この時点で、キャシーの生存が確認されていないということはもはや絶望的だった。いつも帰りの遅い彼が、まだ夕方六時にもならないこの時間にここにいるということは、会社を休んでいたのかもしれない。あるいは、最大の被害を出した彼の会社がうまく行っていないのだろうか。ヒロは様々に想像して同情せざるを得なかった。デービッドは、ヒロがガラスの前を通過しても全く気が付かなかった。なにかを真剣に考えているように見えた。

グランド・セントラル駅の構内には、いつの間にか尋ね人の掲示をする屏風のような大きな衝立が立てられた。こうした衝立は『嘆きの壁』と呼ばれ、そこにチラシが無数に貼られるようになった。ヒロはその無数に貼られたチラシを少しだけ眺めたことがあった。そこには多くの日本人のチラシもあったので、驚いていた。

彼は、朝、会社に出掛ける途中で時間があるとこの駅の構内に寄ることがあった。グランド・ハヤット・ホテルの横にある出入り口から入ると、少し行ったところに雑誌や新聞を大量に置いているハドソン・ニュースという書店があった。そこには日本の新聞も置いてあって、彼はそこで立ち読みしてから会社に行った。会社にも日本の新聞は置いてあったが、配達時間が遅く、ここなら早く読むことができた。

このハドソン・ニュースに行く途中の構内に件《くだん》の『嘆きの壁』があった。その日、ヒロはハドソン・ニュースに向かって駅の構内を歩いて行くと、『嘆きの壁』の前に見慣れた男が跪《ひざまず》いたままじっと動かないでいるのに気がついた。ヒロは、その小太りで額が禿げ上がった男が、デービッドであることはすぐに分かった。そして、デービッドが祈るようにして頭を垂れている後ろに立った。すると、ヒロはそれまで、この壁の前を何度も通りながら全く気がつかなかったが、デービッドが跪いていた正面の壁にキャシーの写真が入ったチラシが貼ってあるのが目に入った。おそらくデービッドは、毎朝ここでお祈りを捧げていたに違いない。彼は泣いているものと見えて、肩が小刻みに震えていた。その姿に、ヒロは胸を締め付けられるような想いがした。そして、とうとう声を掛けることができなかった。

ヒロが新聞を読み終えて、構内を戻ってくると、すでにデービッドの姿はなかった。彼は、『嘆きの壁』に貼ってあったキャシーのチラシに目をやった。おそらくデービッドが自分で作ったものに違いない。写真もおそらく彼が一番気に入っていたものを使ったに違いない。ブロンドヘアーで端正な顔立ちのキャシーの写真は、女優かファッションモデルを思わせるくらいの出来栄えであった。写真の下には、キャシー・レインジャーという名前に続いて二十八歳、ブロンドヘアー、ブルーアイ、それに身長などの特徴が書かれていた。そして、彼の自筆で、「キャシー愛している。必ず戻って来ておくれ。僕は君といつも一緒だったし、これからも一緒だ。永遠に」とあった。ヒロはこれを書いた彼の気持ちを思うと、思わず涙が流れた。

その彼女の遺体が発見されたのは、事件ののち二週間ほど経ってからだった。遺体の捜索もなかなか進まなかった中では、かなり早い時期に見つかったほうだ。当時、死者だけでも六千人を超えるだろうと見られていたが、その中で、デービッドの会社は二百人を超える犠牲者を出した。被災した企業の中では最大である。会社は北棟の百階から百二階に入居していて、九十六階から百三階に掛けて被害をもたらしたと考えられているボーイング七六七の直撃を受けた。事件当時、それらのフロアには千人を超える社員が勤務していたと言われている。その日、コンピューター・ソフトの専門家でもあるデービッドは幸運にも、ニュージャージーにあるコンピューター・センターで会議があって、被災を免れた。

比較的早く発見された遺体の多くは、ＷＴＣの周辺で落下物に当たって死亡した人が多かったとヒロは聞いた。飛び降りて来た女性に当たって亡くなった消防士のために、その場でお祈りを捧げていた牧師に落下物が当たり、その牧師もまた亡くなったというような悲劇もあったらしい。しかし、社長秘書で百二階にいたというキャシーは直撃を受けた可能性が大きい。仮に直撃は免れたとしても、階下が火の海になって脱出できなかったのではないか。ヒロは色々に想像したが、遺体がどういう状態で発見されたのかをデービッドに聞くことはできなかった。

彼女の葬儀は、マレー・ヒルのパーク街にあって古くからある大きな教会で行われた。グランド・セントラルにも近く、教会の前の通りからはグランド・セントラル駅の堂々たるファサードが正面に見えた。通りの向かい側には北野ホテルの瀟洒な姿もあった。

キャシーは美人で優秀な社長秘書として社内でも有名だったに違いない。デービッドはヒロにそれを自慢していた。葬儀には多くの人たちが集まった。彼女の上司であった社長も事件で亡くなっていたが、会社の役員を始め多くの社員、知人らが集まった。

出棺の前には、知人や友人の代表が故人を偲《しの》んでお別れのスピーチをしたが、その中でも一際皆の涙を誘ったのは、デービッドのスピーチだった。

「キャシー、君は死んでなんかいない。君はいつまでも僕らと一緒にいるし、僕らも君から離れない。仮に肉体は失われても、君の魂は永遠だ。多くの人たちが言っている。君といると幸せな気持ちになれるって。君はいつも僕らを暖かい心で包んでくれた。僕は君と会えて最高に幸せだった。僕は決して君から離れないし、君も、君も、僕から……アア、……離れないで」

デービッドは必死に涙を堪えていた。それが教会を埋めた人たちのすすり泣きを誘った。

「僕に最高の幸せをくれたキャシー、僕は君をいつまでも愛している。けっして君のことを忘れない。いつまでも」

デービッドは泣き崩れるようにして、スピーチを終えた。

教会の末席にヒロとともに列席していたサチは、涙でハンカチがぐしょぐしょになるほど泣いていた。

「あまりも可哀想だわ」

二人の幸せそうだった姿をよく知っていた彼女には、こうした悲惨な形で二人が引き裂かれたことが余りにも惨《むご》いことに思われたのだ。

キャシーの遺体を載せた霊柩車は、三十八丁目の角からマレー・ヒルを下って行った。そこからは、緩い下り坂がマンハッタンの東端まで続いていて、遠くにイースト・リバーが見えた。サンフランシスコの坂ほど急ではないが、どこかサンフランシスコを思わせた。ヒロとサチは、その坂を勝手に『サンフランシスコ坂』と呼んでいたほどである。

霊柩車を見送るデービッドの姿は傍目《はため》にも痛々しく、友人たちに支えられてやっと立っていた。そして、霊柩車が出ると彼は涙声を振り絞った。

「キャシー、いつまでも愛している。行かないで、キャシー、行かないでくれ、キャシー!」

見送りの人々の列からは嗚咽が漏れた。

ヒロとサチは教会を早めに出て、サンフランシスコ坂を下った。この坂を気に入っていた二人は、ここを歩くと、いつも気持ちが弾んでおしゃべりをしたものだが、そのときは押し黙っていた。いたたまれない気持ちが二人を覆っていた。

4

キャシーは、この月末には二十九歳の誕生日を迎えるはずだった。ヒロは昨年の彼女の誕生パーティのことを思い出していた。この日、デービッドは空手の先生でもあり、友人でもあるヒロに気を使ってサチと一緒にパーティに誘ってくれた。

サチは、デービッドとキャシーとはレストランで一緒に食事をする程度の付き合いだったが、キャシーとはお互いに健康志向ということもあって、いつも話が弾んでいた。

サチは、つやつやとした健康的な肌をしていたが、ときおりかぶれることがあって、化粧品や石鹸選びには神経を使っていた。

キャシーもやはりかぶれることがあって、できるだけ天然素材のクリームを使っているという。アメリカの化粧品を余り知らなかったサチは、キャシーの話をよく参考にしていた。

キャシーは石鹸にも凝っていて、インターネットで良さそうな石鹸を見つけると、サンプルを取り寄せて試してみるという。一番気に入っているのが天然素材で肌にも良く、香りが気持ちを穏やかにしてくれるアルマ・グレース社のものだと言った。それを聞いたサチが試してみると、甘い香りが心地よく、肌もつやつやして湯上りが気持ちよい。サチもすっかりファンになって、それがまた二人の会話を盛り上げていた。

パーティには、デービッドとキャシーの同僚ら三十人余りが集まっていた。二人の自宅は、タワーの最上階に近いところにあって、マンハッタン南部の夜景が綺麗に見えるところにあった。広い窓からは、一晩中灯りが消えることの無いマンハッタンのビル群が広がっている。右手には、ライトアップされて頂上の尖塔部分が美しいエンパイアー・ステート・ビルが手に取るように見えた。南の遠方には、彼らが勤務していた二本のＷＴＣもはっきりと見ることができた。

招待された客たちは、一様にその素晴らしい眺めに感嘆の声を上げた。

「ビューティフル！」

「スプレンディッド（凄い）！」

ヒロとサチは、キャシーに案内されて玄関から広いリビング・ルームに向かう途中で、嗅ぎ慣れた甘い匂いがしているのに気が付いた。

「アルマ・グレースね」

サチがそう言うと、キャシーは、「そうよ」と言って、笑った。

廊下の途中にあるバスルームから、甘い石鹸の匂いが漂っていたのだ。

デービッド自慢の広いリビングも、これほどの大勢の客が入ると、人でごったがえすような感じだった。そして、シャンパンやワインで最初から盛り上がっていた。部屋の片隅には、アップライト型のピアノがあり、ピアノの名手でもあるキャシーがその腕前を披露すると、パーティは最高に盛り上がった。

しかし、更にそのパーティを盛り上げたのはヒロだった。デービッドが、同僚たちに、彼が空手の先生だと紹介すると、「ぜひ、空手の演技が見たい」という声が上がって、盛んに声援が上がった。

学生時代には多くの大会で優秀な成績をあげていたヒロだったが、「こんなところで空手の演技はしたことがない」と尻込みした。しかし、デービッドが自分の空手着を部屋から持ち出して来て、引っ込みがつかなくなった。

そして、たちまちリビングの中央に置いてあったテーブルが片付けられ、客たちは、廊下と壁際に張り付くように並んで、ヒロが自由に動き回れるスペースを作ってしまった。

ヒロが覚悟を決めて、空手着に着替え、部屋の中央に立つと、やんやの喝采が沸き起こった。そして、客たちが、期待を込めて息を殺すと、ヒロは、「ヤアーッ！」と勇ましい掛け声とともに、目にも止まらぬ早さで突き蹴りをバシバシと決めた。すると、その素早い動作と迫力に、客の間から、「オー」という声が漏れた。ヒロが演じていたのは、『鷹舞《ようぶ》の型』と言って、字の通り鷹が舞うがごとく獰猛《どうもう》に力強く、それでいて大きく華麗に演ずるもので、ヒロが最も得意にしていたものだった。型のフィニッシュは、鷹が獲物を仕留めるように大きく空中に跳んでフィギュアのジャンプのように回転する。その動きがダイナミックである。なにごとにも大袈裟なものを好むアメリカ人にも、分かりやすい型だった。ヒロが大きな掛け声とともに空中を飛んで、くるりと反転しながら床にピタリと着地すると、期せずして歓声が上がった。

「ワンダフル！」

「ビューティフル！」

「マグニフィセント（素晴らしい）！」

ありとあらゆる賞賛の嵐だった。

ヒロが一礼して、拍手と歓声の中を寝室に引き上げようとすると、後ろから空手着を引っ張る男がいた。ヒロがなんだろうと思って、振り返ると、男は、「これを割ってくれ」と言って、ワインのボトルを手に持っている。男は、テレビか何かで、空手家がボトルを割っているのを見たことがあるらしい。

ヒロも大学祭の演武会などで瓦を何枚も割ったことはあったが、ボトルを割った経験はない。一瞬ぎょっとしたが、これだけの喝采を浴びた後では断るわけにもいかない。内心不安を感じていたが、そんなことはなんでもないことだというように、平然としてそのボトルを受け取った。

そんなことをして怪我でもしないかとヒヤヒヤしていたサチは、

「ヒロ、大丈夫なの？ そんなことして？ 危ないことは断ったらいいわよ」

と心配そうだった。

もう引き下がれなかったヒロは、「なんでもないよ、このくらい」と平静を装った。そして、デービッドに、

「床に新聞紙を一杯広げてくれ。割れた破片が飛び散るといけないから」

と指示した。

ヒロは、デービッドが新聞紙を何枚も広げた上に片膝を着くと、左手でボトルの口元を押さえて、しばらくの間精神を統一していた。

一同はヒロの周りを取り囲んで、固唾を飲んだ。

ヒロは内心ほんとうに割れるのかどうか不安で一杯だった。一度でも経験していれば、どうすれば割れるのか要領が分る。力の入れ具合も分る。しかし、経験がなかったいまは自分の力量を信じて、思いっきり拳を叩きつけるしかなかった。彼は目を閉じて、頭の中で何度も何度もボトルを割るイメージを繰り返していた。そして、「エイ！」という掛け声とともに、拳を振り下ろした。

ボトルは首根っこのところからポキッと割れた。破片もほとんど飛び散らないほどの呆気なさ

だ。

「ブラボー！」

「エクセレント！」

「ワンダフル！」

「インクレディブル！」

さっきにも増して、割れんばかりの拍手と喝采が渦巻いた。

廊下から心配そうに見ていたサチもうれしそうだった。誇らしげな顔をしていた。

デービッドもキャシーも、パーティが終わると、帰りがけのヒロに、感謝の言葉を浴びせた。

「君のように素晴らしい空手家を友人に持って幸せだ。同僚たちも心から楽しんでくれた」

「ほんとうに。こんなに盛り上がったパーティは初めてだわ」


ヒロは、あのときのことを思い出すと、今でも楽しい気持ちになった。デービッドは、今年もヒロを呼んで、キャシーの誕生パーティをするのを心待ちにしていた。そして、テロの前に、ヒロと会うと、「今年もまた、ぜひとも空手の演技をやってくれ」とお願いしていた。ヒロも昨年以上のものを演じたいと、その気になっていた。しかし、もはやその機会は永遠に無くなってしまった。ヒロはそれを思うと無性に悲しくなった。

連鎖テロの恐怖

1

十月に入ると、日本から来る被災者の家族もほとんどいなくなった。観光客は激減し、日系の旅行代理店はどこも悲鳴を上げていた。このままでは潰れる会社がかなり出そうだと、MTSの社員の間にも不安が広がり始めていた。会社が潰れるかどうかは別にしても、人員整理があることは間違いないと思われていたからだ。

社長の信頼が厚いヒロだったが、一介のドライバーに過ぎなかった自分に肩叩きがあっても不思議はないと思っていた。九月末から十月に掛けての車の稼働率はひどいものだった。八台ある車が一日中全く動かない日が何日もあった。ドライバーは、会社に朝出てきてはただ帰るだけだった。従来なら、観光のオフシーズンでも、領事館や国連関係者の利用があって、一定の稼働率は確保していた。ところが、日本の外務省で、経費の水増し請求などの不祥事が発覚してからというもの、領事館関係者の利用がぱたりと止まった。ヒロは、空港で以前なら彼の会社に車を用意させていた外交官が、自分でタクシーを拾っているのを目撃して愕然としたことがある。外務省問題は意外なところにも大きな影響を及ぼしていたのだ。

国連は、開店休業状態が続いていた。予定されていた国際会議は軒並み中止され、ビル周辺の通りには大量の砂を積んだ大型トラックが道を塞いでいた。自爆テロリストが爆弾を積んだ車で国連ビルに突撃するのを防ぐためだ。砂を満載しているのは、そうした車がトラックに激突しても、容易に吹き飛ばされないようにするためらしい。国連ビルへの車の出入りは厳しくチェックされていて、パトカーの中で二十四時間待機している警察官がいちいちＩＤを確認している。問題ないと分かると、トラックの運転手に道を開けるように命じる。すると二台で道を塞いでいたトラックの一台が動いて道を開けるという具合だった。ヒロはその光景を見るたびに、この事件は後を引くなと肩を落とした。

ヒロがふと弱気になったのはこの頃からである。自分の将来にこれほどの不安を抱いたことはいままで無かった。先が全く見えないとはこのことだ。

渡米して、すでに五年。しかし、いまだに一介のドライバーにすぎない自分にも不甲斐ないものを感じていた。

（日本に帰るときが来たのではないだろうか）

ふとそんな想いが彼の脳裏を横切るようになった。

（まだ、日本に帰ってやり直せる年齢だ。ここでいつまでも、見果てぬ夢を見ているよりは、日本で堅実に生きて行くほうが賢明ではないのか？）

ヒロは、伊豆に生まれた。兄弟は姉と彼の二人である。父親は三年前に癌で亡くなっている。ヒロはこのとき一時帰国して以来、一度も日本には帰っていない。

実家は雑貨屋をしているが、田畑も所有していて、米や野菜も作っている。その店と農作業は、いまでは年老いた母が一人で切り盛りしていた。近くの町に嫁いでいた姉の涼子とは電話でときおり話すことがあったが、母はすっかり老け込んでいるらしい。ヒロの脳裏を、いままで全く親孝行らしいことをしてやれなかった年老いた母親のことがしばしば横切った。

しかし、ヒロは日本に帰って、田舎に引きこもる気は全くなかった。仮に帰国しても、東京か横浜などの商社で働きたいと思った。しかし、日本の景気も最悪であることは、よく知っていた。だから、帰っても良い就職口が見つからないのではと躊躇していた。

「グランド・セントラルの近くにあった割烹の『サクラ』は閉店ですって」

夕食のとき、サチは少し暗い顔で言った。

「あの四十丁目にあった高級料亭のこと?」

「ええ」

サチは同じ業界にいるだけにそういう情報は早かった。

「あそこは日本からの団体さんが大分使っていたからな。こう観光客が減ったのでは堪らないだろう。そういえば、三番街と三十七丁目の交差点のところに寿司屋があったろう。いつのまにか閉まっているね」

「ええ? 東京なんとかと言っていた店のこと?」

「もう、何日もやっているのを見たことがない」

「もともと流行っていない感じの店だったから、こういうときにはたちまちかもね」

サチは表情を曇らせた。彼女が勤めるチェーン店もこの状況が続けばどうなるか分からなかったからだ。彼女のチェーン店は、それでもニューヨークに住む日本人の固定客が多かったから、まだ影響は少ないほうだった。しかし、日本人観光客を専門に値段の高い日本料理を提供していた料理店は軒並み潰れていった。

二人がテレビを見ていると、ニュース・キャスターが盛んに「アンスラックス」という言葉を使うのが耳に残った。キャスターは、これによって何人かが入院しているという。新しいタイプのテロかもしれないとも言っていた。ヒロたちの英語力ではそれ以上のことは分からなかった。しかし、二人は新しいタイプのテロというのが気になって、英和辞書で調べようとしたが、綴りがよく分からない。色々なスペルを考えながら、辞書を散々引っくり返してみた。

「これじゃない？」

サチが発見したのは、「anthrax」という言葉だった。訳語を見ると、「脾脱疽（ひだっそ）、炭疽（たんそ）病《家畜・人の伝染病》」とある。二人は、これが一体なんなのかさっぱり分からなかった。

ヒロが、朝、いつもの通り出社すると、反町もこのニュースが気になっていたらしい。

「アンスラックスって何だ？」と聞いた。

英語力では、ヒロなどよりはるかに上だった彼が知らないのだから、アメリカでもめったに使われない言葉に違いなかった。

「辞書で調べたら炭疽病とありました」

「なんだ？　そのタンソビョウって？」

「それが分からないんです」

ヒロは苦笑した。

反町は会社に出てくるドライバーに次々と聞いてみたが、誰ひとりとして分かる者がいなかった。代理店のオフィスのほうにも行って、女の子に聞いたが、誰も知らない。

「なんだ、誰も知らないんだな」

彼は拍子抜けしたようだった。

その意味が分かったのは、午後になって日本の新聞が届いてからである。ヒロはその日は、ハドソン・ニュースに寄っていなかった。だからそれまで日本の新聞を見ていなかった。

「これは大変だ。生物化学兵器だってよ。最も安上がりで殺傷効果がある細菌兵器。テロリストが使う可能性もあるってさ。この新聞に解説が書いてある」

反町は、大きな声を挙げた。

そのとき、そこにいたドライバーは、ヒロ以外は数人だった。代理店の女性社員たちが、反町の声を聞いて、集まって来た。しかし、誰ひとりとして、これがテロリストが使う兵器だと知っていたものはいなかった。

「ええ？　そんなものがばら撒かれているんですか？」

女性社員の一人が不安そうに言った。

「テロの可能性もあるってさ。しかし、まだ同時多発テロとの関連は分からないと書いてある」

炭疽菌の最初の犠牲者は、フロリダのパームビーチに住む男性だった。米国では二十五年ぶりの死者だという。フロリダといえば、アタらのテロリストが潜伏していたところでもある。テロの一環とも考えられた。テロリストたちが、農薬散布のヘリを使って撒いたとの情報もあった。しかし、仮にそうだとすると、当面フロリダ以外には広がらないのではという楽観論もあった。実際、二人目、三人目の感染者もフロリダの住人で、しかも同じビルに働いていた人たちだった。

ところが十二日になって、ニューヨークでも感染者が見つかったことで、にわかに不安が広がった。感染者はNBCテレビで働いていた。当初、メディアを狙ってフロリダから炭疽菌入りの郵便物が送られたのではないかと疑われた。しかし、感染源はニュージャージーから送られた封書であることが分かった。テロリストはフロリダだけではなかった。アメリカのどこかに他にもいるのだ。ニューヨークにあるテレビ局や新聞社などの郵便集配室はテロにそなえて、次々と閉鎖された。

ジュリアーニ市長は、「不信な郵便物を発見したら、ダイヤル九一一（緊急電話）に電話してくれ」と市民に呼びかけた。

その日、ヒロは、たまたまお昼頃に、テレビ局が多数入居しているロックフェラー・センターの近くを歩いていた。するとセンターの周りに、パトカーや救急車などが何台も出て、警官も大勢いた。ものものしい警戒ぶりだった。冬季にはアイススケート・リンクができることで有名な広場は、いつも観光客で一杯だったが、観光客の立ち入りも禁止だった。

彼が、警官の一人に、「何があったんだ?」と訊くと、「ビルの中で炭疽菌の患者が見つかった」と言って、緊張している様子だった。

それがロックフェラー・センターの中にあるNBCテレビで発生したものであることは、あとでテレビを見て分かった。

センターの中で感染者が発生したとテレビや知人からの電話で知った従業員の中には、パニック状態になってビルの外に飛び出した者が数多くいたらしい。同時多発テロ後も、WTC崩壊の映像は何度も繰り返しテレビで放映され、テロの恐怖が脳裏に焼き付いていた人たちは、危険が身に迫っていることを感知するや、一秒でも早くその場から逃れることだけを考えていたに違いない。もし仮に、ヒロがビルの中にいたとしても、同じ行動を取っただろうと思った。

タイムズ・スクエアの近くに本社を構えるニューヨーク・タイムズ社にも炭疽菌入りの郵便物が送られていたことが分かった。このビルには日系のメディアも入居している。普段なら、顔見知りの警備員ならほぼノーチェックで入れたものが、格段にチェックが厳しくなった。ビルに入ろうとする者は、部外者はもちろんのこと、警備員と顔見知りの従業員でも、手荷物を中の隅々までチェックされた。部外者は、事務所にいる従業員に内線電話で連絡して、迎えの者が出てこなければ入れないというほどの警戒ぶりであった。

こうしたメディア関係ばかりでなく、マイクロソフトやソニーなどの有名企業も狙われた。テロリストが全米をパニックに陥れようとしていることは明らかなように思われた。

十五日には、ABCテレビの女性プロデューサーが局に連れて来ていた生後七ヶ月の男の子に感染する事態となった。

ワシントンのダッシュル上院院内総務にも炭疽菌入りの封書が送りつけられていたことが分かったが、この封書の差出人の筆跡は、NBCで発見されたものと酷似していることが分かった。脅迫状の内容もほぼ同じであることも分かった。

十八日には、ニューヨークのCBSテレビでも女性スタッフが感染していることが分かった。これでアメリカの三大ネットワークが全て標的になっていたことが分かった。

二十九日になって、さらにニューヨーク市民を震撼させる事態が起きた。

ヒロとサチが夜遅くまでテレビを見ていると、突然ジュリアーニ市長の緊急会見が放送された。

「ブロンクスに住む六十一歳の女性が炭疽菌に感染し、重体になっている。予備検査の結果では肺炭疽菌に感染した疑いが強い。いま正式検査を急いでいる。この女性は、マンハッタンの耳鼻咽喉科病院の保健室に勤務していた。二十五日から身体の不調を訴え、病状が悪化したため、二十八日に市内の別の病院に収容された。現在、危篤状態に陥っている」

市長の語り口は淡々としていたが、これが市民に与えた衝撃は大きかった。

「マンハッタンの耳鼻咽喉科病院といったらあの病院のことかしら？」

サチは昨年、風邪をこじらせて、喉を痛めたことがあった。そのときに有名な病院だとスクールで紹介された病院があった。その病院は三番街を北に上って、二番街との間の六十九丁目にあった。アパートからも車ならそう遠くない。パーク街の高級ブティックが並んだ辺りにも近く、ヒロは車でその前を何度も通ったことがあった。


翌朝のテレビでその病院の映像が出て、二人は驚いた。やはりサチが通っていたあの病院である。たちまち二人を不安が襲った。

「やっぱりシプロを買ったほうがいいわよ」

シプロは、炭疽菌に効く抗生物質で、市内の薬局で売れに売れていた。品切れが続出しているという。ヒロはそれまでは、メディアや大企業がターゲットなのだから騒ぐほどのことはないと静観していて、サチが買おうというのも鼻で笑っていた。しかし、そういう楽観論も吹っ飛んだ。

朝、ヒロが会社に出ると、事務所でも感染者の話で持ちきりだった。とうとうマンハッタンの一般人にも感染したということは、誰に感染しても何も不思議がないように思われた。

「シプロはないだろうか？」

「いや、もう売り切れで無いだろう」

会社の同僚たちも、ヒロと一緒でそういう準備はしていなかった。

「もっと早く手を打っておけばよかった」

誰もが対策を怠ったことを悔やんだ。

「おい、いまごろ何言ってるんだ」

反町が奥から出て来た。手にバイエル社のマークが入った瓶をいくつも持っている。

「そんなこともあろうかと思って、ここに買ってある」

彼が近くのテーブルの上に、それらの瓶を置くと、皆が群がった。

「へえ、さすがは社長だね。手回しがいいや」

「ほんとだ」

誰かが、手放しで賞賛した。そして、頼もしそうに反町を見た。

「で、これ貰えるんですか？」

「高いぞ。一瓶一万円かな」

反町は、冗談を言って満足そうに笑った。

代理店のフロアからも、シプロがあるという話を聞いて女子社員が集まってきた。みな、欲しいと言う。ドライバーの一人が、ティッシュをテーブルのうえに何枚も広げ、白いタブレットを人数分に分けた。そして、それぞれが大事そうに包んで、持ち帰った。もちろん、ヒロもである。

ヒロのアパートは玄関の横に居住者用の郵便受けがずらっと並んでいた。この辺りでは、小さなアパートだが、それでも八十戸以上の入居者があった。

一般者が感染したニュースはもちろん直ちに住人の間にも広まった。それまでも、用心深い住人は、郵便箱の前でマスクを着けるとビニルの手袋をはめ、郵便物をビニル袋に入れて持ち帰った。しかし、そういう人の数は多くなかった。それが、その報道のあとは一変した。マスクやビニルの手袋は当たり前になった。中には、ビニルの大きな袋を頭からすっぽり被って、腕の部分だけを袋の外に出して、郵便の出し入れをしている者もいた。平時なら滑稽このうえない姿だが、誰もそれを笑う者はいなかった。

サチはさすがに人前でそこまではできないと、分厚いマスクをして郵便物をビニル袋に入れて部屋に持って来た。それを彼女は、バスルームに運び込むと、一度全部の封筒に霧吹きで水を掛けた。万一、菌が付着していた場合に飛散するのを防ぐためである。そして、ダイレクトメールなど、見る必要のないものは開封しないで廃棄用のビニル袋に放り込んだ。大事な封書と思われるものだけ開封するのだが、一度振ってみて、内部に粉状のものが入っていないかどうかを音で確認する。大丈夫だと思ったら、こんどは挟みを使って慎重に封筒の先端部を切り落とす。そして、開封しても手で取り出すようなことはしない。ピンセットを使って、注意深くレターを引っ張り出し、これに霧吹きを掛ける。レターにも菌が付着している可能性があるからだ。レターはほとんどがコピーやワープロ打ちなので、霧を吹いても字が滲むこともない。こうして一通の封書を読むのにも大変な努力と作業を必要とした。

その作業はサチの仕事だったが、一度、ヒロはバスルームを開けて、その作業風景を見て唖然としたことがある。サチもまた頭から大きなビニル袋を被っていたからだ。なんとも滑稽な姿なのだが、笑うに笑えなかった。そして、一生懸命に作業をしている彼女に頭が下がる思いだった。

三十一日の未明には、炭疽菌に感染して危篤だった女性が亡くなった。亡くなった病院も彼らの自宅から少し北に上った七十七丁目で、三番街沿いにあったレノックス・ヒル病院である。マンハッタン耳鼻咽喉科病院もそうであるが、この辺りはアッパー・イーストと呼ばれ、高級コンドミニアムやアパートが並んでいるところである。ニューヨーカーが住むのに最も憧れるところで、金持ちや有名人も多い。もちろん、街並みは綺麗だし、犯罪率も低い。その高級住宅街も、近くにある病院で感染者が出て死んだというニュースが流れるやパニックに陥った。気の早い金持ちは、安全な郊外へ引越しを始めたという。

ヒロやサチには、もちろんそんな経済的余裕はなかった。このマレー・ヒルに張り付いているしかない。その中で、防衛手段を講じるのがせいぜいだった。

ヒロは、それ以来、外出するときは必ずマスクをしていた。そして、帰宅すると、一度アパートの前で、パタパタと衣服を叩いた。付着しているかもしれない菌を落とすためである。もちろん、その間は呼吸を止めている。そして、ドアマンが開けたドアからさっと中に飛び込んだ。二階にある自宅に入ると、今度は石鹸で念入りに手を洗い、うがい薬を使ってうがいをした。

こうしたことの連続は、彼の精神には大きな負担だった。

(こんなにまでして、ほんとうにここに居る意味があるのか?)

彼の心の中にあった弱気の虫はどんどん大きくなっていった。

反町は事件後の二ヶ月足らずの間に三人のドライバーを解雇していた。代理店の女子社員も半分くらいになった。同業者がバタバタと倒産しているニュースも耳に入ってきた。

そのうえ、この炭疽菌騒ぎで、観光客は完全に遠のいた。ニューヨークの観光はノックアウト状態だ。このままでは会社の存続も危うかった。

ヒロの収入も、事件後に激減した。いまは僅かな蓄えを取り崩して生活している有様だ。こうなると持久戦のようなものだ。一体いつまで耐えられるのか。彼の将来は真っ暗だった。

2

テロ後、ちょうど二ヶ月が経った。その日、ヒロは久しぶりに四十五丁目の定食屋に行った。サチの都合で夕食の用意をすることができなかったからだ。

テロ前なら、客で満杯になる時間だったが、店内は閑散としていた。十人近く座れるカウンターには、ヒロのほかには一席置いた席に一人の馴染みの無い青年が座っているだけだった。奥には、五つほどテーブル席があるが、埋まっているのは二つだけだった。

ヒロは食事が終わると、お茶をすすりながら、店長に声を掛けた。

「やっぱり、客が減ったね」

「ええ、減ったなんてもんじゃねえですよ。ひでえもんだ。うちも五十五丁目の店を閉めました」

「ええ？　そうなの？　あそこは結構、はやっていたのに」

「いやあ、あそこは五番街に来る日本人観光客がメインでしたからね。こんな状況ではひとたまりもねえです」

ヒロはなるほどと頷いた。しかし、店のことでもなんでも話すサチから、その店の閉店のことを聞いたことがなかった。

サチも事務所をいつか解雇されるのではないかと心配していた。いまはかろうじて勤務時間の短縮で首がつながっているが、この先はどうなるか分からないと不安を口にしていたことがある。しかし、ヒロに余計な心配は掛けたくないと思ったのか、最近はそういう話はしなくなった。ヒロは、彼女の置かれている状況が、自分が考えていた以上に深刻なのではないかと心配になった。

「今日はさっちゃんは、残業？」

「ええ、なにか急ぎの作業があると言ってました。最近では珍しいですけどね」

サチのこうした残業もサービス残業で、会社に請求しないのをヒロは知っていた。請求すればたちまち解雇されても不思議がない状況だったからだ。以前なら考えられないことだった。

「きっと、WTCの店の補償の件かなにかですよ。補償費の請求をするのに、被災証明用の資料か何かを作っているんじゃねえかな？　今日、現場で市の調査があって、わしも立会いに行って来たんですよ」

「へえ、現場に入ったんですか？」

ヒロは最近の現場には行ったことがなかった。テレビの映像を見る限り、まだ、瓦礫の撤去作業は順調に進んでいるようには見えなかった。相変わらず、瓦礫の下からは、火災の煙が立ち昇っていて、遺体の収容作業も容易ではないように思えた。

「ええ、店は第五ビルの地下にありましたからね。それが驚いたことに、地下に潜って見ると、店は無傷で残っていたんですわ」

「ええ？　ほんとうですか？　地下まで全部崩壊したんじゃないんですか？」

ヒロは驚いた。

「いや、それがツインタワーに近いほうの地下は全滅なんですが、うちの店があったあたりは、周りの店もみな無傷で残ったんです」

「じゃあ、また、使えるんですか？」

「いやあ、それは無理です。地上部はめちゃくちゃだし、第一、電気も給排水も全部駄目でしょう」

ヒロは、それはそうだと納得した。

「しかし、市の役人の対応が親切なんで驚きました。以前なら、ちょっとした申請に行っても、あちこちたらい回しで、時間ばかり掛かったもんですけどね」

「へえ、日本の役所のようなものですね」

市役所とは余り関係がなく、実態を知らなかったヒロは、それを聞いて意外に思った。

「いや、日本の役所以上じゃないですか？　なにしろ、こっちときたら言葉がよく分からねえから、何度も聞き返すでしょ。そうすると、途端に言葉も分からないのに、こんなところに来るなという態度ですからね。何度も泣かされました」

「へえ」

「それが昨日は打って変わったように親切なんで、逆に恐縮しちまいましたよ。一番心配したのは、店がそのままなんで、もしかすると補償費が出ないんじゃないかと。それでおそるおそる訊くと、店が使えなくなったことは明白だ。すぐに被災申請しなさい。百パーセント補償が出る、って言うんで、一瞬、耳を疑いましたよ」

店長は苦笑していた。

「それにしても、……」

店長はいいにくそうだった。

「それに引換え、日本の領事館やマスコミの対応は冷たいですね」

ヒロは店長が何を言おうとしているのか分からなかった。

「ＷＴＣで被災した邦人企業は皆大きな会社で、しかも、超有名な銀行さんばかりですからね。うちのような零細企業でしかもニューヨークに本社を持っている企業とは違うといえば、それまでなんですが……」

「ええ？　なにかあったんですか？」

「あったのなにも、なにもないんです。日本の新聞を見ると、犠牲者を出した会社さんのことを大きく扱うのは分かりますが、ＷＴＣに入居していた企業のことはどこも書いているでしょ。ところがうちの記事なんてひとつもありません。問い合わせもないんです。しかし、市の対応は早かったですよ。テロ後、すぐに被害の状況と、被災者の有無を聞いてきました。それも親切な対応でしたよ。連中だって、未曾有の大惨事で役所全体が大混乱していたときにですよ」

「で、領事館からもマスコミからもなにもないんですか？」

「ええ」

店長は寂しそうだった。

「そうですか。それは冷たいですね。ＷＴＣの邦人企業だって、アメリカ法人になっているのがほとんどですからね。こちらの店と一緒です」

ヒロの隣に座っていた青年だった。彼は、作業服といっても良いようなジャンパーを着ていた。ヒロは、ニューヨークに住んでいるとも、観光客とも見えないこの青年のことが気になっていた。青年は、かなり疲れているようにも見えた。

「ああ、ヒロさん、こちらはボランティアの野村さんです。野村さん、こちらはＭＴＳという会社でリムジン・サービスをしているヒロさん。あれ？　ヒロさんの本当の名前はなんだったっけ？」

店長はそう紹介しながら、苗字を思い出せないことで苦笑していた。

「いや、僕はヒロでいいよ。へえ、野村さんは、ボランティアと言うど、グランド・ゼロの？」

「ええ、現場で遺体の収容作業をしています。ロサンゼルスから来ました」

「どうりで今まで、ここでは見ない顔だなと思いました。でも、大変でしょう？　収容作業は」

ヒロは想像しただけでも、その作業が困難であることは分かった。しかも、すでに二ヶ月が経っていた。遺体の損傷も相当に進んでいるはずだった。

「ええ、最初はあの匂いに悩まされました」

「匂いというと？」

ヒロは自分も被災したときに嗅いだあのプラスチックの焼けたような匂いも強烈だったが、それに今は他の匂いが混じっているのではないかと想像していた。

「もう、食事も終わったからいいでしょうけど、はっきり言って、腐臭です」

ヒロは思ったとおりだと頷いた。

「ボランティアに参加したのは、テロ後すでに数週間経っていましたから、覚悟はしていましたが、それにしても想像以上でした。地下には大量の燃料が残っていて、それがいまだに燃えていますからね。その煙と一緒にあの凄い匂いがもわーっという感じで上がってくるのです。一度嗅いだら絶対に忘れられない匂いですね」

ヒロは想像するだけでも気分が悪くなった。

「作業中は防毒マスクを付けるので匂いを直接嗅ぐことはないのですが、作業が終わってマスクを取ると、作業服に匂いがこびりついているんです」

ヒロは彼が今着ている作業服のことかと思って、眉をひそめた。

「いや、この服は違いますよ。これは自分ので、現場の作業服は別に支給されます」

彼は、ヒロが眉をひそめたので苦笑しながら言った。

「それに、最初度肝を抜かれたのは、積もった埃の中から次々と人間の一部分が出て来たことです。もう少しまともな遺体があるかと思っていましたが、全く無いんです。手首だけだったりとか、指だけだったり。真っ赤なマニキュア付きの指が出てくるとギョッとすることがあります。実際の血液はすでに変色したり、埃にまみれたりしてして分からなくなっていますが、マニキュアの色は落ちませんから。まるで血に染まっているようで、一瞬たじろぎますね。しかし、不思議なもので、そういうものにはだんだん慣れます。なんだか人間のものだという気がしなくなって来ます。そういう自分が恐ろしいと感じたりしますけどね」

ヒロは黙って聞いていた。

「一番ぞっとしたのは、少し作業に慣れて来た頃です。それまでは、監督の消防士の周りでちょこちょこやっている感じだったのですが、慣れてくると、少し自由に瓦礫の中にも入ってゆくことができるのです。すると、目の前の鉄骨のうえに人間の頭部のようなものが乗っかっているんですね。真っ黒に煤けた感じで、ほんとうにただの黒い肉の塊のように見えるんですが、よく見ると、髪の毛のようなものが纏わりついて、眼球らしい白いものも見えるんです」

ヒロはぞっとした。

「近くにいた警察官を呼ぶと、間違いない、遺体だと言って、手袋をはめた手を思いっきり伸ばすんですが、大男の警官の手でも届かない。そこで、警官が長い柄杓《ひしゃく》のような道具を持ってきて、その中に遺体を受けようとするんですね。そういう作業は見てはいけないことになっているんですが、もう見慣れた作業なので、遠くから黙って見ていました。すると、柄杓の部分が触れた途端に、その頭がぐらっとしたんです。そして、おそらく腐敗した脳だと思うのですが、黄色いドロッとした液体がズルズルと音を立てて鉄骨の間を落下して行くんです。その液体の中には眼球と思われる白い球体も混じっていました。思わず目をそむけたくなる光景でしたが、ほんの一瞬の出来事でしたからね。そういう作業に慣れているはずの警官も、さすがにぞっとしたようで、手が止まっていました」

ヒロは身の毛がよだった。

店長もカウンターの向こうで聞いていたが、店でそういう話は困るというように手で制止した。青年は、素直に、「すみません」と詫びた。

ヒロも彼がよくそこまで言うなという印象を受けた。しかし、おそらく相当なストレスの中で、自分の心の中だけに仕舞い切れなくなっているのではないかと同情した。店を一緒に出るときに聞いたら、ボランティアを始めた当初は食事が喉を通らなかったという。すでに五キロ以上は痩せたとも言った。

ヒロは、「頑張って」と激励して、彼と別れた。

その翌日の十二日の朝のことである。またショッキングな事件が起きた。この日、ヒロはいつもより遅く出社していた。早く出ても仕事がなかったからだ。

この日、ヒロよりも少し若いドライバーの若田部昭《わかたべあきら》は、早朝からケネディ空港へ客を送りに行っていた。本来なら、この仕事はヒロがすることになっていたが、子どもが生まれたばかりで生活が苦しいことを知っていた若田部に彼が譲っていた。少ない仕事はドライバーの間では奪い合いだった。同時多発テロ前には、客の送り迎えを奪い合うなどということは考えられなかった。ところが、今では送り迎えすらほとんどない状況だった。誰もがそういう仕事でも回ってくれれば幸運だと思っていた。

ドライバーの中でも古手で、反町の信頼も厚かったヒロは、優先的に仕事を回して貰おうと思えばできないことはなかった。しかし、そうすれば他のドライバーの反感を買うことは目に見えていた。彼は、反町には仕事を均等に配分するよう進言していた。その上で、ヒロは一部の仕事を若田部のように困っている者に譲っていたのだ。


九時十五分を過ぎた頃だった。その若田部から事務所に電話が入った。電話を取ったのはヒロである。事務の兼高もすでに解雇されていて、電話番は部屋に残っていたドライバーが自主的に行っていた。

「大変です！　旅客機が落ちました！　目の前で落ちました！」

車の中から、携帯電話を掛けてきた若田部は興奮していた。時間的にはケネディ空港で客を見送って、マンハッタンに向かっている頃である。

「ええっ！　またか？　それでどこなんだ？　落ちたのは？」

「ロッカウェイ・ビーチの方向です。空港を出ようとして信号で止まっていたら、飛び立ったばかりの旅客機の様子がおかしいので、もしかしたらと思って、しばらく様子を見ていました。すると、ジャマイカ湾の上から急降下して、そのまま地上に突っ込みました。煙も見えます」

ケネディ空港の南側にはジャマイカ湾が広がっていて、そこには大小さまざまな島があった。自然の宝庫で、野生生物の保護区になっていた。ロッカウェイ・ビーチはその湾を取り囲むようにしてある細長いビーチだ。最近住宅開発が進んで、マンハッタンで働く中流のビジネスマンらが多く住んでいた。

ヒロが大きな声を出していると、反町が奥から飛んで来た。

「なんだ？　どうした？」

もうニューヨークはいつ何が起きてもおかしくないというほど皆、テロの恐怖に怯えていた。反町も、また何か起きたと思って飛んできたのだ。

「ロッカウェイに旅客機が落ちました。若田部が目撃したそうです」

「ええっ！　また、テロか！　テレビをつけろ！」

同時多発テロ以来、事務所でもテレビを見ない日はなかった。ヒロはすぐにスイッチを入れた。テレビはすでに墜落現場を望遠レンズで映し出していた。その映像はどこか遠くの高いところから撮っているようだった。まだ、テレビカメラは現場まで入っていなかった。女性のニュース・キャスターは、「ケネディ空港発ドミニカ行きアメリカン航空五八七便、エアバスA三〇〇型機がたったいま、クィーンズに墜落しました」とヒステリックに繰り返した。しばらくして、テレビの映像は、テレビ電話を使った映像なのか不鮮明でコマ落ちした映像ながら、現場付近の様子を伝えていた。映像は、普段なら静かな住宅街といった街並みの間から遠くに黒煙を上げている墜落現場を映していた。カメラは自動車で移動しているらしい。

「このカメラマンは早いなあ。もう現場で中継している」

反町が感心した。確かに、このテレビ中継はマンハッタンから遠く離れた郊外の住宅地でのことであるにも関わらず、素早かった。ヒロはまるでテロの発生を予測して、ニューヨークのいたるところにカメラマンが張り付いているのではないかと思ったくらいだった。

やがて、カメラは燃え盛る現場に到着した。すでに消防車が出て、消防士たちが放水に当たっていた。辺り一面火の海で煙が凄く、映像からではなにがなんだか分かりづらかった。それでも旅客機の残骸らしきものや、民家が燃え盛っているのが分かった。

そこに若田部からまた電話が入った。

「現場まで来ました。ここは凄いことになっています」

「えっ！」

電話を取ったヒロは驚いた。若田部はおそらくケネディ空港の西側からジャマイカ湾を南北に貫く道に入って、車を飛ばしたものと見える。道が混んでいなければ十分程度で着く距離だった。

「おい、現場に近づいて大丈夫か？」

ＷＴＣの崩壊に巻き込まれて危険な目に遭っていたヒロは、余計に心配した。

「ガソリンの匂いと煙の焦げた匂いが車の中まで充満してきます。目の前の住宅が真っ赤に燃えています」

若田部はすっかり興奮して、ヒロの忠告も耳に入らない様子だった。まるでレポーター気取りのような口調で報告していた。

「若田部か？　なんだあいつ現場に行ったのか？」

反町が出て来た。ヒロがそうだというように頷くと、彼はヒロから受話器を取り上げた。

「アキラ、お前なに考えてんだ！」

きつい口調だった。

「お前に万一のことがあったら、奥さんや生まれたばかりの子どもはどうなるんだ！　今朝の仕事はヒロが譲ってくれたんだろ？　お前、それを無駄にする気か！　現場ならテレビでも見れる。

さっさと戻って来い！」

もともときつい感じの言い方をする反町だったが、いつにない激しさだった。

若田部はその剣幕に驚いたに違いない。すぐに戻ると言って、電話を切った。


その日の朝、ロッカウェイは久しぶりで静かな休日を迎えようとしていた。前日の日曜日が退役軍人の日と重なったため、月曜日のこの日は振替休日になっていた。久しぶりでというのはこの地域には、ＷＴＣで働いていた証券マンやマンハッタンの消防署で働く消防士なども多く、ここしばらくの間連日のように同時多発テロで犠牲になった人たちの葬儀が続いていたからだ。このエリアだけでもテロの犠牲者は六十人を下らないと見られていた。これはのちに分かったことだが、アメリカン航空の乗客の中にも、ＷＴＣの崩壊で危うく難を逃れたドミニカ出身の消防士が二人搭乗していた。折角生き延びた二人が多くの仲間の犠牲者が出たエリアでまた命を落とすとは。まるで悪魔の仕業としか思えなかった。

旅客機が地上に激突する瞬間を目撃した人の話では、旅客機はほぼ機首を真下に向けてまっ逆さまに落ちたという。そして、旅客機から放り出されるようにして多くの人たちが空から降って来るのを見たともいう。乗客のほとんどが、ドミニカ系アメリカ人だった。休日を利用して、故郷に帰ろうとしていた人たちだ。中には三年間の間一度も帰らなかったが、同時多発テロを見て、故郷に永遠に戻ろうとしていた人もいた。これも運命の皮肉であろう。

墜落の原因はテロか事故かは分からなかったが、ニューヨークにあるケネディ空港、ラガーディア空港、それにニューアーク空港の三空港は、ただちに閉鎖された。マンハッタンに繋がる橋やトンネルも閉鎖された。万一に備えて、エンパイアー・ステート・ビルにも退去命令が出された。

ジュリアーニ市長は、同時多発テロ以来、再び市内全域に厳戒態勢を敷いたことを発表した。

「一連の事故との関連が分かるまで、警戒は怠らない。ニューヨークは多くの警官を動員して厳戒態勢にあるので、これ以上何かが起きることは考えられない」

市長は、ニューヨーク市民に平静を訴えた。


結局、この墜落はテロではなかった。テロとなれば、さらに観光業が大きな打撃を受けると心配していた反町はほっと胸をなでおろした。それはヒロも同じだった。

いずれにせよ、同時多発テロ事件からちょうど二ヵ月後。テロを疑って何の不思議もない時期だっただけに人騒がせな事故だった。

ヒロは事故後一ヶ月ほど経って、この現場を見る機会があった。墜落地の周りはすでに板で囲われていたが、その周辺には墜落のあおりで黒焦げになった民家がそのまま残っていた。板囲いには見学者用と思われる覗き窓があった。そこから覗くと、機体がまっ逆さまに突っ込んだと思われる赤茶けた地面には、びっくりするほど大きく深い穴が開いていた。穴の中には雨水が溜まったのだろうか、泥水の池ができていて、正確な深さは分からなかった。しかし、それは墜落の凄まじさを如実に語るものだった。

1

アフガン空爆

十二日のアメリカン航空機の墜落で、アメリカ全土が再び暗い雰囲気に包まれていたその翌日、すでに一ヶ月以上に渡って空爆が続いていたアフガニスタンから朗報が届いた。

米英両軍が支援する反タリバン勢力「北部同盟」は、十日に北部の要衝マザリシャリフを制圧した。それまで劣勢が伝えられていた北部同盟が、勢力を盛り返したことが伝えられたのだ。ようやく、米英の支援が成果となって現れてきた。

そのわずか二日後のことである。北部同盟は一気に首都カブールに攻め込み、制圧した。これにより、アフガンにおける北部同盟とタリバンの勢力は一転し、北部同盟勝利の公算が格段に高まった。

その一ヶ月余り前の十月七日、ブッシュ大統領は、「タリバン政権は、代償を払うことになった」とテレビ演説をして、米英両軍によるアフガンへの攻撃開始を宣言した。

この日は日曜日で、朝からテレビを見ていたヒロは、午後一時頃、テレビが大統領の緊急記者会見があると報道したのを聞いて、いよいよ戦争が始まると直感した。

「サチ、大統領の記者会見があるぞ」

ヒロは、寝室に閉じこもっていたサチに声を掛けた。

「えっ？　やっぱりやるの？　戦争？」

サチも、戦争を予感していた。

「分からないが、そうだと思う。一緒にテレビを見たら。会見が始まるぞ」

サチは慌てて部屋から出てきた。


「こんにちは、みなさん。今日わたしはアメリカ軍に対し、アフガニスタンにあるアルカイダの訓練キャンプとタリバンが支配する軍事施設の攻撃を命令しました」

ブッシュ大統領の演説は、ホワイト・ハウスにある大統領執務室の一つであるトリーティ・ルームからのものだった。全国民に向けて言葉を発した大統領は自信に満ちているように見えた。

一ヶ月足らず前のテロの日、ブッシュはエア・フォース・ワンでアメリカ国内を散々逃げ回ったのち、夜になってこのワシントンに戻って来た。そして、午後八時過ぎに、この同じオフィスから全米に向けてテロを非難する声明を出したが、そのときの彼は自信なげだった。事務官が書いたと思われる原稿を棒読みしているようなところも目立った。

炭疽菌が国内で発見されたとき、当初心配ないと言っていた彼も、予想外に感染が広がると窮地に陥った。そして、記者会見ではしばしば弱気な発言も目立った。

しかし、この日の彼は違った。勝利を確信しているようにすら見えた。

「陸・海・空、すべての兵士諸君！　あなたがたの役目ははっきりしている。あなたがたの目標も明確だ。あなたがたのゴールはただ一つ、それは正義だ！　そして、あらゆる手段が正義の遂行のために用意されている」

アメリカ軍はテロ発生以来、「カールビンソン」や「エンタープライズ」などの空母をペルシャ湾やインド洋周辺に配備し、「セオドア・ルーズベルト」や「キティホーク」などの空母もただちに参戦できる準備を整えていた。インド洋に浮かぶディエゴガルシア島はまさに天然の巨大空母だ。もともとイギリス領だが、ここには米軍基地がある。B52や最新鋭のB1やB2などの爆撃機、それに巡航ミサイルや小型核爆弾まで運び込まれていた。こうしてすでにアフガン周辺には五百機以上の戦闘機や爆撃機が配備されているという。アフガン周辺のパキスタンを始め、トルクメニスタン、タジキスタン、ウズベキスタンなどからも戦闘機の領空通過などの協力を取り付けて着々と準備を進めていた。

ブッシュは演説の中で、この攻撃がイギリスとの共同であることと、カナダ、オーストラリア、ドイツ、フランスも協力を約束していることを明らかにした。そして、中東、ヨーロッパ、アジアの四十カ国以上の国が支持をしており、これが世界の意思を代表するものであると自信を覗かせた。


「今日のブッシュは自信に満ちているわね。一ヶ月前のおどおどした感じが嘘のようだわ」

ヒロもサチに同感だった。

テロ後、ブッシュ大統領の支持率は鰻のぼりだった。九月二十日時点の調査では、九十%を超えるという。日本の小泉首相の高支持率がうらやましいと言っていたブッシュは、小泉はもとより、湾岸戦争のときに父親が獲得した八十七%さえも抜いた。テレビカメラの前での自信満々の顔はこれらの高支持率を裏づけにしているのだろう。

昨年十二月の大統領選挙で民主党のゴア候補と歴史上に残る大接戦を演じたブッシュは、一般投票では五十四万票の差で負けていたにもかかわらず、奇跡的にホワイト・ハウス入りした。半人前の大統領と陰口を叩かれる所以であった。新閣僚の顔ぶれを見ると、父親のブッシュ大統領に仕えた人物が多いのにも驚かされる。チェイニー副長官、パウエル国務長官、ライス大統領補佐官などがそうだ。これを見ると、父兄同伴でなければ学校に行けない親離れしていない子どもを連想させた。

それもあってか、就任当初の国民の支持率は低調だった。支持率は五十％台で不支持が三十％以上に上った。支持率は父親やクリントンにも及ばなかった。しかし、その後の排他的、タカ派的とも思われる国内優先策が景気後退期にあったアメリカ国民に受けたのか、数ヵ月後には支持率を六十％台に乗せ、比較的順調な滑り出しであった。一方、その排他的政策は諸外国には不評で、イタリアでは支持率が二十％台、フランスでは十％台という体たらくであった。クリントンが同時期には七十％以上であったのとは好対照である。

ＣＮＮテレビは、すでにカブール市内の夜空に閃光が輝く映像を映し出していた。攻撃はすでに始まっていた。十年前の湾岸戦争もそうであるが、アメリカの空爆は、圧倒的に夜が多い。日夜を問わず、敵地を監視している偵察衛星には昼も夜も関係ない。真っ暗闇の中でも敵の居場所は電子の目で正確に把握できる。むしろ敵の動きが制限される夜間を狙ったほうが、攻撃は効果的になる。アフガンとアメリカでは近代兵器の技術力の差は歴然としていた。

「でも、アメリカは本当に攻めきれるのかしら？　誰か、オサマ・ビンラディンを探すのは、干草の山の中から針を一本探すのと同じだと言ってたわよね」

サチは対ゲリラ戦の難しさを心配していた。

「しかし、世界中が寄ってたかってアフガン一国を攻めるんだぜ。いくらなんでも小国で充分な武器や食料もないアフガンが戦い通せるとは思えない。それに、いかに秘境で隠れるところが多いと言っても、アメリカは僅かな動物の体温すら感知するという高感度センサーを持っているんだよ。それを使われたら、逃げる場所などないのと一緒じゃないかな」

ヒロはアメリカの勝利を確信していた。

「じゃあ、なぜベトナムでは勝てなかったの？　国力や戦力の差は歴然としていたんじゃないの？」

ヒロはそれを言われると、返事に困った。彼自身、いまだにアメリカがベトナムで負けたということが信じられなかったからだ。

2

開戦と同時に、アメリカ軍は連日激しい空爆を加えた。ＣＮＮテレビは、アラビア海北部にいるエンタープライズなどの空母から、次々と夜空に飛び立ってゆくジェットエンジンの煌々と燃える噴射口を映し出していた。大型爆撃機Ｂ５２の機首には、『ニューヨーク市警、われわれは忘れない』と書かれていた。

夜空に飛び立った戦闘機は、そこから真北に向かってほぼ一千キロを、途中で燃料の空中補給を受けながら飛んで行く。目指すは首都カブールとタリバンの本拠地カンダハル、それにジャララバードなどにある空港、訓練施設、基地などの軍事施設。目的地上空に着いた爆撃機は真っ暗闇の中でも、標的となっている軍事施設を電子の目で正確に捉え、ほぼ確実に爆破してゆく。タリバンは対空砲火で応戦するが、爆撃機はそのはるか上空を飛んでおり、操縦席からは対空砲火の火花が子どもの打ち上げ花火のように見えるという。

十一月になれば、アフガニスタンの山岳地帯は雪に覆われる。爆撃が制限されるかもしれないラマダンの月でもある。アメリカ軍に残された時間は少ない。短時間で集中的に攻撃し、敵を制圧するしかない。圧倒的な物量、歴然と差がある技術力。アメリカ軍はこれらを駆使して、早くビンラディンを見つけ出さなければならなかった。

ヒロは、同時多発テロ以来、朝起きるとまずテレビをつけるのが習慣になった。それもテロ事件から時間が経つに連れ、惰性で見ているという感じだったが、空爆が始まった昨日からは、また、真剣に画面を見るようになった。

空爆が始まるまでは、国務長官のパウエルばかりが目立ったが、昨日からは記者会見の場には、ラムズフェルド国防長官が頻繁に登場するようになった。

(パウエルは前座だったのか)

ヒロは苦笑した。

フォード政権下で国防長官を務めて以来、二十数年振りに返り咲いたラムズフェルドは、いわば戦争のプロである。国防長官を務めたこともあるチェイニー副大統領、パウエル国務長官とともに国防を支える三枚看板の一人である。記者会見はたんたんとしているが、表情の奥に自信を秘めている。

「アフガンでの空爆はうまく行っている。ビンラディンはアフガン国内にいる。必ず捕まえる」

ラムズフェルドの年齢は六十八歳で、閣僚の中では二番目の高齢である。老練な政治家といった風貌だが、親しみの持てる顔をしている。飄々とした感じは、国民に安心感を持たせた。彼の記者会見は日本でも話題になっているらしい。塩川財務大臣に感じが似ているということなのか、「ラム爺」の愛称があると日本の新聞で読んだ。

国防省の発表によれば、開戦初日には、インド洋からB1とB2の爆撃機十三機、アメリカ本土からB2ステルス型機二機のいずれも長距離爆撃機が計十五機、アラビア海にいる空母二隻からF14トムキャットとF18ホーネットの戦闘爆撃機二十五機が出撃した。それに加えて、駆逐艦四隻と潜水艦一隻から五十発の巡航ミサイル・トマホークが発射された。標的はカブール市内の三ヶ所を含めて三十ヶ所に上った。猛攻撃である。アメリカ本土からも攻撃に向かったというのも驚く。

空爆が始まると、中東のCNNと呼ばれるアルジャジーラ・テレビは、ビンラディンのビデオテープを全世界に向けて放映した。まるで、米英両国の攻撃を待っていたかのようなタイミングの良さだ。ニューヨークのテレビ局はどこもこのビデオを繰り返し放映した。

ビンラディンは、自らの関与には言及しなかったものの、アメリカでの同時多発テロを賞賛し、「モスレムたちの行為だ」と言った。

このテープの中で、ビンラディンはアメリカのアフガン攻撃を非難していたが、彼が日本のことに言及したのに、ヒロは驚いた。

「日本を始め、世界中で何十万人が殺されても、アメリカはこれを犯罪と呼ばない」

ここで日本を引き合いに出したのは、アメリカの原爆投下で最大の被害を被った被害国としてであろう。

このビデオの放映をヒロと一緒に見ていたサチは、憤慨した。

「日本のことなど引き合いに出して欲しくないわね。余計なお世話よ。この人たちは、自分たちに都合のいいことはなんでも引き合いに出すのね。この人たちが信じている教義がどんなものかは知らないけれど、なんでも自分たちに都合よく書かれているのじゃないのかしら。自分たちさえよければいい人たちなんだわ。とにかく理屈はなんであれ、まず殺戮があって、それにもっともらしい理由を付けているだけのことよ。殺人マニアのような連中が人を殺したいという点で欲望が一致して集まっているだけよ」

「同感だな。何の罪もない人たちを何千人も殺しておいて、それが正しいことだなんて言っている教義は、どんなにもっともらしい衣を纏っていたとしても、狂っているとしかいいようがない。まともな宗教であるはずがない」

二人は、テレビの前でビンラディンの顔に向かって怒りを露にしていた。

ビンラディンは、テープの中で、すべてのイスラム教徒に蜂起を促した。

「世界は、信仰を持つものと、(信仰を持たない)異教徒に分かれようとしている。すべてのモスレムは立ち上がらなければならない」

この大胆不敵とも思えるビデオのメッセージは、アメリカ国民の怒りに火を点け、一層の愛国心を掻き立てた。

しかし、テレビは同時に世界各地で起きていた反米デモの様子も映し出していた。

まず、パキスタンのペシャワルである。ここはアフガンと国境を接していることからアフガン難民のキャンプがあるところであるが、タリバンと同じパシュトゥン人が多く、タリバン支持者が多い。

市内には、打倒アメリカを叫ぶ市民がデモを繰り返し、「アメリカに死を！」と連呼していた。通りの中央には星条旗が持ち出されて火がつけられ、それを市民がめちゃくちゃに踏みつけている映像もあった。

やがて警察隊がデモ隊に向かって催涙弾を打ち込むと、これに対して、デモ隊が投石で反撃するなど大混乱になっていた。

パレスチナでは、学生たちのデモ隊に警察が発砲した。警察がデモ隊に発砲したのは九十四年に自治が始まって以来初めてのことだという。この銃撃で、発砲と投石が繰り返されガザ地区では騒乱状態に陥った。

ヒロは、その日の午後、車でユニオン・スクエアの近くを通った。公園に多くの人たちが集まっていたので、てっきりアフガン攻撃を支持する人たちの集まりか何かだろうと思った。この日はちょうど、コロンブスのアメリカ発見を記念するコロンブス・デーの休日になっていて、さきほど五番街で消防自動車などが参加した盛大なパレードを見たばかりだったからである。パレードではアメリカの空爆を支持するプラカードなどもあって、戦争を歓迎するムード一色であった。ところが、この集団は手に手に蝋燭などを持って、さきほどパレードで見た群集とは明らかに違っていた。ヒッピー風に長髪にしている男性などもいて、ベトナム反戦の頃の雰囲気もあった。ヒロが「おや?」と思って見ると、プラカードの上に「戦争反対!」の文字が見えた。テロの直撃を受けたニューヨークでも、戦争に反対する人たちはいるのだなと意外に思っていると、公園の横を通った通行人の中から罵声が上がった。

ヒロには、その罵声の正確な意味は分からなかったが、公園の中にいる人たちと言い合いになっているところを見ると、戦争支持者たちが、「この売国奴！」「くそったれ！」とでも言ってののしっているように見えた。


アフガンでは四日連続で激しい空爆が続き、アメリカ軍はタリバンが支配する空港施設をほぼ破壊し尽くした。そして、制空権を完全に掌握した。カブールやカンダハルなどの主要都市は連日の空爆で市民にも多数の犠牲者が出た。市民生活は大混乱に陥っており、すでに何十万人という避難民が、パキスタンとの国境付近に逃げ惑っていた。

空爆はその後も続いていた。空爆では、バンカーバスターという地中の軍事施設を破壊するための爆弾が用いられた。これを使ったのはタリバンやアルカイダの兵士たちが、地下の防空施設に逃げ込んでいる可能性があり、これを殲滅《せんめつ》するためである。攻撃の矛先は、都市部よりもそうした地下施設があると考えられていた山岳部へと移りつつあった。その間にも、米英両軍の地上部隊はパキスタンやウズベキスタンなどに結集し、地上戦の機会を伺っていた。

その頃、アメリカ本土では、炭疽菌の感染者がフロリダからニューヨークやニュージャージーまで広がり、細菌テロの恐怖がアメリカ全土を覆っていた。アフガンでの連日の攻勢もアメリカ本土で足元をすくわれた形になっていた。しかし、アフガンの隣国で満を持して攻撃体勢を整えていた米英両軍の地上軍は、いよいよアフガンへの侵攻を始めた。

戦勝

1

アフガンへの攻撃が続いている最中であったが、それ以外にヒロとサチの二人がとくに関心を寄せていることがあった。大リーグである。イチローの大活躍ですでにアメリカン・リーグ西地区での優勝を決めていたマリナーズは、ワールド・シリーズへの切符をニューヨーク・ヤンキースと争っていた。

二人とも野球にそう関心があったわけではないが、ニューヨークに住んでいれば、自然とヤンキースびいきにはなっていた。しかし、今年は違った。オールスター戦にもトップの人気で出場し、打率と盗塁数でトップに立っていたイチローの活躍は、二人にとっても誇らしいものだった。

「あんなに細い体で、よく大男の間で活躍できるわね」

サチは手放しで感心していた。

それはヒロも同感だった。

ヒロは客をヤンキー・スタジアムやシェイ・スタジアムに送り迎えしたことは何度もあったが、実際にスタジアムの中に入ったことは一度しかない。自分自身が余り野球に関心がなかったからだ。しかし、一九八八年のマーク・マグワイアとサミー・ソーサのホームラン争いは面白いと思って、わざわざセントルイスまで見に行ったことがあった。その日、カージナルスのマグワイアはすでに六十本の大台に乗っていて、一本出れば大リーグ記録に並ぶところだった。一方、対戦相手のカブスには、ソーサがいて二本差の五十八本で追っていた。試合は最初から、「マーク」「サミー」の大声援で、いかに二人に全米の関心が集まっているかが分かった。

この日、マグワイアは一本のホームランを打って大リーグ記録に並んだ。そのときのマグワイアには力みも気負いもなく、ごく普通にスイングしたように見えた。バットに跳ね返された球は、弧を描くこともなくそのままレフト上段に一直線に飛び込んだ。そのパワーのなんと凄まじいことか。そのド迫力には驚いたヒロは、ピッチャーならいざしらず、日本人は絶対に大リーガーのバッターにはなれないと思ったものだった。

常々ダンス・スクールで、日本人の体型や体力について引け目を感じていたらしいサチはイチローには心から感心している様子だった。

「白人やスパニッシュの娘《こ》を見ていると、ほんとうに羨ましいと思うもの。日本でこれは凄いと思うようなスタイルの人でも、彼らにしてみれば普通なのよね。もううっとりするくらいスタイルの良い娘が一杯いるの。ダンス・スクールで後ろの方から見ていると分かるんだけど、日本人って、どこにいてもすぐ分かるのよね。足が太くて短いのがいたら、間違いなく日本人。タイやフィリピンの娘たちのほうがずっとスタイルはいいわ」

サチはため息をついた。

身長が一七十センチあるサチは、日本人では大柄である。しかし、百七十センチ台が普通のアメリカでは、まったく目立たない。身体も均整が取れているほうだと思うが、豊かなバストに細身の身体を持っているアメリカ人などに比べれば、貧弱な部類だろう。

「しかもタフなの。わたしなんか一日に二レッスンも受けたら、へとへとという感じなのに、彼女らは三レッスンでも平気な顔なのよね」

サチは、体型と体力では乗り越えられない壁のようなものを感じていたに違いない。だからこそ、それを克服して余りある活躍をしているイチローに感激しているのだ。彼の頭脳的で緻密な野球は、体力の劣る日本人でも充分に力を発揮できるということを日本人のみならず、全米の野球ファンに知らしめ、魅了していた。

日本では、テレビでも野球を見たことがないというサチも、テレビのスポーツ・ダイジェストでイチローの姿を追うようになった。イチローの首位打者が近づくにつれて、その関心はますます高まった。そして、

「イチローの今日の打率は？　首位打者にはまだならないの？」

それまでのサチには考えられない質問だった。


そのイチローの活躍で、かつてないスピードで西地区の優勝を決めたマリナーズであったが、昨年のワールド・シリーズの覇者ヤンキースを相手にしては分が悪いように見えた。第一戦はほとんどノーヒットに押さえられた。第二戦はイチローが完全に封じ込まれた。マリナーズは二敗のまま、敵地ニューヨークに乗り込んでくることになった。ヤンキースのファンは熱烈で、マリナーズはその歓声と罵声に押しつぶされるだろう。

「最後まで頑張ってほしいけど、駄目かもね」

そこまで熱心に応援していたサチも諦めかかっていた。できれば二人でスタジアムに応援に行きたいところだったが、とっくの昔にチケットは売り切れになっていた。

その日テレビ観戦していた二人は、それまで完全に封じ込められていたイチローの活躍もあって、チームが大勝したので、大喜びした。十四対三の大差である。

「これなら絶対に逆転できるわね」

サチは逆転優勝を確信しているようだった。テレビでは分からなかったが、球場に行っていた人の話では、イチローは熱狂的なヤンキース・ファンに徹底的に野次られたらしい。ブーイングの嵐だったという。これはイチローが一流選手としてヤンキース・ファンから恐れられた証拠でもあった。そうしたプレッシャーの中でも力を出し切るイチローには誰もが脱帽していたに違いない。

ヒロとサチ二人の熱烈な応援にもかかわらず、翌日の二十一日は、押さえの切り札、大魔人佐々木が逆転サヨナラ打を打たれて負けた。この日、ダンス・スクールのレッスンでテレビを見られなかったサチは帰るなり、

「どうだった？　勝った？」

とヒロに訊いた。

「もう少しだったけどな。佐々木が出て来たときには絶対勝てると思ったのに、逆転サヨナラ・ホームランさ」

「ええ！　負けちゃったの？　佐々木で？」

サチは信じられないというようだった。

「じゃあ、もう終わり？」

「いや、どちらかが四勝するまでだから、まだ一試合はある」

「じゃあ、明日は絶対に勝つわね」

サチは、なにがなんでも勝ってもらいたいという様子だった。

しかし、サチの願いも虚しく、翌二十二日も負けた。ヤンキースは二日前のお返しだといわんばかりの猛攻で、十二点を上げた。一方、マリナーズはいいところなし。七回にイチローの内野安打などで三点を上げたが、反撃もここまで。ヤンキース・ファン一色のスタンドからは歓喜の声が上がり、紙ふぶきが舞った。手に手に星条旗が振られ、まるですでにワールド・チャンピオンになったかのような騒ぎである。

「ああ、終わっちゃった。でも悔しいわね。ここまで来て」

サチは悔しそうだった。よほど悔しいと見えて、目にはうっすらと涙さえ見せている。

「まあ、ここまでやれれば上出来なんじゃないの？　相手は昨年のチャンピオンだし、なにしろテロで自信を打ち砕かれたニューヨーカーにとっては、ヤンキースの活躍が支えになっているんだ。ニューヨーク復興のためにも、彼らには勝ってもらわなければならないんだから。マリナーズはむしろ遠慮したと考えたらいいんじゃないの」

「そうとでも考えないとね」

サチはそれにしても残念そうだった。

テレビカメラは、イチローが他の選手とともにロッカールームに引き上げて行く後ろ姿を遠くの方から映していた。その姿はうなだれていた。背中は泣いているようにも見えた。

（泣くなイチロー。一年間よくやったじゃないか。あんたはアメリカにいる日本人の誇りだ。われわれに勇気をくれた）

ヒロはその後姿に向かって心の中で喝采を送っていた。

実際、暗い話題が多かったヒロの会社でも、皆が唯一明るい会話ができたのは、イチローと佐々木、それにメッツにいた新庄の活躍が話題になったときだった。三人の活躍は、同じ日本人として誇りであり、やればできるという自信を与えていた。

2

ニューヨークにいると、地理的に日本が遠いのは当然としても、精神的にも遠い存在になってくる。日本の新聞や雑誌、それに書物は比較的手に入るが、それでも値段が高い。日本の二倍から三倍になる。輸送費を考えれば当然なのだが、自然と手が遠のく。テレビでは日本の番組もやっているが、せいぜい一日、二、三時間だ。都合で見れないことも多い。内容も、ニュースは別としても、それ以外は詰まらない番組が多い。ニューヨークでは、台湾や韓国など様々な国の番組が見られるが、はっきり言って日本の番組が一番くだらない。全く見る気がしないのだ。自然、日本への関心も薄くなる。ある意味では、イチローのような存在が、日本から遠ざかる精神を繋ぎ止めているのかもしれないとヒロは思っていた。

そういうヒロに、日本のことで気になることがあった。アフガンへの自衛隊の派遣である。それはサチも同じだった。

自衛隊の問題は、テロの直撃を身近に体験した二人にとっては複雑な事柄だった。アフガンの攻撃について、ヒロはどちらかといえば慎重派でサチは積極派というように、二人の間に温度差があった。しかし、日本がアメリカと歩調を合わせてテロと闘うことには、二人とも賛成だった。あれだけの惨劇を目の当たりにすれば、テロリストとそれをかくまうタリバンを許せないのは彼らも同じだった。日本政府が、ただちにアメリカ支持を打ち出したのも、歓迎できることだった。しかし、日本の平和憲法と専守防衛という自衛隊の性格を知っている彼らにとって、自衛隊が後方支援の域を越えて、アフガンの戦場で共に戦うことになれば、話は別だと考えていた。にもかかわらず、日本の新聞やテレビのニュースを見ていると、日本政府は、こんどのテロ事件を口実に、平和憲法そのものの性格を変えようとしているように見えた。

サチも言っていた。

「なんだか日本の新聞を見ていると、アメリカが日本の自衛隊派遣を期待しているように書いてあるけど、ほんとうにそう?」

「僕もそれは疑問に思っている。アメリカ政府の高官が日本に『旗色を鮮明にしろ』と言ったと大袈裟に書かれているけど、こっちのマスコミでは聞いたこともない。アーミテージがなんだという感じだよな」

ヒロは、テロ事件後はとくにアメリカ人の潜在意識にある反日感情を嫌というほど味わされた。「パールハーバー」という言葉を何度聞いたか分からない。いまだに日本の卑劣行為を表す代名詞になっている。その歴史的位置付けは、同時多発テロの発生によって、「セプテンバー・イレブンス」にとって代わられるかもしれない。しかし、その位置付けは変わっても、アメリカ人の潜在意識まで変えるのは容易なことではないように思われた。もし、本気でアメリカが日本の支援を必要とするなら、テロ後にも、『パールハーバー』なる映画の上映を許すだろうか。支援を求めながら、その国の卑劣行為をあざわらうような映画が許されるというのは、いかにテロ後の混乱した秩序の中であったとしても有りえない。いったいアメリカ人の誰が日本の軍事支援を歓迎するのだろうか。ヒロはそんなことを考えていた。

確かに、ブッシュ大統領がテロ後の小泉首相の訪米を歓迎し、日本の協力に深謝したとしても、それは行動を共にしているイギリスなどに対するものとは全く異なっている。共同歩調を取っているその他の四十数カ国に対する以上のものではない。つまりその他大勢の扱いなのだ。ブッシュが日本の平和憲法を根本的に変えることまでも、期待していたとは到底思えない。もっとも、日本のことなど端《はな》から頭にないブッシュが、日本の平和憲法をどこまで知っているかという疑問はあるが。ましてや、アメリカ政府の一高官の発言が、日本憲法の根幹を揺るがすほどの重みがあるとは到底考えられない。ヒロはアメリカの一高官の発言を重視した日本政府の対応が不思議で仕方が無かった。

米英両軍の地上軍投入があってから、しばらくはアフガンから大きな成果は伝わって来なかった。最新鋭の兵器に身を固めた地上軍兵士であっても、険しい山岳地帯でのゲリラ戦は、相当に困難が伴うことが予想された。このまま長期戦にもつれ込むのかとも思われた。アフガンはすでにラマダン月に入って、しばらくは小康状態に入ることも予想されていた。

しかし、突破口は意外と早く切り開かれた。北部の要衝マザリシャリフである。米英が支援する北部同盟は、十一月九日にマザリシャリフへの侵攻をはじめ、十日には完全制圧した。米英軍と北部同盟がここを支配できれば、カブールやカンダハルなどさらに南部の都市を攻略する前戦基地にすることができる。ウズベキスタンからの武器弾薬の補給も容易となり、戦況は格段に前進することになる。すでに北部同盟は徐々に支配地域を広げており、カブールの北にあって石仏破壊で有名になったバーミヤン近郊まで迫っていた。

情報では、勢いづいた北部同盟がそのまま一気にカブールまで侵攻する可能性が出て来た。これに慌てたのが国連とアメリカである。もし、北部同盟が首都カブールを制圧すれば、これ以降、北部同盟が実質的にこの国を支配することになる。しかし、米英両軍が支援するとはいっても、北部同盟はアフガン全体からみればあくまでも一部の勢力で、しかも、タジク人やウズベク人のリーダーたちが、タリバンという共通の敵のために一時的に共闘しているに過ぎない。このまま彼らがカブールに雪崩れ込めば、たちまち政権の主導権争いが始まり、内乱状態に陥ることも予想された。

ＣＮＮは戦車や軍用トラックでカブールに向かう北部同盟軍の兵士たちの姿を映し出していた。

「北部同盟の勝利は意外と早いかもね」

ＣＮＮの映像を見て、サチは一気に期待を膨らませていた。しかし、ブッシュ大統領が、北部同盟のカブール侵攻を望まないという発表を聞いて、困惑していた。

「ええ？　どういうこと？　なんで一気に攻め込まないの？」

「北部同盟はもともと少数民族の寄せ集めみたいなもので、共通の目標を無くしたら途端に分裂してしまう。それまで彼らを一つに束ねていたマスード将軍は、テロの直前に自爆テロで死んでしまったしね。彼に代わるカリスマがいないんだから仕方がない」

北部同盟は、最大勢力でタジク人主体の「イスラム協会」とウズベク人主体の「アフガン・イスラム運動」、それにハザラ人主体の「イスラム統一党」の三大勢力からなっていた。マスード亡きあとの北部同盟を束ねていたのは、タジク人でイスラム協会のファヒム国防相だったが、各派をまとめるだけの力は持ち合わせていなかった。大統領のラバニもタジク人でイスラム協会に属しているが、マスードあっての大統領で、その求心力は急激に衰えていた。

「でも、政権をどうするかなんてカブールを制圧してから考えたっていいんじゃないの？　まず、カブールを陥落させることが先決じゃないのかしら?」

サチは強硬だった。たんに新聞記事の受売りにすぎなかったヒロは、そういわれればそうだと答えに窮した。

テレビは、タリバン後の政権の担い手として、イタリアに亡命中のザヒル・シャー元国王の名前が挙がっていると言って、その映像を流した。彼は元国王という威厳は備えているものの、いかにも高齢で、弱々しかった。サチは冷徹だった。

「ええ? あんなよぼよぼの老人が内乱も起こるかもしれないというこの国を治めるの? 信じられないわ。しかも、もともと国を追い出されたような人なんでしょ? そんな人を引っ張り出すなんて。でも、アメリカはなんでもいいなりになる傀儡を探しているのかもね?」

北部同盟の勢いは、国連やアメリカの心配をよそに留まることを知らなかった。

十一日には、バーミヤンを制圧し、主力部隊がカブール北方まで迫っていた。これにより、北部同盟はアフガンのほぼ北半分の州を全て支配下に治めることになった。米英両軍の空爆開始までは、その支配地域は一割からせいぜい三割といわれていたのが、この一ヶ月で国土の半分を制したのだ。驚くべき速さだった。

翌十二日は、アメリカン航空機の墜落事故で、アメリカ国内は再び緊張に包まれた。誰もが、第二次のテロ攻撃が始まったとおそれおののいた。前日までは、アフガン侵攻の模様を流しつづけていたテレビが一斉に、ロッカウェイの墜落現場一色となった。

しかし、その間にも、北部同盟は着実に、そして、迅速にカブールへの進撃を進めていた。そして、十三日には、ついに首都カブールを制圧した。テレビは、カブール市内に戦車やトラックで歓声を上げながら侵攻する様子を盛んに流していたが、アメリカ国民の関心はアメリカン航空の墜落がテロなのか事故なのか。テロならば、さらに攻撃があるのかに注がれていた。炭疽菌テロの恐怖に怯え、次にはいったい何があるのかと疑心暗鬼になっていたときの、この墜落事故である。本来なら、アメリカ中にアフガン戦争勝利の歓喜が上がっても良いほどの、大戦果であったが、残念ながら、国民の目はクィーンズの一角に釘付けになっていた。

十二日には、イチローがアメリカン・リーグの新人賞を獲得したニュースも流れたが、残念ながらこれも墜落事故の影に隠れてしまった。

カブールの陥落は呆気なかった。劣勢に立たされたことが明らかになったタリバンは、ここで無駄な血を流すよりは、本拠地であるカンダハルを固めたほうが得策だと判断したに違いない。ほとんど抵抗する様子もなく、南部を目指して敗走していった。タリバンが去ったあと、市内に残っていた市民は、マスード将軍の遺影を掲げながらトラックで続々と侵攻してくる北部同盟の兵士たちを、「アッラー・アクバル（神は偉大なり）！」と歓喜で迎えていた。

タリバンのいなくなったカブールの街では、男性が伸びきった髭を剃ったり、ラジオやラジカセで音楽を楽しむ光景が見られた。ラジオ・カブールでは、「偉大な勝利をみなで祝いましょう」と女性アナウンサーが呼びかけた。通りにいた女性はブルカを脱ぎ捨て、笑顔を見せていた。市民は皆、ふたたび自由が戻ったことを歓迎していた。開放された笑顔からは、タリバンによる五年間という間の支配が、いかに不自由なものであったかが想像された。

そうした長閑な光景がある中でも、北部同盟の兵士たちは、タリバン掃討の手を緩めていなかった。最前戦にいた兵士たちは、敗走するタリバンを追って、東部のジャララバードや南部のカンダハルまで到達していた。そして、そこで死守の構えに入っていたタリバン軍と睨み合いに入った。カンダハルに居宅を構え、ここを本拠地にしていたオマル師は、「最後まで闘え！　首を切られた鶏のように無様な逃げ方はするな！」とタリバン軍に徹底抗戦を呼びかけていた。

北部同盟とタリバンの攻防は二日間に渡って展開された。しかし、タリバンの支配下にいた反タリバンのパシュトゥン人が武力蜂起し、カンダハル空港が反タリバン勢力の手に落ちた。こうした内部崩壊に加え、アメリカ軍による連日の激しい空爆で、タリバン軍はついにカンダハルさえも放棄せざるを得ない状況に追い詰められた。そして、十七日には、最高指導者オマル師がカンダハルからの撤退を表明したと伝えられた。ついにタリバン軍の敗北は決定的となった。

タリバンの残党は、山岳地帯へ敗走したが、北部同盟の追撃から逃れられなかった兵士たちは、次々と殺された。殺害された兵士たちの遺体が、山岳地帯に繋がる街道脇に点々と横たわり、それを蹴り飛ばす北部同盟の兵士たちの姿が映像になって送られていた。

米英両軍と北部同盟の勝利は決定的なものとなった。そして、アメリカン航空機の墜落もほぼ事故に間違いないことに安堵し、アフガンでの勝利を確信していたアメリカ国民の関心は、もっぱらビンラディンの捕獲に掛かっていた。

アメリカ軍は、ラマダン入りしても、ビンラディンを追って、空爆を続けていた。空爆による掃討作戦で、ビンラディンの側近中の側近であるムハマド・アテフが死んだ。彼はアルカイダの最高幹部で、同時多発テロの首謀者と目されていた人物である。カブールでビンラディンらも潜んでいたと思われる、アルカイダのアジトが暴かれたのを始め、つぎつぎと秘密のアジトが暴かれた。タリバンの幹部の中には北部同盟に寝返る者も出て、ビンラディンらの行方について様々な情報が入って来た。アメリカ軍は、ビンラディン逮捕に繋がる有力な情報の提供者には二十五万ドル（約三十億円）を与えると飛行機で大量にビラを撒いた。オマル師とともに山岳地帯を逃げ惑っているに違いないビンラディンの包囲網はどんどん小さくなっているように見えた。

しかし、一日として同じ場所に留まることはないというビンラディンの正確な居場所を特定する作業はそう容易ではなかった。ヘリコプターでイラクやイエメンなど、ビンラディンに同調する国へ脱出したとする報道もあり、捜索活動は困難を極めていた。

迷い

1

十一月二十日の夜、ヒロとサチが自宅で夕食を取っていると、テレビは、イチローがアメリカン・リーグのＭＶＰに選ばれたと報道していた。

「やっぱり、アメリカもイチローの実力を認めたということね。ほんとうに凄いと思うわ」

これに喜んだサチは、夕食が済むと、ヒロに声を掛けた。

「ねえ、せっかくだから外で祝杯をあげましょうよ。イチローにおめでとうって」

ヒロは気が進まない様子だったが、サチは彼を強引に誘い出した。

サチは、最近、ヒロのことが気になっていた。日本からの観光客は相変わらず低調で、ヒロの仕事が無く、ひどく落ち込んでいることがあったからだ。サチは、ヒロを元気付ける意味でも、外でパアっとやりたかったのだ。

二人が、いつものステーキ・ハウスを覗くと、カウンター・バーの上にある大型テレビは、ちょうどイチローのインタビューの映像を流していた。

「グッド・タイミングじゃない」

サチは、ヒロを先導するようにして、店の中に入っていった。しかし、カウンターの席は、若い男女でほとんど埋まっていて、二人が並んで座れる場所が無かった。

二人は、カウンターを諦めて、レストランのテーブル席を探そうとしていた。

「ちょっと、見て。あれ、デービッドじゃない?」

サチが、ヒロの袖を引っ張った。

ヒロが、サチが目で指し示した方向を見ると、それは間違いなくデービッドだった。レストランは、灯りを落としていて薄暗かったが、デービッドは奥の壁際の席に一人で座っていた。すでに食事を終えたと見えて、サイド・テーブルのスタンドの灯りを頼りに雑誌を広げて、コーヒーを飲んでいた。

二人は、キャシーの葬儀が終わってから、デービッドの姿を見る機会がほとんど無かった。以前ならよく見かけたマレー・ヒル界隈のレストランやコーヒー・ショップでも、彼を見かけることはなかった。デービッドにとってキャシーとの思い出のある場所は辛くて入りにくいのか、あるいは一人でそうした場所に入るのはためらわれるのかとヒロは想像していた。ヒロが教えていた空手も、テロ事件以降は一度もその機会がなかった。


ヒロもサチも、彼に声を掛けるかどうか、一瞬ためらった。しかし、同じレストランにいて、声を掛けないのも不自然だ。

「声を掛けてみたら」

サチがヒロを促した。

ヒロがデービッドのテーブルに近づいた。

「やあ、デービッド」

ヒロがそう言って、声を掛けると、デービッドは雑誌から顔を上げて、少しばかり狼狽したような表情を見せた。それは、以前の陽気な彼には見られなかった表情だった。

ヒロは、その表情の中に、彼の心がいまだに癒されていないのを感じていた。

「やあ、ヒロ。それにサチも」

しかし、デービッドは二人の顔を見て、すぐに笑顔を作った。ヒロもサチも、その笑顔に救われた気がした。

「元気にしていたかい？」

「ああ、まあまあだね」

デービッドは首をすくめるような仕種をした。

「会社のほうはどうだい？　順調なのかい？」

「ああ、色々とあったが、ようやく以前の状態に戻って来たよ。なにしろ、必要な書類は、ほとんど全て失われてしまったからね。それを元通りに揃えるのが大変だった」

「それは大変だったろう」

ヒロは同情した。

「で、オフィスはどこにあるの？」

「ジャージー・シティにある。テロ後は、マンハッタンの多くの企業がそこに移っている」

ジャージー・シティは、ニュージャージー州にある街だが、マンハッタンとはハドソン川を挟んで対岸にあった。ヒロもテロで被災した企業が、どんどん移っていることは知っていた。

「ヒロの仕事はどうだい？」

「こちらは最悪だね。この仕事をして五年になるけど、こんなにひどいのは初めてだ。これも…

……」

ヒロは、同時多発テロのお陰だと言いかけて、言葉を飲み込んだ。ヒロよりもはるかに大きな痛手を受けたデービッドの前で、テロのことを理由に持ち出すのはまずいと思ったからだ。

「……まあ、それでも、なんとかなると思って頑張っている」

ヒロはそう言いながらも、表情を曇らせていた。

「もう、食事は済んだの？」

サチがそう訊くと、デービッドは頷いた。

「じゃあ、私たちと乾杯しない。今日はうれしいことがあったのよ」

サチは、その場の暗い雰囲気を払拭するように言った。

「おお？　何があったんだい？」

デービッドは、少しばかり関心を見せる素振りを見せた。

「イチローがＭＶＰを取ったのよ」

サチは快活に言った。

「イチロー？」

デービッドはイチローが誰であるのか知らない様子だった。

「ええ、日本から来た野球選手。今年のアメリカン・リーグのＭＶＰに選ばれたのよ」

「打率でも、盗塁数でもトップだった」

ヒロが補足した。

「ああ、そういえばそういう選手がいることを聞いた覚えがある。確かマリナーズかどこかだったろう？　イチローだって？」

デービッドも一応は知っていた様子だったので、サチは目を細めた。

「ええ、イチローよ」

「卓球のピンポン球のように打ち返す奴だ。思い出した。日本人でも凄いのがいると思っていたよ」

サチは、そうそうと頷いた。

「それはおめでとう」

デービッドも笑顔を見せた。

サチは、ウェイターにワインを持ってこさせると、三つのグラスに注いだ。

「乾杯《チアーズ》！」

三人は、笑顔で乾杯した。

「もう、空手はやらないのかい？」

ヒロは、デービッドが元気そうだったので、そう切り出した。

「また、やりたいとは思うが、精神的に余裕がない」

ヒロは、それがデービッドの正直な気持ちだろうと思って、頷いた。

「それにしても、……」

デービッドは、言葉を選んでいた。

「それにしても、悔しくて仕方がない。もし僕があのハイジャックされた飛行機に乗っていたら、テロリストを叩きのめしていたのに、それを思うとほんとうに悔しい」

ヒロもサチも、デービッドの分厚い眼鏡の奥に、いまだにテロリストに対する怒りが燃えているのが分った。

「対抗手段を持たなかった乗客たちは、カミソリやカッターなどのたわいもない凶器にも怯えてしまったんだ。彼らのうち一人でも空手の心得があったら、闘うこともできたのに」

デービッドは、なす術もなく、テロリストの言うがままにされた乗客たちと、その巻き添えになったキャシーたちが哀れで仕方が無いというようだった。

ヒロとサチは、彼にテロのことを思い出させるのは良くないと思ったのか、自分たちからは積極的にその話題には触れなかった。二人は、デービッドがしゃべるのをただ黙って聞いていた。


「ところで、もうヒロと一緒に空手ができないと思う」

デービッドが残念そうに言った。

「えっ?」

ヒロは少しばかり驚いた。

「来年から、サンフランシスコに行くことになった。もう、ヒロに空手を教えてもらうことができないと思うと残念だ」

「ええ?」

ヒロはサチと顔を見合わせた。デービッドがいなくなると寂しいと思ったからだ。なにしろ、このマレー・ヒルで彼らが自由に話ができるアメリカ人は、このデービッドとアパートのドアマン、それにデービッドの妹のマーサ以外には無かった。

「転勤なのか?」

「いや、むこうに大学時代の友人がいるんだ。彼はコンピューター・ソフトの会社をやっている。小さな会社だが、僕に副社長をやってくれと言っている。将来性のある会社だし、僕も会社の経営に興味があったから」

「そう。副社長なら出世じゃないか。おめでとう」

「ほんとうに、おめでとう」

ヒロもサチも祝福した。

「ありがとう」

デービッドは素直に礼を言った。

「サンフランシスコはいい街だ。僕らもできれば一度住んでみたいと思っていたところだ」

実際、ヒロとサチは、ニューヨーク以外だったら、サンフランシスコに住みたいということで一致していた。

「僕らは、三十八丁目の下り坂をサンフランシスコ坂と呼んでいる。下り坂からイースト・リバーが見えるところなどは、サンフランシスコ湾に下って行く坂に似ていないかい？」

「ほんとうかい？　そういえば、そうかな？」

デービッドは、首をかしげていた。

ヒロとサチは顔を見合わせて苦笑した。

「それで、いつサンフランシスコに行くんだい？」

「十二月末になると思うよ。日にちはまだ分からない」

「ぜひ、僕らに見送らせてくれ」

「ええ、ほんとうに」

サチも同調した。

「ああ、ありがとう。日にちと時間がはっきりしたら連絡するよ」

2

アパートに戻ったヒロとサチは、デービッドが元気そうだったので安心した。

「彼が元気になって安心したわ。キャシーの葬儀のときは気の毒で見ていられなかったものね。いったい再び立ち上がれるのか心配したもの」

「ほんとうだ。彼は根が明るいから、立ち上がるのも早いんだな」

「でも、サンフランシスコに行くって言ったでしょ。あれはやはりここから逃げたいのよ。ここにいるかぎり、キャシーのことを思い出すでしょ。きっと、それが辛いのよ」

「まあ、そういうところはあるだろうな。でも、そうして逃げるところがあって羨ましいな」

ヒロは、行き場を失っている自分と比べていた。

「しかし、彼がいなくなると寂しいな。会社でも、どんどん人がいなくなってしまうし。こっちの企業にいた人もどんどん日本に帰ってしまって、知っている日本人も少なくなってしまった。なんだか取り残されたような気持ちになってくる」

ヒロは暗い表情になった。

サチは、ヒロのそうした横顔を寂しそうに見ていた。


ヒロは、帰国するかどうかで真剣に迷っていた。しかし、すでに二年近くを一緒に暮らし、互いに将来は結婚することも考えていたサチにそれを言い出すことができなかった。

サチには、靖枝という母がいたが、今は再婚して別姓になっている。実父は一時、歌手を目指していたこともあったが、結局落ちぶれて、今は音信不通になっていた。複雑な家庭環境の中で育った彼女は、そこから逃げるようにしてアメリカに渡って来たが、結局、大学を中退してしまった。

退学したサチは、MTSで事務員として働くことになったが、まもなくそこも辞めてしまった。サチはその後のことをヒロにこう語ったことがある。

「MTSを辞めてから、日本料理店で働いていたのよ。そしたら、一緒に働いている人で、ダンス・カンパニーに通っている娘がいてね」

ダンス・カンパニーはいまサチが通っているブロードウェイのダンス・スクールのことだ。

「わざわざ、ミュージカルの勉強のために名古屋から渡米して来たというのよ。私もミュージカルには興味があったから、一度、彼女に誘われてスクールを覗きに行ったの。そしたら、本当に色々な人たちがいて、私でも何かできそうな気がしたのよね。それで、私も通うことにしたの。とにかく、落ち込んでいたから、何か救われたような気持ちなったわ」

サチがダンスのことを話すときは、目が輝いていた。彼女は、ミュージカルに自分の活路を見出そうとしていたのだ。

しかし、ミュージカルで身を立てるのは大変なことだ。マンハッタンだけでも、何万人というブロードウェイ予備軍がいて、日夜、ダンス・レッスンに励んでいるという。

ヒロも、ミュージカルの舞台裏を描いてヒットしたミュージカルの『コーラスライン』を見て、舞台に立つために熾烈な競争があることは想像できた。しかし、サチに言わせれば、ああしてオーディションの最終選考に残るだけでも大変なことなのだという。大抵は、オーディションの前にヘッドショットという写真付きの履歴書を提出するのだが、ここで振り落とされるのがほとんどだという。つまり、容姿とそれまでの経歴が物を言う世界らしい。仮にちょい役でも、何かのミュージカルに実際に出たという経歴があれば、断然有利になるが、それすらも難しいのだという。しかし、ほとんど実績もないのに、容姿抜群でオーディションも簡単にパスし、一躍スターになってしまうシンデレラが生まれるのもこの世界ならではのことらしい。しかし、とくに日本人や中国人などの東洋系は、そもそも配役が少なく、一段と狭き門になっているという。

サチは、ヒロと同棲する前は、昼間のダンス・スクールに通うために、ナイトクラブやパブなど比較的収入の良い店で働いていた。しかし、ヒロと同棲するようになってからは、今の事務所で昼間働くようになった。収入は減ったが、ヒロと同棲している限りは、生活に困ることはなかった。

しかし、もし、ヒロが日本に帰国することになれば、サチの今の収入では生活はできない。また、ナイトクラブやパブに逆戻りすることになる。ヒロは、サチが困るのが分かっていたから、余計に言い出せなかった。


「ねえ、ヒロ。ひとつ聞いていい?」

サチは、沈んでいるヒロにそう切り出した。

「なんだい、急に改まって?」

「ヒロ、わたしに何か隠し事していない?」

「えっ?」

「だって、このごろ考え込んでいることが多いから、何か悩んでいるんじゃないかって、心配なの」

「う、うん」

ヒロは、それにはっきりと答えることができなかった。

「やっぱり変。いままでならなんでも話してくれたのに、はっきりしないなんて、どうしたの？」

「……」

ヒロは、ただ苦しい表情をするしかなかった。

「ねえ、仕事のことを心配しているの？」

ヒロの仕事が大幅に減っていることも、給料が少ないこともサチはよく知っていた。実際、ヒロは、日々の生活のために、それまでの僅かな蓄えを少しずつ取り崩しているのが現状だった。

「まさか、日本に帰ろうと思っているってことじゃないわよね？」

「……」

ヒロは、目を伏せた。

サチは、急に悲しげな顔になった。そして、ヒロの肩を手で掴んで、ゆすった。

「ねえ、帰るなんて、考えていないわよね」

ヒロは、それに答えることができなくて、顔を歪めた。

「やっぱりね。このところ元気がないから変だと思っていたわ」

サチは、ボロボロと涙を流した。

「二人で、大好きなニューヨークで一緒に暮らそうと言っていたのに、急にどうしたのよ？」

「……」

ヒロは返す言葉が無かった。

「テロがあったって、生活が苦しくたって、ここはニューヨークじゃない。夢があるじゃないの。

努力すれば何だって手に入るわ」

ヒロには、サチのそんな励ましの言葉が空々しく感じられた。そして、うなだれてしまった。

「そんなヒロなんて大嫌い！」

サチは捨《す》て台詞《ぜりふ》を残して、寝室に飛び込んでしまった。

ヒロは、ただ悄然《しょうぜん》としていた。

しばらくして、ヒロが寝室に入ると、サチはベッドの中で泣いていた。ヒロは、

「ごめん。だけど、僕も苦しいんだ。このままで君を幸せにできるだろうかってね」

と言いながら、彼女の肩に手を置いた。サチはその手を、振り払うようにして、拒絶した。

ヒロは言いようのない苦しい気持ちになった。いったい自分はどうしたらいいのか？　彼はベッドに入っても、寝付けないまま、彼女の横でじっと考えていた。

3

ヒロは久しぶりにグランド・ゼロの近くを通った。すでに、テロ後三ヶ月が過ぎていた。彼は、テロのとき自分が小島と桐島の二人と一緒に車の中に閉じ込められていたウェスト・ストリート沿いの駐車場の近くまで行くと、路上に車を止めた。その駐車場には、大きなドーム状のテントができていて、中は倉庫のようになっていた。おそらく、瓦礫の撤去に必要な機材や、作業員に支給する食料などが保管されているのであろう。荷物を出し入れするフォーク・リフトが頻繁に出入りしていた。現場周辺には、作業員たちが寝泊りしていると思われるプレハブの建物が数多く建っていた。

現場は、以前と比べてかなりのところまで近づけるようになっていた。以前なら、一般の見学者は現場の北側にあるマレー・ストリートまでしか近づけなかったが、二ブロックほど南まで近づけるようになっていた。すぐ目の前は、第七ビルがあった辺りである。現場周辺は、見学者が後を絶たず、バリケードの前には人だかりがあった。テロ直後は、見上げるようにしてあった瓦礫の山はすでにビル一階分程度まで削り取られていて、すっかり綺麗になっているのにヒロは驚いた。新聞の写真などにしばしば登場した無残な外壁の残骸もすでに取り払われていた。

瓦礫が取り除かれて視界が開けた現場からは、周囲のビルがよく見渡せた。ヒロは、ちょうど正面にある黒っぽい高層ビルのかなり高いところから中層部に掛けてざっくりと抉《えぐ》り取られた傷跡があるのに驚いた。そのビルは、南棟の南側にリバティ・ストリートを挟んで建っていたビルで、南棟の崩壊に巻き込まれたに違いない。その無残な傷口が崩壊の凄まじさを物語っていた。彼の立っていた場所からは、左に連邦政府庁舎、右側にニューヨーク電話会社のビルが見えたが、いずれも上層部から中層部に掛けて、被災した跡が見られた。雨よけのビニールシートや窓を塞ぐベニヤ板などが痛々しかった。

彼はそこから一度ウェスト・ストリートに出て、ワールド・ファイナンシャル・センターのほうへ回って見た。センターのビルから現場が見下ろせないかと思ったのだ。しかし、ウェスト・ストリートを挟んでWTCと隣接していたこのセンターも被災していてWTC側の出入り口はすべて閉鎖されていた。彼は仕方なくハドソン川に面したバッテリー・パークへ出て、そこからロビーに多くの椰子《やし》の木が植えられていることで有名なウィンター・ガーデンへと回って見た。すると、ウィンター・ガーデンのガラスのドームも被災していて、屋根の鉄骨が曲がっているのが見えた。当然、ドームを覆っていたガラスも粉々に砕け散っているに違いなかった。彼は、このセンターのシンボルとして、よく写真などでも紹介されていた美しいドームまで破壊されてしまったことに衝撃を受けた。

バッテリー・パークを更に南に下ると、公園の一角に人びとが群れているのが見えた。ヒロはなんだろうと思って、近づくと、そこには壁一面に遺影が貼ってあった。事件で亡くなったニューヨーク市消防本部の三百四十三名、ニューヨーク港湾警察三十七名、そして、ニューヨーク市警二十三名のものだった。それらの遺影を星条旗が取り囲み、祭壇の下には無数の花が飾られていた。ヒロは、その遺影の数の多いのに圧倒された。そして、いかにその犠牲が大きかったかを思い知らされた。彼は思わず姿勢を正して手を合わせた。

彼は、パークの中を歩いて、ハドソン川沿いに出てみた。そこからは遠くに自由の女神を望むことができた。しばらくは、この女神も入場が禁止されていたが、もう自由に行き来することができるようになっていた。

かつて、船でやってきた多くの移民は、この女神像を期待と憧れに胸を膨らませながら、眺めたに違いない。ヒロも、自由の国アメリカの象徴である女神像を何度仰ぎ見たことであろう。その度に、女神像は輝いて見えた。しかし、この日の女神は、彼の心には少しばかり曇って見えた。

1

サチは最近、夜になると忙しそうにしていた。お陰で、ヒロは一人で夕食を取ることが多くなった。当初、ヒロは、サチが彼の弱気に機嫌を損ねたのかと心配していたが、ダンス・スクールでオーディションがあるために、一生懸命になっていることが分かった。オーディションはクリスマス・イブの前日、十二月二十三日だった。

「ダンス・スクールの先生がプロデューサーをしている劇場で欠員が出るのよ。東洋系のダンサーにもチャンスがあるって、先生が私にオーディションを勧めてくれたの。初めての大きなチャンスだわ。絶対にものにしたいの」

サチは、そう打ち明けてくれた。彼女の話では、スクールからオーディションに推薦してもらえることだけでも名誉なことらしい。サチが通うダンス・カンパニーはいわゆるオープン制で、誰でも自由に入ることができた。それだけに生徒の実力も、全くの素人からプロ級の人までさまざまだという。先生は、レッスンの中で基本から高度なテクニックまで教えて行くが、生徒がそれに付いてくるかどうかは生徒次第らしい。

「まず、先生の目に止まるかどうかが大変なのよね。目に止まらなければ、先生には全く無視されてしまうし、上達もできないわ」

「厳しいんだね」

「本気でプロを目指す娘たちは、先生の目に止まるように、もう最初から前列に並んで先生の周りを独占するのよ。大抵は、ユダヤ系やスパニッシュ系の娘たち。貪欲で競争心が凄いの。そういう娘たちの中に入って、競争してゆくのって大変なのよね。とくに東洋系は無視され易いし、プロになるチャンスも限られているから」

ヒロは、サチの机にときおり演劇関係の人が読む『バックステージ』という雑誌が置いてあるのを見たことがあった。その中にはダンス・スクールの宣伝に混じって、ミュージカルや映画などのオーディションの情報などが満載されていた。オーディションは、本格的なミュージカルや映画などから、PRビデオのちょい役程度のものまで実に広範囲である。ヒロはそれを盗み見して、多くのオーディションがあることに驚いたことがあった。

ヒロは、サチがこれを見てときおりオーディションを受けていたことは知っていた。しかし、東洋系は一般には余り募集がなく、とくに「東洋系も可」あるいは、「東洋系を希望」と記載がなければ、応募するだけ無駄だという。『ミス・サイゴン』のような東洋系のダンサーが中心になるミュージカルは少ないからだ。それまでサチが応募していたのは、PRビデオなどのちょい役が多く、ほとんどが交通費と弁当代が出る程度のものだった。それでも、合格の実績を重ねると、大きなオーディションにも有利になるらしい。しかし、どんなオーディションにも多くの希望者が殺到し、それを通過することは大変なことだった。

「東洋系も可となると、ほんとうに様々な人種が集まるのよね。よくもこんなに多くの東洋人がいるものだって感心するのよ。それが皆ブロードウェイのショー・ビジネスを目指しているというんだから、ほんとうに驚いてしまうわ」

サチはため息交じりにそう言ったことがあった。

オーディションの日が近づくに連れ、サチのテンションはどんどん上がっていた。スクールのカリキュラムの中には、いかにオーディションを突破するかを指導する特別のプログラムもあるらしく、日増しにレッスンの数が増えていた。サチは、寝室やバスルームの中で、ボイストレーニングの積もりなのか、びっくりするくらいの大きな声を出すことがあった。ヒロが、いったいどうしたのかとサチの顔を眺めると、

「ごめんね。しばらく辛抱してね、協力してね」

サチは、ヒロにそう言って、協力を求めた。

オーディションで歌う曲はあらかじめ決まっているのか、サチはバスルームの中で何度も同じ曲を繰り返し練習していた。

寝室では、ときおりベッドサイドで足を大きく振り上げてバレーの練習をしていた。オーディションでは、バレーの動作も審査の対象になっているという。小さいときからバレーを習っていたという彼女は、これには自信があるらしい。ヒロが驚くほど高く足を振り上げることができた。


オーディションの日は、日曜日に当たっていた。普段なら、のんびりとくつろいでいるところだが、サチは朝からヒロが傍目に見てもはっきり分かるほど緊張していた。ヒロにも、彼女がいかにこのオーディションに期待を掛けていたかが分かった。

「オーディションは夕方五時からだったっけ？　応援に行かなくていいのかい？」

いままで一度もサチのオーディションに付き合ったことがないヒロだったが、一遍、それがど

んなものなのか見てみたいと思っていた。

「いいわよ、来なくて。応援に来たって、参加者が多くて中には入れないわよ。それにヒロがいたら、余計に緊張して、できるものもできなくなるわ」

サチはそう言って笑ったが、笑顔が引きつっていた。

ヒロは、真剣になっているサチを余り刺激しないほうがいいと思って、それ以上は言わなかった。


サチは、まだオーディションの開始までには大分時間があるというのに、ヒロと一緒に昼食を済ませると、スクールに出かけて行った。

ヒロは、いままでサチがダンス・スクールで練習している光景さえ見たことがなかった。しかし、これほどまでに執念を燃やすオーディションというものがどういう風に行われているのか興味が湧いていた。そして、サチに黙ってその会場が見られないものかと考えていた。ヒロは、サチに見つかったらまずいだろうなと思いながらも、夕方の時間になると、ウェスト・サイドの五十七丁目にあるスクールに向かった。


ヒロが、ビルの五階にあるスクールの受け付けで、オーディションを見たいというと、「オーディションはオープンにしていない」と一言の下に断られてしまった。

ヒロはわざわざ来たのにとがっくり肩を落とした。

彼の落胆を気の毒に思ったのか、親切そうな受付の女性スタッフが、「オーディション以外の教室は自由に見られるから、時間があれば見物していったら」と声を掛けた。

彼は、ほかのダンス教室には興味がなかったが、中に入りさえすれば、オーディションも覗けるのではないかと思った。そして、「ありがとう」と言って、求められるままに訪問台帳に名前を記入し、中へ入った。

女性スタッフは、

「オーディションは三階の教室で行われています。それ以外の教室は自由に見られます」と言った。

ヒロはそれに頷いて、「オーケー」と言いながら、ロビーに入った。教室はすべて階段で上り下りするものと見えて、奥の階段を生徒たちが行き来していた。

彼は、その階段を一度三階へと下りてみた。そして、階段の扉を開けようとしたが中から鍵が掛かっていた。

（やはりだめか）

彼はがっかりして、再び階段を上った。そして、四階のフロアを覗いて見た。そこのフロアは幾つか教室が分かれていて、廊下と教室が大きなガラス窓で仕切られていた。教室の中では、ヒップ・ホップというのだろうか、マイケル・ジャクソンばりの早い動きのダンスのレッスンが繰り広げられていた。教室の中には、四、五十人の若者がいてほとんどが十代後半から二十代だった。中にはまだ小学生の低学年にしか見えない子どももいたが、その子のダンスが激しいリズムに載って抜群にうまいので、ヒロは思わず感心して見とれてしまった。

ヒロは、ロビーになっている五階を通過して、更に上の階へ上った。六階と七階は、いずれもバレーの教室が開かれていた。六階は、バレーの基礎クラスとみえて、生徒が十代前半の子どもから六十代と思われるご婦人までいた。生徒の年齢層が広いのには驚かされた。七階は、中級から上級という感じで、六階に比べると、かなり高度なレベルの動作を繰り返していた。

ヒロは、さほど興味はなかったものの教室を一回りして帰る積もりだった。しかし、諦め切れずに、もう一度、三階へと階段を下りた。すると、今度は、階段室に若い女の子たちが溢れるようにしていた。

「オーディションは終わったのかい？」

彼が一人の女の子に聞くと、

「ヘッドショットで落とされちゃったの。オーディションはこれからよ」

彼女は、書類審査の段階で落とされてしまったのだ。

階段室に溢れていた娘たちは、皆、最初の選別で弾かれてしまった娘たちだった。ヒロは、落とされてしまった娘たちがそこにたむろしている理由が分からなかった。

「友達がいるから、オーディションを見てから帰るのよ。勉強にもなるし」

ヒロの疑問に、一人の娘がそう答えて、屈託無く笑った。

「ここで見物していてもいいのかい？」

彼が、おそるおそる訊くと、

「問題ないんじゃない？」

彼女はそう言って、階段を空けてくれた。

彼が、階段室から教室を覗くと、ガラス張りの教室の中には、最初の選別に勝ち残った四、五十人の女性たちがいた。ほとんどが十代の後半から二十代前半だ。中には、サチの顔もあった。彼女は、先生の推薦を受けていたから、最初の審査は問題なく通ったに違いない。

オーディションはすでに始まっていて、名前を呼ばれたダンサーが教室の中央に出て来て、演技をしている。最初はモダン・ダンスの審査らしい。ヒップ・ホップに似た感じの早いテンポのダンスだった。オーディションと言っても、全体にリラックスした感じで、オーディションだと知らなければ、ただのレッスンのような印象を受けた。服装もバレーダンサーのようなきちっとした姿をしている者もいれば、普段の練習着そのままといったようなラフな格好をした娘もいる。そのほとんどが足を冷やしたくないのか色とりどりの暖かそうなレグ・ウォーマーを嵌《は》めていた。レグ・ウォーマーをしていないのは、サチ以外には見当たらなかった。彼女は、黒のタイツ姿で、会場のダンサーの中では地味な服装だった。

教室の奥の壁際に近いところにいたサチは、全体にリラックスした雰囲気の中で、明らかに一人緊張していた。床の上で屈伸などをしながら気持ちを整えている様子だったが、表情が強張っているのが傍目にも分かった。ヒロはその表情を見て、なぜか自分自身がこれからオーディションを受けるような息苦しい気持ちになった。そして、心臓の鼓動が早まるのを感じていた。

驚いたことに教室の前の廊下にも、すでに振り落とされたダンサーたちが何十人も所狭しと座っていて、中の様子を真剣に見ていた。彼女らも今後のオーディションの参考のために最後まで見学する積もりらしい。

ヒロが階段室に立っていると、教室前の廊下に座っていた女性が少し開けて、場所を作ってくれた。座って見たらということらしい。男性のヒロがそこにいても何も気にしていないという様子だった。

彼は、その女性に礼を言って、その場に腰を降ろした。その場所は、廊下の端に当たっていたから、教室の中にいるサチのところからでは見えにくいところあった。サチに見つかったらまずいと思っていたヒロにとっては、格好の場所だった。

最初の演技は、おどろくほど短いもので、ダンサーが次々と呼び出されては、簡単なダンスをして、元の場所へと戻って行った。ヒロはこんなに短い演技でほんとうの実力が分かるものだろうかとびっくりしたほどである。

サチの順番は最後のほうだった。順番が近づくに連れ、サチが無理に笑顔を作って、緊張をほぐそうとしているのが、遠目にも分かった。不思議なもので、見ているヒロも胸がドキドキして苦しくなった。

(サチ、頑張れよ)

ヒロは心の中で声援を送っていたものの、サチが失敗して恥をかかないかと心配だった。名前を呼ばれたサチは大きな声で返事をすると、勢い良く中央に出て来て、ただちに演技を始めた。ヒロが彼女のこういう姿を見たのは全く初めてだったが、ステップも軽やかで、手足の動きも自然で華麗に見えた。名前を呼ばれる前までは、緊張しきっていた顔も、いざとなると笑顔で輝いていた。

(なかなか、やるじゃないか、サチ)

ヒロは心の中でそう言って、思わず手を叩きそうになった。

次は、バレーの基本動作の審査だった。参加者は全員がバレーシューズに履き替え、名前を呼ばれるのを待った。順番の公正を図るためなのか、こんどはサチの順番はかなり早かった。サチは前の審査が自分でもうまく行ったと思ったのか、緊張がほぐれたようで笑顔も見えた。彼女が、自信があると言っていたバレーだっただけに、堂々として動作も大きく、この中では小柄なほうの彼女の身体が大きく見えた。ヒロは、彼女の堂々とした姿にすっかり感心してしまった。そして、心の中で喝采を送った。それにしても、ヒロは、彼女がこれほどまでに真剣に打ち込んでいたことが分かって、何か自分自身が恥ずかしくなるのを感じていた。

ダンスとバレーの審査が一通り終わると、最後は、台詞《せりふ》と歌唱力の審査だった。サチのような外国人にはこれが最大の難関だった。ヒロも、彼女が過去何度もこの審査で涙を飲んできたことを知っていた。ダンスにいくら自信があっても、台詞がたどたどしくては舞台には立てない。彼女は、直前までペーパーに書かれた台詞を必死になって頭に叩き込んでいるように見えた。

(サチ、大丈夫だ。心配するな。バスルームであれだけ練習していたじゃないか)

ヒロは、彼女にそう声を掛けて励ましたい気持ちだった。

いよいよ、最後の審査が始まった。呼ばれたダンサーは、あらかじめ決められた台詞を言ったあとで、先生のピアノに合わせて短い曲を歌った。サチの順番は、こんどは半ば辺りだった。曲はサチが、自宅で何度も練習していたものだった。ヒロには、彼女の台詞も歌も完璧に見えた。ヒロは、彼女がそれらをなんども繰り返し練習していたのを思い出して、思わず目を潤ませた。

(すばらしいじゃないか、サチ。見直したよ)

オーディションは延々と二時間近くに渡って行われた。審査の発表はそのあとすぐにあるはずだったが、ヒロは逃げるようにして、ただちにスクールを出た。

ニューヨークは、十二月に入ってしばらく暖かい日が続いていたが、この夜は冷え込んでいた。吐く息が白かった。しかし、ヒロは地下鉄にも乗らずに、五十七丁目を東に五番街に向かって歩いていた。彼は一人で歩きたかったのだ。彼はさっきから、人目もはばからずに泣いていた。一生懸命に演技をしていたサチの姿に心を打たれると同時に、自分の不甲斐なさをしみじみと感じていたのだ。そして、サチのことをもっと理解して、応援してこなかったことで、ほんとうに済まない事をしたと思っていた。自分のことばかりを考えていて、サチのことを考える余裕もなかった自分が本当に恥ずかしくなっていた。彼は五番街の明るい照明の下に来ても、涙をぬぐおうとはしなかった。

五番街にある店のショーウィンドウはクリスマスの飾りつけで華やかだった。とくにデパートは、どこも電気仕掛けの人形を飾って通りを行く人たちの目を楽しませていた。ヒロは五番街の角にあるトランプタワーのところで何気なくデパートのショーウィンドウの方向に目が行った。彼の目はショーウィンドウの奥にある女性ものの下着売り場に注がれていた。そこにはマネキンの足を暖かく包んでいるレグ・ウォーマーが飾ってあった。彼は足を止めた。

彼は、オーディションの参加者たちが色とりどりのレグ・ウォーマーをしているのに気が付いていた。そして、サチがそういうものを一切身に付けていなかったことが気に掛かっていた。二人の収入では、家賃と食費を払えば、月々に残る金はわずかだった。サチはその残りをスクールにつぎ込んでいた。ヒロはそれに苦言を言ったことは一度もないが、それでもサチは、身の回りのものに金を回すだけの余裕はなかったに違いない。

男性が女性の下着売り場に入るのは随分と勇気が要ることだった。しかし、彼は構わず店の中に入ると、サチが好みそうな臙脂《えんじ》のレグ・ウォーマーを選んで一足買った。これで彼女に対する罪滅ぼしをしようと思ったのだ。

彼はそこからパーク街に出て南へ下るとグランド・セントラル駅の地下に降りた。そこにはお惣菜を売る屋台が一杯並んでいた。彼はお腹をすかして帰ってくるかもしれないサチのために、彼女が美味しいと言っていた屋台でビーフシチューやサラダなどを買い込んだ。

そして、自宅で待っていると、サチはそれから三十分もしないうちに戻って来た。

ヒロは、結果がどうだったのか気になっていた。彼が見るかぎり彼女の実力は、今日の参加者の中では間違いなくトップクラスだった。だから、合格の可能性は高いと思っていた。しかし、玄関を入って来たサチの顔に笑顔はなかった。

彼女は、「ああ、駄目だった」とため息をつくと、台所に入ってしまった。

ヒロも、あれだけ頑張ったのに、駄目だったのかとがっかりした。そして、彼女が気の毒でなんと声を掛けたらいいのか分からなかった。

「もう、晩御飯は食べたの？」

サチは、スクールの帰りに何度かヒロの携帯に電話を掛けたらしい。しかし、繋がらなくて、夕食が済んでいるのか分からなかったと言った。

「いや、待ってたよ。さっき、グランド・セントラルに行って、少しおかずを買い込んできた。そこにあるだろ？」

「ああ、これ？　あら、私と同じじゃない。なーんだ。それだったら携帯電話で何を買ったか連絡してくれればよかったのに」

サチも、ヒロと同じ屋台で買って来たらしい。

「いや、サチが買い物をしている暇がないのじゃないかと思ったのでね」

サチは、晩御飯の支度をすると、テーブルの上に並べた。そして、

「二人が同じものを買ってくるなんてどうかしてるわね」

と言いながら笑っていた。どうやら、不合格のショックはそれほど大きくはないらしい。

ヒロは慰めの言葉が見つからず、オーディションの話題は避けた。サチもその話はしなかった。

彼女が、オーディションの話をするのは合格したときに限られていたからだ。

食事が終わると、ヒロはデパートで買った小包をサチに渡した。

「今日は大変だったと思ってね。頑張っているサチにご褒美だよ」

ヒロがサチに贈り物をするなどは珍しいことだった。

「ええ？　どうして？」

サチは驚いていた。そして、包みを開けると、それがレグ・ウォーマーであったので、更に驚いていた。

「あらっ、これ欲しかったのよね。色もとても素敵！」

そして、手放しで喜んでいた。

「でも、どうして、これが欲しいって分かったの？」

彼女は不思議そうだった。

ヒロは、今日のオーディションを見たことを言うかどうか迷っていた。しかし、彼は自分が彼女の姿に感動したことを正直に伝えたかった。

「実は、今日のオーディションを見に行ったんだよ」

「ええ！　ほんとう？」

彼女は驚いた。

「すばらしかったよ。感心した。サチがあそこまでやるとは思わなかった」

「ええ？　恥ずかしい」

彼女は顔を真っ赤にして、頬を両手で覆った。

「いや、ほんとうに感激したよ。それで、……」

少し、ヒロは声を詰まらせた。

「サチだけ、これを持っていなかったから」

「……」

サチもそれを聞いて、感激したようだった。そして、目を潤ませた。

「ありがとう、ヒロ」

「サチのことをもっと応援してあげればよかった。これは罪滅ぼしの積もりさ」

「そんなに気を使ってくれるなんて、ありがとう。冬はこれがあると本当に助かるのよね」

サチは素直に喜んだ。それがヒロには嬉しかった。

「でも、悔しいわ。先生には、もう少しだったたって言われたのよ。やはり台詞が一番の問題だったみたい。どうしてもネイティブのようには行かないものね。限界を感じるわ」

「でも、なかなかのものだったよ。堂々としていたし。あれなら合格すると思っていたけどね。いつか絶対に受かると思うよ」

「ありがとう」

サチはほんとうにうれしそうだった。

2

翌日のクリスマス・イブは、ヒロには珍しく夕方まで仕事が入っていた。サチのほうは二十四日と二十五日は休みだった。二人は、夜、近くのレストランで食事をしたあとで、ミュージカルを見に行く約束をしていた。ヒロがテロの直後に見たライオン・キングだった。自分だけ見てサチに申し訳ないと思っていたヒロが、一ヶ月前から予約していたものだった。テロ直後は、観客の落ち込みで悲惨だったブロードウェイも、クリスマス・シーズンを迎えて、ようやく活気を取戻していた。人気のライオン・キングも再び予約で一杯になっていた。

予約していたレストランは、二番街を自宅から少し北に向かって行った四十一丁目の角にあった。ザガットにも出ているイタリアン・レストランで、二人が行く店の中では最高級なほうだった。

まず、二人はワインで乾杯した。

「メリー・クリスマス」

「メリー・クリスマス」

二人には久々の笑顔だった。

「きのうのサチに僕は教えられたよ」

「ええ？　何を？」

サチは怪訝な顔をした。

「もっと僕も一生懸命に頑張らなくちゃいけないってことを」

「そんな……」

サチは大袈裟だと言いたげだった。

「いや、ほんとうさ。僕は決めたよ。ここに残ることを。そして、心を入れ替えて、もう一度やり直す積もりだ」

「ほんとう？　うれしい」

サチの表情がパッと明るくなった。

「もう、僕は逃げたりしない。サチと一緒にずっとここにいるよ」

「えっ？」

「一緒にいてくれるかい？」

サチの頬が赤くなった。

「それって？」

サチはヒロの瞳を覗くようにして、じっと見つめた。

「そうさ。結婚してほしいってことだよ」

「ええ？　ほんとう？」

彼女は頬を一層赤く染めた。

「嫌なのか？」

ヒロは一瞬不安そうな表情を浮かべた。

「だって、急だから……」

サチは戸惑いを隠さなかった。

「いや、むしろ遅かったと思う。いまは自分の優柔不断が恥ずかしい」

「うれしいわ」

「いいって、ことだね？」

ヒロはサチを促すように言った。

サチはコクリと頷いて、目を潤ませた。

「ありがとう」

ヒロは、不安そうな顔を一遍に明るくした。

「じゃあ、もう一度乾杯だ！」

ヒロがワイングラスを持ち上げると、サチもそれに合わせた。

「乾杯！」

二人の顔は幸せに輝いていた。


ヒロとサチは、レストランを出るとしっかりと寄り添いながら、通りを西へグランド・セントラルへと向かった。駅の構内に入ると、通路には『嘆きの壁』がまだあった。そこには依然として多くの犠牲者の行方を探すチラシが貼ってあって、犠牲者の捜索の難しさを物語っていた。二人はその前に来ると、痛ましさで胸が一杯になった。すでに、キャシーのチラシは無くなっていたが、その跡には、別の女性のものが貼ってあった。二人は、壁の前で黙って手を合わせた。

その通路の奥のコンコースは高い天井になっていて、そこにはクリスマスのイルミネーションがあるはずだった。二人は通路を奥に入って、広大なコンコースに出た。天井を見上げると、天井に描かれた星座の周りを、七色のレーザー光線の光が、輪になったり人形の形になったりと、さまざまに変化してクリスマス・イブの天空を彩っていた。二人はしばらくの間うっとりとその演出を見上げていた。広い構内には、駅の利用者たちが大勢いて、やはり天井を見上げていた。中には、床に寝転がって天井を見ている若者の一団もあった。

「ねえ、見て」

サチがヒロの袖口を引っ張った。ヒロは、サチがそう言いながら、視線を送った方向を見た。すると、ちょうど二人が居た斜め前方にデービッドが、女性と一緒に天井を見上げていたので驚いた。女性は、デービッドよりも少し背が高く、長い髪をしていた。キャシーのような純粋のブロンドではないが、ダーティ・ブロンドと呼ばれるグレーが混じったブロンドだった。理知的な顔をした女性で、キャシーにも劣らない位の美人だった。

「デービッドは、ああいう理知的な感じのする女性が好きなのね？」

サチは小声で言った。

「でも、恋人かどうかは分からないぜ」

「きっと、そうよ」

サチは自信有り気だった。女の第六感だろうか。

「でも、そうならよかったじゃないか」

「そうね。これでデービッドも明るくなるわね」

二人は、デービッドには声を掛けないで、そこから地下鉄に向かった。

「そういえば、デービッドは三十日にサンフランシスコに向かうと言っていたわね」

「そうだった。彼からメールを貰っていたな」

「お見送りをしないといけないわね」

「十二時に、友達がアパートに迎えに来て車で空港に送ってくれるって言ってたな。それなら、彼のアパートの前で見送ろうか」

「餞別代わりに何かプレゼントでも贈る？」

二人はアメリカ人が、こういう場合に贈り物をするのかどうか分からなかったが、デービッドには是非そうしたかった。

「なにがいいかしら？」

サチは、少し考えていた。

二人が、エスカレーターで地下に降りて、地下鉄の構内に入ると、大道芸人たちが競い合う音楽が聞こえて来た。そして、通りすがりの人たちが、面白そうな芸人を見つけると、前に群がっていた。

「テロ前に戻ったみたいね。いつの間にか昔に戻ったような感じだな。明るさが戻って来た」

「ほんとうだ。この賑わいは」

大道芸人の中でも、一際大勢の観客を集めている男女の芸人がいた。そこからサルサのようなラテン系のリズミカルな音楽が聞こえていた。観客が大喜びで歓声を上げている。大きな笑い声も聞こえた。

「ねえ、面白そうだわ。ちょっと、見てみない？」

ヒロは、サチに腕を引かれてその男のほうに行った。人垣の間から覗くと、人のよさそうなラテン系の男がスピーカーから流れる軽快な音楽に合わせて、女性の人形と一緒にグルグル回りながら踊っている。遠くから生身の女性に見えたのは、なんと人形だったのだ。その人形の足と彼の足とはくくりつけてあるので、二人の足の動きは一緒である。しかし、人形の上体は自由に動くようになっていて、男は躍りながら人形を抱きしめたり、あるいは腰をクネクネと振らしたり、果ては、人形の長い金髪を振り乱したりと色々な芸を駆使していた。そのたびに観客から爆笑と歓声が上がって、拍手喝采だった。

ヒロもサチもその面白い仕草に顔を見合わせて笑った。しばらく、そのパーフォーマンスを堪能してから、チップ受けの箱の中に一ドル紙幣を投げ入れた。箱の中にはびっくりするほど多くの一ドル札が投げ込まれていた。

二人は、グランド・セントラルから、シャトル便に乗ってタイムズ・スクエアに出た。地上に出ると、そこはたちまち人の波だった。

「すごいわね。以前とちっとも変わらないじゃない」

サチは目を丸くしていた。

「でも、日本人の数だけは例年に比べると少ない。まだ、日本からは客が本格的に戻って来ていない証拠だな」

ヒロは残念そうだった。

「早く、戻ってくればいいのにね」

サチも同じ気持ちだった。

ライオン・キングはテロ直後の閑散振りが嘘のように客席は満杯だった。舞台が始まって、最初に動物たちがステージ一杯に勢揃いしたところは壮観で、客は一斉に拍手喝采した。ヒロは、それがこの前の盛り上がりとは全く違うことを感じていた。最後の場面でも、また、動物たちが歌いながら勢揃いすることになるが、観客は総立ちとなった。そして、歓声と賞賛の嵐となった。ヒロは同じミュージカルなのに、この前とこうも違うものなのかと驚いた。

「この前は観客がいまいち乗っていない感じがしたんだが、こっちがほんとうなんだな」

彼は、感激しているサチにこの前と観客の反応が全然違うことを説明した。

「もう、ニューヨークは完全にもとに戻ったということじゃないの?」

サチの表情は輝いていた。

ヒロはクリスマスに入ってから、日本人の旅行客が少しずつではあるが、着実に増えて来たことを実感していた。そして、デービッドがサンフランシスコに引っ越す三十日も午前中には空港の送り迎えの仕事が入っていた。彼は、早朝にケネディ空港まで客を送り、迎えの客を空港で拾ってマンハッタンのホテルに戻って来た。そして、急いでマレー・ヒルにある自宅に戻った。

サチはすでにデービッドに渡す贈り物を用意して待っていた。この二、三日二人は贈り物を何にするかで迷っていた。最終的に決めたのは、キャシーが良いと言ってサチに薦めてくれた石鹸だった。ヒロもサチもこの石鹸が気に入って、いまでも使っていた。二人は、最初、デービッドにいつまでもキャシーを思い出させるようなものではまずいのではないかと心配した。しかし、二人にとってもキャシーは大切な友人だった。二人はデービッドに対しても自分たちがキャシーのことをいつまでも忘れていないことを示したほうがいいということで一致した。

「でも、この前、グランド・セントラルで見た女性が新しい恋人だったらまずいかしら？」

サチはせっかく彼に新しい恋人ができたのに、キャシーを思い出させることでデービッドを困惑させせないかと心配したのだ。

「恋人といったって、まだ最近知り合ったばかりかも知れないし、彼にとってはキャシーは永遠の存在ではないのかな。さほど気にすることでもないような気がするけど」

二人は、これがベストだとは思わなかったが、ほかに適当なものも思い浮かばなかった。サチは実際、この石鹸をずっと愛用して、これを使うたびにキャシーの優しい笑顔を思い出していた。

タワーの駐車場は、裏口にあった。ちょうどヒロたちのアパートからは通りを挟んで斜め向かいになる。ヒロは、デービッドから十二時に駐車場のところに友人が車で迎えに来て、そこから出発すると連絡を受けていた。二人が駐車場の前に行くと、ちょうど、デービッドが旅行カバンを手に持って、裏玄関を出てくるところだった。

「やあ、デービッド。引越しは済んだのかい？」

「ああ、全て順調に行った。あとは向こうに行けばいいだけになっている」

「身体に気をつけて、ご活躍を祈っているよ」

「ありがとう。ヒロもサチも元気でね。君らはここにずっといるんだろ？」

「ああ。実は僕らは結婚することになった」

「へーイ。それはおめでとう。お祝いをしなくてはいけないね」

デービッドは、心から祝福していた。

「いや、そんな気使いは要らない。それよりも僕らのほうが君には感謝しなくちゃいけない。君と、それに……」

ヒロは一瞬言葉を選んでいた。

「……それにキャシーのお陰で、ここで楽しく暮らすことができたから」

「ありがとう。しかし、僕も君には空手を教えてもらって有難かった。お礼を言う」

ここで、ヒロはサチに贈り物を渡すようにと手で促した。

「あの、……」

サチは、手にしていた袋をデービッドの方へ差し出した。

「あの、これはキャシーが愛用していた石鹸。私たちも気に入って、毎日使っているわ。匂いがとても素敵だし、肌にもよく合って。私たちもキャシーのことはいつまでも忘れないわ」

彼女がそう言って、石鹸をデービッドに渡そうとすると、彼の分厚い眼鏡の奥の目がにわかに曇った。そして、たちまち彼の顔が複雑に歪んだ。

ヒロは、その表情を見て、やはりこの贈り物はまずかったかと後悔した。そして、気まずそうにサチと顔を見合わせた。

しかし、デービッドは、それを大事そうに受け取った。そして、人目を憚ることなくボロボロと涙を流して、嗚咽した。

「あ、ありがとう。君らの気持ちに感謝するよ」

デービッドは、その石鹸を見て、キャシーとの懐かしい思い出が一遍に浮かんで来て涙が止まらなかったのだ。

「辛いことを思い出させたのなら、許してくれ」

ヒロがそう詫びると、

「そんなことはない。君らにも覚えてもらっているキャシーは幸せだ。君らの厚意に感謝する。ありがとう」

デービッドが心からそう言ったので、ヒロもサチも救われた気がしていた。

「僕も、キャシーを永遠に忘れることはない。しかし、いま、僕がここにいることは余りにも辛すぎる」

ヒロもサチも大きく頷いた。デービッドの気持ちがよく理解できたからだ。

「おそらく、僕もサンフランシスコで結婚することになると思う」

「ほお」

ヒロもサチも、驚いた。

「彼女は向こうで待っている。彼女ももともとニューヨークの出身なんだ。いつかはこちらに帰ってきたいとも言っている。友人の会社がうまく行けば、ニューヨークにも拠点を置くことになっている。支店か、新しい会社を作ることになるだろう。僕は、きっとまた帰ってくる。ニューヨークは僕にあらゆる自由と可能性を与えてくれた。テロ事件さえなかったら、僕は絶対にここを離れることはなかったと思う。しかし、一度、大きく傷ついた心を癒すには時間がかかる。幸い、良い友人に恵まれたし、新しい恋人にも感謝している。僕は、生まれ変わって、必ず、帰って来る。そして、必ず成功してみせる」

デービッドの眼鏡の奥に並々ならぬ決意が燃えていた。ヒロはそこに、ユダヤ人の末裔であるデービッドのしたたかさと逞《たくま》しさを見た気がした。

「新しい恋人というのは、背が高いダーティ・ブロンドの人のこと？」

サチが遠慮がちに訊いた。

「おお？　どうして知っているんだい？」

デービッドが、驚いた。

「クリスマス・イブの夜に、グランド・セントラル駅の構内に二人で居なかった？」

サチは少しばかりいたずらっぽく訊いた。

「ああ、彼女がクリスマス休暇で帰って来ていたときだ。ニュージャージーの両親の家に戻る彼女を駅まで送ったときに見たんだね」

「そう。すごい美人だったじゃないか」

ヒロだった。

「ありがとう」

デービッドは、一遍に表情を崩した。

「僕らも、君に結婚のお祝いを贈らなくちゃ」

ヒロが快活に言った。

「感謝するよ。お互いに、神の御加護がありますように」

デービッドは、ヒロとサチの手を交互にしっかりと握ると、駐車場の前に車を置いて待っていた友人の車に乗った。そして、後部座席の窓を一杯に開けた。

「ヒロもサチもありがとう。結婚のお祝いは、サンフランシスコから贈る。幸せを祈っているよ」

そう言って、手を振った。

「ありがとう、デービッド。君も、幸せにね!」

「デービッド。元気でね!」

ヒロもサチも思わず涙が出た。

デービッドを載せた車はヒロとサチの二人が見守る中で、彼らがサンフランシスコ坂と呼んでいた三十八丁目の坂を下って行った。二人は、手がちぎれるほど手を振っていた。そして、その車がイースト・リバーに消えるまで見送っていた。

カウントダウン

1

大晦日の三十一日も、ヒロには仕事が入っていた。年末に来て、ようやく仕事らしい仕事がまとまって入るようになった。久しぶりの忙しさだった。

しかし、この日なんといっても超多忙だったのは、今日でニューヨーク市長の大役を終えるジュリアーニだった。

イタリア移民の子である彼は、一九四四年にブルックリンで生まれた。熱狂的なヤンキース・ファンで、しばしばヤンキースの帽子姿で登場した。もっとも、その帽子もテロ事件後は、ニューヨーク市消防本部（ＦＤＮＹ）の帽子に変わってしまったが。彼の正式な名前は、ルドルフ・ウィリアム・ルイス・ジュリアーニだが、ルディの愛称で親しまれていた。今年で五十七歳になった。

少年の頃、牧師か医師、あるいは空軍のパイロットになる夢を持っていたルディは、マンハッタン・カレッジを卒業後、ニューヨーク大学のロースクールを出て、検事となった。彼は、連邦検事だったロイド・マクマホンのもとで検事補として社会に一歩を踏み出して以来、その勤勉ぶりは評判だった。主に検察畑を歩き一九八三年には、レーガン政権下で司法省のナンバー３《スリー》にまでなった。その後、ニューヨーク州の事件を担当する連邦検事に就任し、ウォール街のトップ・

トレーダー三人を衆人環視の中で、手錠のまま連行するなどの辣腕を振るって、一躍有名になった。

一九八九年には犯罪の徹底的取締りを旗印に、ニューヨーク市長選に望んだが、黒人のディキンズ氏に敗れた。二度目の挑戦で、一九九三年に第百七代の市長に選ばれたが、黒人の九割以上がディキンズに投票したと言われ、僅差の勝利だった。

当時のニューヨークの最大の問題が犯罪だった。凶悪犯罪は後を絶たず、年間二千人近くの人が犠牲となっていた。雑誌で、ニューヨークが『腐ったリンゴ』と揶揄されたのもこの頃である。彼は、およそ二年間の間に犯罪件数を三分の二以下に減らし、殺人件数を半分に減らした。これはコンピュターで犯罪の多い地域を割り出し、集中的に取締りを行った成果だった。

腐ったリンゴを蘇《よみがえ》らせたジュリアーニは、ニューヨーカーの絶大な支持を得て一九九七年に市長に再選された。しかし、再選前から彼の強権的手法は一部の批判を受けていた。とくに警察による暴力的行為を彼が常に支持していたことから反感を呼んでいた。そうした中で、一九九九年四月には、麻薬の密売人だった黒人のアマドウ・ディアロ容疑者が警官から四十一発の銃弾を浴びて殺されるという事件が発生した。この事件ではディアロが無防備な素手であったことから黒人の怒りを買った。ジュリアーニはこの事件でも警察を擁護したため、これが黒人層の怒りに火を点けた。そして、市庁舎が黒人のデモ隊に包囲される事態にまで発展した。彼に対するニューヨーカーの支持率も急降下し三十二％にまで落ち込んでいた。

二〇〇一年の上院議員選では、ヒラリー・クリントンと争っていたが、四月には前立腺癌であることを告白した。政治家の健康問題は致命傷になることが多いが、運が悪いことに、そこに不倫問題が浮上した。五月の始めに彼が前立腺癌で入院していたときに献身的に看病してくれたジュディス・ネイザンと一緒にいる写真をニューヨーク・ポスト誌が掲載したのだ。ジュディスは離婚した一児の母だった。ジュリアーニは、「彼女は仲の良い友人だ」と言って言いぬけようとした。しかし、このときすでに妻で元ニュース・キャスターであったドンナと別居状態にあることも分った。彼は市長公邸であるグレーシー・マンションに妻と二人の子どもを置いて、友人宅に身を寄せていたのだ。これもまた彼の足を引っ張る一因となった。彼は五月のうちに、上院選を断念することを表明した。

サチは、街で見つけたジュリアーニのゴム人形を机に飾るほどのファンだったが、彼の凋落には心を痛めていた。

「テレビも新聞もなぜルディをそんなにいじめるのかしら。彼のお陰で犯罪はなくなり、皆が安心してここで暮らせるようになったのに。街だって、ずいぶん綺麗になってきたし、こんなに素晴らしい市長はいないと思うのに」

二人がニューヨークに来た五、六年前は、すでに警察の取締りが効を奏して、犯罪が画期的に減っていた頃だった。二人にとって、日本人の誰もが、危険な都市と考えていたこの街に安心して住めるようになったのは有難いことだった。当時は、まだ、通りや地下鉄で浮浪者を見ることもあったが、それも徐々に一掃された。いまでは、マンハッタンの中心部では浮浪者を見ることのほうが珍しいくらいだ。汚いことで有名だった地下鉄の落書きも消え、格段に清潔になった。サチはこうした彼の業績を素直に評価しない人々が理解できなかったのだ。

しかし、皮肉にも、九月十一日のテロがジュリアーニを復活させた。

テロ後、彼は、ニューヨーク市長としては一九五二年以来はじめて国連総会の場に立った。

「九月十一日のテロにより、八十カ国もの人々が命を失った。こうしたテロは国連の目的をも脅かすもので、国連はテロを支援する国に対しても責めを負うべきである。でなければ、その主要な任務である平和維持機能を放棄するにも等しい。もはや静観すべきときは過ぎた。テロの凄惨さや非人道性は、ここから数マイル先に横たわっているＷＴＣの瓦礫の山を見ても明らかだ。恐怖からの自由は人間の基本的権利だ。われわれはここで声を揃《そろ》えてはっきりと言わなければならない。テロには絶対に屈しないと！」

彼は静かな口調ながら、国連の場でテロを非難し、徹底的に闘うと決意を述べた。

彼は、その後も現場や病院、それに支援センターなどになんども足を運んだ。現場で救出作業に当たる消防士や警官、それに被災者たちを励ます彼の姿がしばしば目撃された。ニューヨーカーの誰もが、彼の精力的で献身的な行動を賞賛した。

彼は二百を超える葬儀に出席し、犠牲になった消防士や警察官の勇気を称えた。彼はできれば全ての消防士と警察官の葬儀に出て、市民がどんなに彼らに感謝しているかを伝えたかった。おそらく彼らの献身的で迅速な救出活動がなかったならば、二万人以上の犠牲者が出ても不思議は無かったからだ。しかし、全てに出席することは不可能だった。

一方、市民の一日も早い精神的回復を願っていた彼は、周囲の反対を押し切って、ニューヨークで行われることになっていたヤンキース対ダイヤモンドバックスのワールド・シリーズを強行した。シリーズのあった十月末から十一月初めは、ニューヨークが炭疽菌の恐怖に襲われ、ワールド・シリーズもテロリストの格好のターゲットになるのではないかと心配されていたときである。しかし、彼は二千四百人の警察官を動員し、二機のＦ１４戦闘機に応援を頼んで厳戒態勢を敷いた。ブッシュ大統領の始球式で始まったこのシリーズは結局接戦を制したダイヤモンドバックスが優勝したが、ヤンキースの活躍は、ニューヨーク市民に復興への勇気を与えた。

テロ後の市民の精神的支柱となって、ニューヨークの復興に大きな役割を演じたジュリアーニは、タイム誌の「マン・オブ・ザ・イヤー」に選ばれた。かつて、チャーチルやガンジーも選ばれたことのあるこの賞は、その年の世界を代表する人物に送られるもので、彼がかつて得たどんな賞賛よりも価値があったに違いない。すでに妻のドンナとの離婚が決まり、ジュディスとこれからの人生を歩むことを公にしていた彼にとっては、悲惨な一年を締めくくるのに最高のプレゼントとなった。

2

すでに二十七日に、市庁舎で職員と市民に対してお別れの挨拶を終えていたジュリアーニであったが、その後も、様々な行事に引っ張りだこであった。とくに三十一日の大晦日は市長最後の日ということもあって、朝から分刻みのスケジュールが入っていた。どこの会場にも、彼の最後の姿を一目見ようと大勢の人たちが集まった。

その夜、リンカーン・センターのエブリ・フィッシャー・ホールではニューヨーク・フィルハーモニーによる恒例のニューイヤー・イブ・コンサートが始まろうとしていた。このコンサートには、地元ニューヨークを始め、全米からファンが集まって来る。これを聞かないと一年が終わらないというファンも多いのだ。いかにも高級そうな毛皮やコートに身を包んだ金持ちたちが、早くからホールを埋めていた。そして、このコンサートのためにロンドンから招聘《しょうへい》されていた世界的指揮者エリオット・ガーディナーが舞台に現れるのを今か今かと待っていた。

ところが、突然予期せぬ人物が舞台に現れたのでホールが騒然となった。いまやニューヨーカーのアイドル、ジュリアーニが舞台の上に前触れもなく現れたのである。客席はたちまち総立ちとなって、拍手と、「ルディ！　ルディ！」の歓声一色となった。その拍手と歓声は何分経っても止まず、ジュリアーニはその歓声を制するようにして話を始めた。すると、たちまち客席は静かになって、全員が彼の言葉に耳を傾けた。

「こんばんは、みなさん。私は今夜ここに歌を歌いに来たわけではありません。もし、私がここで歌うことになれば、入場料はお返ししなければならない」

彼の軽いジョークに客席は笑い声と拍手の嵐になった。

「しかし、……」

客席は、また、静まった。

「しかし、みなさん。いまもなお、このニューヨークには悲しみに暮れている友人たちが大勢いることを忘れないでいただきたい」

彼がそう語りかけると、ホール全体がシーンとなった。

「この一年はニューヨークにとっても、辛い一年でした。同時多発テロという想像もしなかった大事件によって、われわれの市も市民もずたずたにされてしまいました。これまで、われわれは悲惨な経験にたじろぎ、喘《あえ》いで来ました。しかし、ニューヨーク市民の勇気と魂で、われわれはこの試練に立ち向かい、テロに完全に勝利したのです。われわれは今後とも人類共通の敵であるこうしたテロに立ち向かい、ニューヨークの魂を全世界に示そうではありませんか。今年もあと残り僅かになりました。ここにお集まりになられた方々には、これから素晴らしい演奏が待っています。わがニューヨークが世界に誇るニューヨーク・フィルの演奏です。ぜひとも、この演奏を存分に堪能され、新年には新しい、そして、素晴らしいニューヨークを迎えようではありませんか。われらがニューヨークのために！」

客席からは満場の拍手が沸き起こり、再び全員が総立ちとなった。そして、「ルディ！　ルディ！」の歓声は彼が舞台の袖に消えても尽きることが無かった。

ヒロとサチは、自宅で夕食を済ませると、タイムズ・スクエアに出ていた。ジュリアーニも参加して行われる年末恒例のカウントダウンをこの目で見るためである。二人は一昨年の大晦日にもこのカウントダウンを見に来ていたが、タイムズ・スクエアを埋める人の多さに驚き、昨年は敬遠していた。とにかくこの人の渦に一度巻き込まれたら、もはや脱出することもできない。二人は、怪我をするのではないかと思ったくらいの恐怖を感じていた。しかし、今年は、これが正真正銘最後の姿になるジュリアーニを見なければいけないとファンのサチが強硬に主張し、ヒロも付き合わされていた。

「うわあ、おととしよりもっと人が多い」

二人はグランド・セントラルから四十二丁目を歩いてスクエアに向かっていたが、ヒロは、すでに遠くのほうからでも大勢の人垣ができているのが分って尻込みした。

アフガンで多国籍軍が実質的に勝利し、グランド・ゼロの復旧も予想以上に進んでいたこともあってか、ニューヨークのムードはテロ直後の沈滞が嘘のように回復していた。警察は、少なくとも例年並の五十万人か、あるいは、それを上回る過去最高の人出になることを予想していた。

ニューヨーク市警は七千人の警察官を動員して厳戒態勢を敷いていた。スクエアの周辺には、十六の検問所が設けられ、その中に入るには、手荷物などの厳重なチェックがあった。一昨年の経験から、手荷物などは邪魔もの以外の何ものでもないことが分っていた二人は、コート姿に手ぶらだった。検問を簡単に抜けてエリアの中に入ると、二人はブロードウェイを北上して、できるだけカウントダウンの会場に近いところに行こうとした。しかし、すでに会場周辺は一歩も進めないような混雑振りで、二人は大回りして北から南へと近づくことを考えた。そして、一度東側のアメリカ街まで戻って、そこからロックフェラー・センターまで北上し、五十二丁目辺りで西に向かった。そして、今度は七番街に出て、そこから南下した。七番街のほうが先ほどよりは少しましだったが、やはり凄い人出であることには変わりなかった。二人は根気良く一歩一歩進むという感じで、徐々にカウントダウン会場との距離を縮めていた。会場はちょうど地下鉄駅の上部にある広告塔の上にあって、そこには一本のポールが立っていた。なんの変哲も無いポールだが、この先端にはリンゴをかたどったミラーボールが据えられていた。これがカウントダウンに合わせてするすると落下してくる仕掛けになっていた。カウントダウンの儀式は全くたわいもないものだったが、この模様はテレビ中継され、全米が熱狂する。とくに新年を迎える十秒前からカウントダウンが始まると、タイムズ・スクエアには割れんばかりの大歓声が沸き起こる。

この夜はすでに気温が零下まで下がっていて、集まって来る人々の息が真っ白になっていた。いよいよカウントダウンが始まるという十一時三十分過ぎになると、会場周辺は山の手線のラッシュアワー時並みの押し合いになった。ヒロはこれでよく喧嘩や犯罪が起きないものだと心配になったが、例年大きな混乱はないようだ。お互いに新年を迎えることで期待や希望で胸が膨らんでいるからだろうか。

　カウントダウンの十分前になると、今日の主役であるジュリアーニが婚約者のジュディスとともに、広告塔の上のデッキに上がった。会場に集まった群衆は、下から見上げて、「ルディ！　ルディ！」と黄色い声を上げていた。それを上から、ジュリアーニとジュディスが揃って歓声に応えて手を振った。

「わあ、ルディだわ」

　サチは、遠くに人形のように小さく見えるジュリアーニの姿に感激していた。そして、カウントダウンを今か今かと待ち構えていた。

　広告塔に表示してある電光掲示板が、十秒前を示すと、ジュリアーニとジュディスが一緒にカウントダウン開始のスイッチを押した。ポールの上にあるミラーボールが眩《まぶ》しい光を放ち、徐々に降下を始めた。

「ナイン、エイト、セブン、シックス」

　群衆の声がどんどん大きくなる。タイムズ・スクエア全体がカウントダウンの歓声一色になった。

「スリー、ツー、ワン、ゼロー！」

　ポールの下まで下りたミラーボールは一段と眩しい七色の光線を放ち、電光掲示板は「２００２」に変わった。

　タイムズ・スクエアに割れんばかりの歓声が上がり、クラッカーや呼子《ホイッスル》が一斉に鳴った。数百万個の風船が一斉に夜空に舞い上がり、タイムズ・スクエアの照明に極彩色の雲のように浮かび上がった。「ハッピー・ニュー・イヤー」の歓声が、スクエア一杯に渦巻いて、会場の雰囲気は最高に盛り上がっていた。お互いに抱き合って躍りだす者、キスを繰り返している若者たち、大声で歌いだす者。会場はまさにお祭り騒ぎとなった。

ヒロとサチは、もう手を取り合って小躍りしていた。そして、なんども抱き合っては、キスを繰り返していた。

「これがニューヨークなんだな」

「そう、ニューヨークだわ」

「サチ、僕はここを絶対に離れないぞ！」

「ほんと？」

「ほんとさー！　絶対にー！」

「ありがとう！」

「僕はサチと永遠にここにいる！」

「必ずよー！」

「ああ、必ずだー！　ニューヨークがある限り、僕はずっとここにいるぞ！」

「私もよ！　ニューヨークはきっと生き返るわ！　だって、ここにはニューヨークの魂があるもの！」

「そうだ！　ニューヨークは魂を失っていない！　必ず復活する！　ニューヨークは永遠だあ！

そして、僕らの愛も永遠だあ！」

「そうよ！　永遠よお！」

ヒロもサチも、タイムズ・スクエアの興奮の渦の中で、普段なら恥ずかしくて口にできない言葉を連発していた。そして、しっかりと抱き合いながら、大群衆と一緒に躍っていた。

—了—

ニューヨークにて

アフガンの義足士

1

カブール空爆

二〇〇一年十月七日、東欧交易社長の栗生道長《くりゅうみちなが》はペシャワル市内のゲストハウスにいた。

今年還暦を迎える栗生は、アフガニスタンとの貿易を始めて二十年以上になった。しかし、このときほど緊張していたことはない。アメリカでの同時多発テロに対する報復措置として、米英両軍を中心とした多国籍軍はアフガニスタンへの空爆を決めていた。その空爆がいつ始まってもおかしくない状況にあったからだ。

東欧交易は、アフガニスタンに日本の電子部品や機械部品を輸出していた。しかし、最近はアフガン絨毯《じゅうたん》の輸入に力を入れ始めていた。絨毯を現地で大量に買い付け、日本だけでなくアメリカやヨーロッパに向けて輸出するのだ。アフガン絨毯は品質が良いことで世界中に知れ渡っている。しかも、高品質の割に安い。以前から日本にも愛好家はいた。しかし、純粋に伝統的なものはペルシャ絨毯に比べると、あでやかさに欠ける。高品質で値段が安いにもかかわらず日本での人気が今ひとつだったのは、このデザインに原因があった。

しかし、栗生は、現地の代理店を通じて日本人に好まれる明るいペルシャ・デザインのものを生産するように指導してきた。その結果、今ではペルシャ絨毯と見紛《みまが》うような製品もできるようになった。そして、少しずつ日本でも売れるようになっていた。もっとも、まだ、まとまった量が出るというほどのことはなかった。ところが、よりによって、このいつ戦争が始まるか分からない中で大量の注文があった。

栗生の積極的な宣伝のせいで、大手家具販売店の戸塚商会が、その品質の高さと値段の安さに目をつけてきたのだ。ここ数年、東京都心部に新築される高級マンションの売れ行きが良く、応接セットなどの家具とともに絨毯が売れているという。戸塚商会は、アフガン絨毯をこうしたマンションや新規に開業するホテルなどに大量に売ろうとしていた。

ペシャワルは、パキスタン西部最大の都市で、そこから難所で有名なカイバル峠を越えれば、アフガニスタンの首都カブールはすぐそばだ。飛行機なら、三十分もかからない。

多国籍軍のアフガニスタン空爆が間近に迫っているとの情報を得て、ペシャワルの街には世界中の報道関係者が溢れていた。市内のホテルというホテルはジャーナリストたちによって占められていた。それもそのはずで、すでにアフガニスタンの国境という国境が閉鎖されており、ジャーナリストたちはこの先に行こうにも行くことができないのだ。

栗生のゲストハウスは、市の中心からは西に寄ったところで、大学やカレッジが多いユニバシティ・シティと呼ばれる閑静な住宅地にあった。『ロイヤル・ハウス』と呼ばれるこのゲストハウスは、二十数室の小さな民宿のようなものだが、もともと金持ちの豪邸だったものを改造したもので、部屋も広く、調度類なども洒落ていた。栗生はこぢんまりとして落ち着けるこのハウスが気に入っていた。普段は、満室になることもなく、静かなこのゲストハウスでさえ、海外の報道陣で溢れかえっていた。

「もう空爆が始まったような騒ぎじゃないか」

栗生は顔見知りで若いパキスタン人のマネージャーに冗談を言った。

「ええ、ほんとうに」

口ひげを蓄えた小柄なマネージャーは、そう言って肩をすくめた。彼は、いつも玄関の中にある小さなカウンターに一人で座っていた。ゲストの出迎えから、電話交換、食事の用意、タクシーの手配、それに予約受付などありとあらゆる手配を一人でこなしていた。ハウスには何人か下働きをする若い男たちがいて、マネージャーはその男たちに一々指示を出していた。

「ジャーナリストというのは、傍若無人で扱いが大変です」

マネージャーは、いつになくうんざりしたような顔をしていた。それもそのはずで、ヨーロッパからだという報道関係者が、玄関前の居間に集まって、大声で話していた。そして、「コーヒーだ」、「コーラだ」、「スパゲッティだ」と注文を繰り返している。彼らは、隣り合った部屋をいくつも借りていて、部屋の扉を開け放したまま大声で話している。マネージャーの話では、一日中こうなのだという。

栗生は、こんなに騒がしいハウスを見るのは初めてだった。


彼は、今日、飛行機でイスラマバードに降り、そこから車で二時間近く走ってペシャワルに着いた。パキスタンも危険だということで、ここにいた日本人の多くは日本へ引き上げてしまった。栗生が飛行機で一緒に到着した日本人は、全員が報道関係者ばかりだった。

ペシャワルは、アフガン難民の街としても知られている。パキスタンにいるアフガン難民は二百万人に上る。そのほとんどが国境地帯の街に逃れているが、ペシャワルだけでも五十万人以上がいると言われている。ペシャワルに難民が多い理由は、アフガニスタンに近いという地理的な理由もあるが、市民の大半がアフガニスタンの主要民族と同じパシュトゥン人だからだと言われる。アフガン難民の女性は、ほとんどがブルカ（チャドリ）といって頭からすっぽり被るマントのような民族衣装を着けている。栗生は、街で見かけるブルカの数が一気に増えているのを感じていた。多国籍軍の空爆を恐れて、多くの避難民がペシャワルなどパキスタンに逃れているのだ。

もっとも、パキスタンの女性にもブルカを着る女性は多い。しかし、パキスタン人に言わせると、パキスタンとアフガニスタンのブルカは違うと言う。栗生は、最初、この違いが分からなかった。一見しただけでは全くと言っていいほど見分けが付かないからだ。しかし、パキスタン人に教えて貰ってやっと見分けが付くようになった。ブルカは、中から外が見えるように顔に網の目が入った窓が付いている。パキスタンのものは、この網の目が目から口の付近まであって、全体に広いのに対し、アフガニスタンのものは目と鼻の間に僅かに網の目があるだけで全体に狭い。パキスタン人は、アフガニスタンのブルカは視野が狭く、車などが見えにくくて危険だという。栗生は、網目の広さに注目して、二つの国のブルカの区別が比較的容易にできるようになった。

栗生がロイヤル・ハウスに滞在するときは部屋が決まっていて、中庭に面した二階のスイートだった。彼は荷物を解くと、ゆっくりとシャワーを浴び、マネージャーに言いつけて夕食を部屋に運ばせた。そして、夕食を終え、部屋で少しばかり仕事の整理をしていたときだった。部屋の電話が鳴った。受話器を取ると、フロントで電話の取次ぎをしているマネージャーが、「日本から電話です」と言った。腕時計を見ると、八時を回っている。四時間の時差がある日本はすでに深夜だ。栗生は誰からだろうと思った。もしかすると、家族の誰かが急病にでもなったのかと、妻と三十歳を過ぎても結婚しない二人の娘の顔が脳裏を横切った。

「もしもし、栗生さんですか?」

受話器からは国際電話特有の篭《こも》るような雑音《ノイズ》が聞こえてきて、声の主が誰か判然としなかったが、家族ではないことは確かだった。

「ええ、栗生です。どなたですか?」

栗生は少しばかり声を張り上げた。

「時実《ときざね》です」

「ああ……」

声の主は、NHK外信部の時実だった。大学の後輩で、先日、東京を発つ前に会う機会があった。栗生が、ひょっとするとカブールに入るかもしれないと言ったら、そのときはぜひとも現地の状況を聞かせてください、と頼まれていた。

「そっちはもう深夜じゃないの?」

栗生は、少しばかり驚いたように言った。

「いや、われわれは昼も夜もありませんから。ところで、まだ、ペシャワルにおられて良かった。ひょっとしてカブールに入っていやしないかと心配しましたよ」

栗生は、もともとアフガニスタンに入るのは無理だと思っていた。日本で得ていた情報でも、ジャーナリストでも入れないことは知っていたからだ。ましてや、日本の一ビジネスマンが入れる訳がない。それでも、時実が、栗生がカブールに入っているかも知れないと心配したのは、アフガニスタン政府に知人の多い栗生なら無理やり入っている可能性があると思ったのかもしれない。

「いや、こちらで国境の検問所の様子など聞いているが、かなり厳重で、とても入れる状況ではない。ここから先に進むことはできない。カブールの代理店ともペシャワルで会うことにしている。それで、何か用？」

「いや、それなら結構なのですが、もしカブールに入ろうと思っておられるのなら止めたほうがいいと思って、とりあえず連絡したんです」

「ええ？　どういうこと？」

栗生は、彼がわざわざ電話して来たにはそれだけの訳があるとは思ったが、よく飲み込めなかった。

「始まりますよ、空爆が。しかも、もうまもなくです」

「えっ！」

彼は、空爆に出くわすかもしれないと半ば覚悟して東京を出て来たが、時実のようなかなり信《しん》憑性《ぴょうせい》のある筋から「空爆開始」と聞いて、さすがに驚いた。隣の国のこととはいえ、ペシャワルからは目と鼻の先のことなのだ。

「アメリカ政府から発表でもあったのか？」

「いや、米英とも完全な報道管制を敷いていて、表面上は全く分からない状況です。しかし、CNNとBBCはすでに報道体制を整えて今か今かと待っているような状況になっています」

「米英のメディアも軍の報道管制に協力しているということ？」

「ええ、米英の名だたるメディアが報道管制に協力しているというのは信じがたいことですが、戦争当事国のメディアにしてみれば、仕方が無いことかもしれません。こちらはすでにそれを察知して、報道態勢を整えたところです」

外信部の重要なポストにいた彼は、緊迫した中でも、栗生の身を心配して電話を入れて来たのだ。

「わざわざありがとう。まず、カブールに入ることはない。カブールから相手が来るまで、ここで待っている積もりだ。ここは世界中のジャーナリストで一杯になっている。アフガニスタンに近いだけに、色々と向こうの情報も入って来るかもしれない。何か提供できるような情報があれば、連絡する」

「ええ、ぜひともお願いしますよ」

栗生がそう言うと、時実は礼を言って電話を切った。

2

栗生は、時実からの電話を緊張した面持ちで切った。腕時計を見ると、八時十五分過ぎ。アフガニスタンとの時差は三十分だから、カブールはもう九時に近かった。

（この分では、商談は無理かもしれない）

栗生は、せっかくの大きなチャンスが瞬く間に消えて行こうとしているのを感じていた。

栗生が、この危険なときにわざわざペシャワルまで来たのは、カブールにある商社のジャダイ商会とアフガン絨毯の詳細な打ち合わせのためである。ジャダイ商会は、カブールやカブール周辺の都市に何万とあると言われる絨毯工場を傘下に押さえており、大量にアフガン絨毯を製造・販売することができた。東欧交易が、戸塚商会から受注した千枚を超える絨毯には、細かい注文が付いていた。中でも大半を占めるマンション用のものは、今までにない明るい色彩のものが要求され、そのデザインもモダンなものだった。しかも、最近の客は個性を重視するので、同じパターンのものは敬遠される。様々なサイズの多様なデザインが要求されていた。

こうした打ち合わせは、従来からある一定のパターンのものなら、デザインや色彩の見本を郵送して行うこともできた。しかし、今までにないものとなると、綿密な打ち合わせが必要となる。とくに、今度のような大量の絨毯の場合、万一、戸塚商会の意向にそぐわないということになれば、やり直しやキャンセルなどで多大な損失を被るおそれもある。どうしても直接に打ち合わせをする必要があった。

栗生がこの大量注文を受けたのは、アメリカで発生した同時多発テロの直前だった。彼も、ニューヨークのツイン・タワーがハイジャック機に激突され、炎上・崩壊する様子はテレビに釘付けになって見ていた。しかし、まさかこのテロとアフガニスタンが結びつくとは夢にも思わなかった。

その後、オサマ・ビンラディンの首謀者説が濃厚となり、彼を匿っていたアフガニスタンのタリバン政権も深く関わっていたことが分かって来た。これは栗生にとって大きなショックだった。しかも、あれよあれよという間に米英を始め世界の列強国がこぞってアフガニスタンを攻撃することを決めてしまった。それに日本までが同調することになった。栗生には、全く信じられないような展開だった。

(ウソだろう?)

栗生は何度も、これが本当のことなのかと自分自身に問い掛けていた。

しかし、とにかくこの不測の事態の中で、大量の注文についてどうするのか早急に結論を出さなければならなかった。このまま注文を受けて、絨毯の生産を続けるのか、あるいは、非常事態ということで自らキャンセルするのか。しかし、いままで東欧交易が一度にこれほどの発注というものを受けたことはなかった。このチャンスをなんとか物にしたい。そういう想いも強かった。

栗生は、ジャダイ商会の社長で責任者であるワヒドと、同時多発テロ以来、めまぐるしく変わる世界情勢の中で、何度か電話で相談していた。栗生は、こうした非常事態で絨毯を注文通りに生産できるのかと心配だった。

「クリュウさん」

ワヒドは栗生のことを「さん」付けで呼んだ。

「クリュウさん。私たちは、シビル・ウォーのときも、ローカル・ウォーのときも休み無く生産して来たんです。多国籍軍の空爆があろうとも生産は続けますよ」

ワヒドは、空爆も絨毯の生産には全く関係ないと言い切っていた。

彼が、シビル・ウォーと言っているのは、一九七九年に旧ソ連軍がアフガニスタンに侵攻して以来始まったゲリラ戦のことである。傀儡《かいらい》のアフガン政府を支援するソ連軍と、それに抵抗するアフガンゲリラとの熾烈な戦争だった。八四年までの五年間で、ソ連軍の死者二万五千人、アフガンゲリラは五万人以上が死亡したといわれる。この戦争は、八九年にソ連が撤退したことで一応の収束を見たが、ゲリラ戦で力をつけたムジャヒディンと呼ばれる兵士たちは、それぞれが自分たちの政府を作ろうとして再び戦争が始まった。アフガニスタンはもともと多民族国家である。最も人口が多いのがパシュトゥン人で、全体の四割近くを占める。次いでタジク人、ハザラ人、ウズベク人などの順になる。顔つきも言語も慣習さえも異なる民族が、地域を分けながらも一つの国に共存していたのである。それがソ連とのゲリラ戦をきっかけにして、その後、異民族間の血で血を洗う戦いに発展したのだった。彼らはこれをローカル・ウォーと呼んで、ソ連とのゲリラ戦と区別しているのだ。七九年から十年の永きにわたったゲリラ戦が終わってつかの間の九二年から九六年まで、アフガニスタンはゲリラ戦以上に激しいムジャヒディンの戦いに入った。

栗生が、アフガニスタンと絨毯の取引を本格的に始めたのは、ムジャヒディンの戦いが終わって、タリバンの時代に入った九六年頃である。それまでは、精密機器向けの電子部品や、自動車、工作機械などの機械部品がほとんどだった。

東京の外語大を出て、大手商社に入社した彼は、東欧貿易のスペシャリストとして十年働いたのち独立して、今の会社を作った。会社は日本橋のビルの一角にあるが、社員四、五名の小さな会社である。ソ連を中心にして東欧諸国との貿易を行っていた。アフガニスタンとの貿易を始めたのは比較的遅かったが、それでももう二十年を超えた。この国とこれほど永く商売をしている日本企業は珍しい。

彼が、アフガニスタンとの商売をするようになったきっかけは、前の商社のソ連駐在員をしていたときだった。このとき、彼は、カブールからの留学生アクバルと仲良くなっていた。当時は、アフガニスタンの優秀で実家が裕福な家庭の学生はソ連やドイツへ留学することが多かった。すっかり仲良くなったアクバルは、帰国してやがて財務省の副大臣まで務めることになった。まだ、アクバルが三十代後半の若さのときである。栗生は彼の勧めもあって、アフガニスタンと商売を始めることになった。国の要職にあったアクバルは当然のことながら顔が広く、様々な便宜を図ってくれた。

アフガニスタン政府で最も勢力を持っているのは最大部族のパシュトゥン人である。しかし、パシュトゥン人に次ぐ人口を持ち、パシュトゥン人とも人種的に近いタジク人の役人も多い。アクバルもタジク人であった。とくに首都カブールはタジク人中心の街であり、中央政府にはタジク人の影響力が強かった。

アクバルのお陰で、いつの間にか、アフガニスタンが栗生の商売の中心になっていた。当時のアフガニスタン政府は、ソ連の傀儡だった。共産主義の支配下にある国と、日本の民間企業が商売をするのは本来様々な困難が付きまとった。ところが、東欧交易は民間企業では、唯一と言ってよいくらい自由に貿易ができた。それは、栗生が永くソ連と貿易を行っていた実績があったせいもあるが、アクバル抜きには考えられないことだった。しかし、ソ連に操られていた政権は基盤が不安定で、内部抗争に明け暮れていた。政府の要職にあったアクバルも、やがて内部抗争に敗れ、政府を追われることになった。そして、家族とともにアフガニスタンを脱出し、いまではアメリカのニュージャージー州に住んでいる。栗生がアメリカを訪れるときに必ず訪問する友人の一人である。アクバルはアフガニスタンからいなくなったが、栗生がアクバルの紹介で取引を始めたジャダイ商会とはいまでも続いていた。

ジャダイ商会の創始者シャミール会長は、商務省の要職にあった人で、やはりタジク人である。代々シルクロードの商人であった実家を、彼一代で本格的な総合商社に育て挙げた。今は、次男で若いワヒドに家業を譲って隠遁生活をしている。

栗生が、ペシャワルで会おうとしていたのは、このワヒドだった。もっとも、この国では日本と同じように一般に姓で呼ぶのが慣わしだから、ワヒドについても父親と同じくシャミールと呼ぶのが礼儀にかなっている。しかし、父親と区別するために、栗生は、日本風に「ワヒドさん」と呼んだ。ワヒドが栗生のことを「さん」付けで呼ぶのは、これを真似たのだ。もっとも、栗生とワヒドとは三十歳近い年齢差があったから、栗生は、単に「ワヒド」と呼び捨てにすることもあった。ワヒドはこれに異論を唱えたことはない。もっとも、正式に呼ぶ必要があるときは、父親を「シャミール会長」と呼び、ワヒドを「シャミール社長」と呼んだ。

「クリュウさん。すでに何度も言っているとおり、戦争があろうとなかろうと、わたしたちは必ず注文どおりに生産します。ですから、ペシャワルで待っていてください。打ち合わせには必ず行きますから」

東京を出る前に、栗生がカブールに電話を入れると、ワヒドは戦争などなんでもないというようにそう言っていた。栗生も、彼らがシビル・ウォーもローカル・ウォーの間も、絶え間なく絨毯の生産をして来たことは知っていた。しかし、こんどの多国籍軍の空爆は、今までとは全く事情が違うのではと心配していた。

それというのも、栗生は一九九二年の湾岸戦争のときに、米英ら多国籍軍の凄まじさというものを垣間見た経験があったからだ。

多国籍軍によって、イラクの首都バグダッドに空爆が始まろうとしていた一九九二年一月十六日、栗生は、カフジを訪問していた。サウジアラビアの都市カフジはイラクに占領されたクウェートの南に隣接する石油の街で、ここには日本のアラビア石油株式会社が大きな油田を所有していた。東欧から中央アジアへと商売を広げていた栗生は、中東地域にも商売の範囲を広げようと、その途《みち》を探っていた。

栗生は、アラビア石油との仲介に当たった中堅商社富士興産の嶋中とともにカフジ市内のホテルに宿泊していた。すると、深夜を少し回った頃、就寝中の部屋に突然、アラビア石油の社員から電話が入った。

「多国籍軍による攻撃が始まります。ただちにこのカフジから脱出してください！　ダンマン街道を多国籍軍のコンボイが大挙して北上しています！」

カフジから南のダンマンまでは三百キロに渡るダンマン街道が走っている。アラビア石油の社員が、この街道をクウェートに向かって北上する多国籍軍の陸上部隊を目撃し、攻撃開始を将校に聞いて確認したというのだ。

就寝中のことで、栗生も嶋中も泡を食ったが、二人は万一に備えて、こういう場合に逃げるルートを考えていた。中東に詳しい嶋中は、ダンマン街道を南下してダンマンに逃げるルートが安全だと言っていた。

二人はホテルを飛び出して、借りていたレンタカーに飛び乗ると、そのままダンマン目指して街道をひたすら南に走った。暗闇に包まれた街道には、戦車や装甲車、それに大型の軍用トラックが、何十キロもの間、煌々《こうこう》とライトを点けながらクウェート目指して北上していた。

「まるで大きな山脈がそのまま移動してくるような感じですね」

栗生は、地響きを立てながらすぐ横をすれ違って行くコンボイのド迫力に肝をつぶされていた。何十トンもある戦車のキャタピラに踏まれたら、舗装道路などはひとたまりもない。道路の中央の分離帯にあるキャッツアイ（反射板）はガラスが粉々になって道路一杯に散乱していた。その迫力に圧倒されて、嶋中が運転する車は道路の路肩を遠慮するように走った。ダンマン街道を北上して来るのは、軍のコンボイ以外はなく、南下するのは一般の車だけだった。こんな時間に南下してゆくのは、栗生らと同じように、戦争を避けて逃げて行く車だけだった。

二人は、多国籍軍による開戦を逃げる車の中で聞いた。おそらくカタールかドバイ辺りの放送局からの実況中継だと思われたが、ラジオのレポーターは強いアラビア訛りの英語で、「バグダッドが攻撃されている！　無数のミサイルが空を飛んでいる！」とあたかも自分たちが攻撃されているかのような、絶叫を繰り返していた。ＣＮＮやＢＢＣは実際の爆撃の模様を何度もテレビで放送していたが、その映像を、栗生と嶋中は、ドバイのホテルで見た。

「すげえや。これじゃ、イラク軍などはひとたまりもないな」

凄まじい迫力のコンボイを間近に見たあとだっただけに、栗生も嶋中もテレビで見た実際の爆撃のシーンに戦慄した。

栗生は、この湾岸戦争が一ヶ月余りで集結したあと、外務省の役人だった友人にここだけだと言って、戦争の記録ビデオを見せて貰ったことがあった。これは多国籍軍による空爆直後のイラク軍の様子をビデオに収めたものだった。映像は低空で飛ぶヘリコプターから撮ったものと思われたが、木っ端微塵に粉砕された大砲や戦車の周りに、累々たるイラク軍兵士の死体が横たわっていた。砂漠とも見える荒涼たる原野に死体ばかりが連なり、その数は数百体を超えていた。多国籍軍による空爆の跡という跡がこの有様だった。これではイラク軍兵士はひとたまりもない。生き残った兵士も完全に戦意を喪失して、ただ原野を幽霊のようにさまよっていた。まるで、原爆が投下されたあとのようだった。

「これは、ひどい！」

ビデオを見た栗生は、その余りに凄惨な戦場の様子にそれ以上言葉がなかった。

「これをブッシュ大統領以下、ホワイトハウスのスタッフたちも見ていたらしい。そして、戦果が確実に上がっていることを確信していたのだ。しかし、この映像は絶対に報道関係者に見せてはならないということになった。もし、これを世界中の人たちが目にすることになれば、多国籍軍はアメリカ国内を始め世界中から強い非難を浴びるに違いないとね」

その友人は、アメリカ政府の狡猾さに肩をすくめた。

「実際、そうだ。こんな凄いビデオを見て、世界中が黙っている訳がないな。空爆なんかやめろと世界中から反対の声が上がったにちがいない」

栗生は、実際にテレビで報道される映像の裏に、どれほどの真実が隠されているかを垣間見たような気持ちになった。

3

栗生は、アフガニスタンへの空爆開始を聞いて、湾岸戦争のときのことを思い出していた。そして、カブールなどの主要都市が、累々たる死体の山で埋まるのではと想像していた。

アフガン人は気性が荒いところがあるが、根は善人である。とくに遠来の客人には殊のほか親切だ。初めての客でも、お茶を飲んでゆけ、食事をして行けと煩いくらいに誘う。その誘いを理由もなく断ることは非礼だとされ、栗生はいつも断る理由を探すのに苦労した。栗生がアフガニスタンを訪れるときは、短期間のことが多く、ゆっくりしている暇はなかったからだ。それでも親しくしていたシャミール一家や、仕事で関係の深い人物の自宅は何度か訪れたことがある。どの家庭も親子何代もの家族が一緒に同居していて大家族だ。客人として訪れると、老人から赤ん坊まで勢ぞろいして迎えてくれることもある。皆心が暖かく親切だ。しかも、冗談の好きな人たちで、しばしば笑わせられることも多い。永い戦乱で心も疲弊し、すさんでいるはずだが、家の中で見せる素顔は、純朴そのものである。そうした心温まる人たちが、多国籍軍の圧倒的な攻撃の脅威に晒されるのを想像するのは辛いことだった。

栗生は部屋の電話を取ると、フロントを通じて、カブールのワヒドの携帯電話を呼んだ。ジャーナリストたちがゲストハウスの回線を独占していて、アフガニスタンとの国際電話は非常につながりにくい状態だった。しかし、このときは幸いすぐに繋《つな》がった。栗生が時計を見ると午後八時三十分少し前。カブールは午後九時前だ。

「ワヒドさん、そちらは変わった様子はないか？　日本にいるジャーナリストの友人から多国籍軍による空爆が近いと連絡が入った」

「さきほどから北の方面に飛行機の爆音のようなものが聞こえているんですよ。かなりの数の飛行機が飛んでくるようです」

ワヒドはそう言って、しばらく耳を澄ましている様子だった。そして、

「間違いない。爆撃機の大軍です。すごい数です」

ワヒドの声がひきつるのが分かった。

栗生は継ぐべき言葉を失った。実際にこういう形で空爆に遭遇するとは想像もしていなかったからだ。

「北方の山の方向から爆弾が炸裂する音が聞こえます。おそらくバグラム空軍基地の方向です。あ

の周辺には、タリバンとアルカイダの基地がありますから、そこを狙っているのでしょう」

アルカイダというのは、アメリカの同時多発テロの首謀者と目されているオサマ・ビンラディンが創設したテロリスト組織で、アラビア語で「基地」を意味する。アルカイダの兵士はエジプト、ヨルダン、イエメンなど中東諸国出身のアラブ人が多いが、カブールでは多くの中国人兵士も目撃されている。彼らは、カブール周辺にいくつか訓練用のキャンプを置いていた。それが多国籍軍の攻撃目標になったのだ。

「家から逃げることはできないのか？」

栗生は、ワヒド一家の身の安全が心配だった。

「逃げる？　夜間は戒厳令で外出禁止なのですよ。へたに外に出れば、たちまちタリバン兵に撃ち殺されますよ」

ワヒドの言葉にはどうしようもないという開き直りすら感じられた。

「爆弾の音が凄い勢いで近づいています。おそらくカブール市北にあるアルカイダの訓練キャンプの方向でしょう。ああ、凄い数の爆撃機が上空を通過しています。家の真上です」

電話にも、爆撃機の轟音が伝わって、ワヒドの声が聞こえにくくなった。ワヒドの部屋には、彼の三人の子どもも一緒にいるのか、恐怖に怯えたような女の子の泣き声が聞こえて来た。

「大丈夫か？　ワヒド！」

爆撃機の轟音でかき消されるのか、あるいは応答する余裕がないのか、栗生の必死の呼びかけにもワヒドは応じなかった。

「ああ！　アスマイ山の南の方向から凄い爆発音が聞こえて来ます！　おそらくダルラマン宮殿の近くにあるアルカイダの訓練キャンプが攻撃されているんです！」

ワヒドは大声をあげた。

カブール市内には、アリアバド山、アスマイ山、シェルダルワザ山の三つの山が連なり、南側にある旧市外と北側にある新市外とを分けている。ワヒドの家は、新市街の中の高級住宅地にあった。彼が言ったアスマイ山の南の方向というのは、旧市街のことで、ダルラマン宮殿というのは、ザヒル・シャーが在位していたときの宮殿だった。ソ連による占領時代にはここに司令部が置かれ、周りはソ連軍の施設が次々と建てられた。その建物をアルカイダが訓練キャンプに転用して使用していた。多国籍軍は、その施設をターゲットにしていたのだ。


市のほぼ中央にあるアスマイ山山頂からはカブール市内が一望にできる。そこから南側の旧市街が手にとるように見えるが、旧市街は、ムジャヒディンの戦いで徹底的に破壊されてしまった。

一九八九年にソ連軍が撤退し、一九九二年には、ソ連の傀儡だったナジブラ政権が倒れた。そして、ナジブラに代わって、このカブールを支配したのがタジク人のラバニとマスード将軍、それにウズベク人のドスタム将軍だった。ラバニはのちに新政権の大統領となった人である。

ラバニらは、新政権の首相としてパシュトゥン人でパキスタンとも関係の深いヘクマティアルを予定していたが、ヘクマティアルはドスタム将軍を嫌い、彼の排除を要求していた。ラバニらがこれを拒否したため、ヘクマティアルはカブールへの無差別砲撃を始めた。その砲撃は凄まじく、市内のビルや住宅が次々と破壊されていった。

ナジブラ政権が倒れ、新しい政府の誕生を喜んでいたカブール市民のつかの間の平穏は、一ヶ月も続かなかった。この砲撃によって、再び戦乱の時代に入った。戦乱が始まって三ヶ月だけで、二千人近い市民が死亡し、五十万人がカブールを脱出した。

九三年に、ラバニが大統領に就任すると、タジク人中心の政権はハザラ人勢力とも対立するようになった。ウズベク人のドスタム将軍もヘクマティアル派に同調し、カブールはさながらタジク人と非タジク人勢力が激突する修羅場と化した。とくにマスード軍とハザラ人勢力との激突はすさまじく双方の砲撃合戦で旧市街のほとんどが破壊された。この合戦で、九四年だけでも三万人近い市民が亡くなったと言われている。

マスード将軍はカブールの北方にあるパンジシール地方で生まれた英雄で、「パンジシールのライオン」の異名を持っていた。ソ連との熾烈《しれつ》なゲリラ戦を戦い抜き、ソ連をアフガニスタンから追い払った。彼は、二〇〇一年九月の同時多発テロ事件の直前に殺害されたが、タジク人にとってはかつてない英雄だった。彼が生きていれば間違いなく首相になっていたといわれる逸材であった。

マスード将軍は、首都カブールを防衛するために、市中央に聳《そび》えるアスマイ山に陣地を構えた。ここから繰り出される砲撃は効果的で旧市街の西側の大半を占めていたハザラ人居住区を徹底的に破壊した。一方、これに対してハザラ人も徹底的に抗戦し、アスマイ山と旧市街東側のタジク人居住区を破壊した。これにより、旧市街全体が廃墟と化した。アスマイ山の山腹には張り付くようにして無数の泥の家が建ち並んでいた。市内からその夜景を見ると、山全体に無数の灯篭《とうろう》が灯《とも》ったようで美しかった。こうした家々に住む人たちはほとんどが貧しい人たちである。山腹には給水設備がなく、全ての家は山の下にある共同の水道から水を運んでいた。山腹には麻薬の巣窟があって、麻薬の密売人が出入りしているところもあったという。外国人は絶対に入ってはいけないところの一つであった。しかし、こうした貧しい人たちの家々もほとんどが破壊されてしまった。今は、山に開いた洞穴のような無数の残骸を残して廃墟となっている。

ムジャヒディンの戦いが一段落した一九九六年に、栗生はカブールを訪れた。栗生の記憶にある、ソ連占領時代のカブール市は戦争で破壊されることもなく、古き良き時代のたたずまいをそのまま残していた。とくに旧市街は街路樹の緑が美しい整然とした街並みで、ダルラマン宮殿の周辺は、リゾート地を思わせるような静かな佇まいだった。

ダルラマン宮殿の住人だったザヒル・シャーが政権に就いたのは一九三三年、彼が十九歳のときだった。父のナディル・シャーが暗殺され、王位を継いだのだ。若くして王位を継いだこともあって、彼の統治は四十年近く続いた。彼は西欧型の民主主義を導入し、それまでのソ連寄りの外交を改め西側諸国との関係を深めていた。一九六四年には、絶対君主制を廃止し、新憲法の発布により、立憲君主制に移行した。これにより、のちに「カブールの春」と呼ばれる自由ではつらつとした時代が到来したのである。カブールはバーミヤンの石仏を訪れる中継基地として観光客で溢れ、様々な刺激と外国製品に満ちていた。若者は西欧の文化を進んで取り入れ、街は西欧のファッションで華やかだった。市民の生活も豊かで、市の南外れにある緑の丘の上にある洒落た展望レストランなどは、休日となると、市民の憩いの場になった。カブール市民は、ザヒル・シャー統治時代の最後の十年は夢のような時代であったと懐かしむ。そのザヒル・シャーは、一九七三年にイタリア滞在中に従兄弟で野心家のダウドによって、政権を奪われた。

ダウドが政権を取ると、ソ連寄りの政策に転換した。これがその後のソ連による支配を許し、やがて、これに反対する勢力とのゲリラ戦へと発展した。そして、さらにはムジャヒディンの戦いへと発展するのである。

ザヒル・シャーの統治下で繁栄した街並みは、まるでポンペイの遺跡でも見るかのように破壊し尽くされてしまった。その余りに変わり果てた姿に、栗生は激しい衝撃を受けた。

いかに民族が異なるとはいっても、それまで居住区を分けながら、同じカブール市民として仲良く暮らして来た住民同士が、血で血を洗う激しい殺戮《さつりく》戦を繰り返していたのだ。単一民族の日本に生まれ育った栗生には、想像も付かないことだった。民族同士が対立したときの激しい憎しみというものが、どれほど凄まじいものかを目の当たりにした思いだった。

当時まだ元気で現役で働いていたシャミール会長は、栗生を車に乗せてカブール市内を案内してくれた。栗生は彼に訊いた。

「なぜ、それまで同じ街で仲良く暮らしていた人たちが、こうまでも殺しあわなければならなかったんですか？」

「これは民族の悲劇じゃ。ヘクマティアルを支援したパキスタンと、ハザラ人を操《あやつ》ったイランが悪い。パキスタンはヘクマティアルを使って、パキスタン寄りの政府を作らせようとしておった。インドと果てしない戦いを続けているパキスタンにとって、背後にあるアフガニスタンは重要な存在だ。もし、万一、アフガニスタンにインド寄りの政府ができればインドとの挟み撃ちに合って、お手上げになるからな」

栗生も、パキスタンとパシュトゥン人のヘクマティアルが緊密な関係にあったことは知っていた。

「しかし、なぜイランが干渉して来たのですか？」

「イランとハザラは同じシーア派じゃからの。イランはハザラを使って、アフガニスタンにシーア派の拠点を作ろうとしておったのじゃ」

栗生もイスラム教徒にスンニー派とシーア派があることくらいは知っていた。世界中に十億人はいるといわれるイスラム教徒の九割はスンニー派である。スンニー派は穏健で友好的な一派だといわれる。それに対して、シーア派は少数ということもあるのか、過激で排他的であると言われる。イランがシーア派の代表格で、イラン革命に見られるように、欧米化の否定など、かたくなな孤立主義を取っている。シャミールは、そのイランが同じシーア派のハザラ人をけしかけて、隣国のアフガニスタンに支配を及ぼそうとしたのだという。つまり、アフガニスタンは、周辺国の政治的思惑によって、民族同士が争うという悲劇的な状況にあったというのだ。

4

ワヒドは、激しい爆撃機の轟音の中で、しばらくの間、実況中継のように爆撃の様子を伝えていた。しかし、「電気が消えた！」と言う言葉を残して、突然、通信が途絶えた。

「ワヒド！　ワヒド！」

栗生は、ワヒドの身に何かが起こったに違いないと必死に呼びかけた。しかし、何も反応が無かった。栗生は、悲痛な面持ちで受話器を置いた。

彼は気を取戻すと、再び受話器を取った。そして、フロントのマネージャーに東京のＮＨＫの電話番号を告げた。外信部の時実に、ワヒドから聞いた空爆の模様を伝えようと思ったのだ。ところが、

「ゲストハウスにいる通信社が皆一斉に国際電話を申し込んでいます。しばらくは回線が繋がり

ません」

マネージャーは申し訳なさそうに言った。

栗生は、ハウスにいるジャーナリストたちもすでに空爆開始の情報を掴んだに違いないと思った。そして、部屋のテレビを付けると、ＢＢＣもＣＮＮもすでに空爆開始の報道を始めていた。彼らの報道は、北部同盟が支配しているカブール北方からのもので、市からはかなり離れたところからのものだった。実況中継の中で、カブール市やカンダハル市それにマザリシャリフ市などで空爆が始まったと繰り返すばかりで、実際の空爆の模様は捉えられていなかった。ただ、カブール北方のかなり離れたところから撮影していると思われるカメラが、暗い夜空に稲光のように輝く閃光を捉えているばかりだった。


栗生はそれから二日間、ゲストハウスで悶々《もんもん》としていた。ペシャワルに必ず来ると言っていたワヒドとは全く連絡が取れなかった。テレビにかじりついてＣＮＮやＢＢＣをひたすら見ていた。テレビでは連日激しい空爆がアフガニスタンの主要都市に加えられていることを報道していたが、カブール市内の様子はほとんど分からなかった。インド洋上にある空母から、次々と出撃してゆく戦闘機の姿が映し出された。湾岸戦争でもお馴染みの、空から目標物を破壊した模様を伝えるビデオが繰り返し放映された。

栗生は、湾岸戦争のときのことを思い出しては、その破壊された目標物の周辺に、無数の死体が累々と折り重なっているに違いないと思った。

（ワヒドは大丈夫だろうか。しかし、仮に無事でいたとしても、ワヒドがペシャワルに来るのは

無理だろう。商談どころではないはずだ）

栗生は、日に日に激しくなる空爆に気落ちした面持ちだった。そして、東京に帰ることに決めていた。十月十日の朝には、車でイスラマバードに移り、帰国の飛行機が取れ次第日本に帰る積もりでいた。ところが、十日の早朝のことだった。彼が荷物をまとめていると、驚いたことにワヒドからゲストハウスに電話が入った。

「クリュウさん。ワヒドです」

「ああ、ワヒド！　無事だったか。この前は、電話が突然途絶えたので心配した。今どこにいる？」

「私は今、パキスタンのトライバル・エリアにいます。アフガニスタンの国境を越えて、こちらに逃げて来たところです」

栗生は耳を疑った。トライバル・エリアというのは、パキスタン西部にある一帯のことでアフガニスタンと国境を接していた。もともとアフガニスタンの領土であったが、当時のインド北西部（現在のパキスタン）を支配していたイギリスによって、強引に削り取られた。一八九三年のことである。国境線を画定したイギリス人の名前にちなんで、アフガニスタンとトライバル・エリアの国境はデュランド・ラインと呼ばれる。その後、この地域はパキスタンの独立とともにパキスタンの一部となったが、民族的にはアフガニスタン最大の民族と同じパシュトゥン人の支配地域である。言語もパシュトゥー語が使われ、ウルドゥー語が公用語であるパキスタンとは異なっている。ここは一種の治外法権的なエリアとして独自の政府・警察を持っていた。平時には、アフガニスタン人もパキスタン人も自由に出入りできるが、戦時になると国境が閉じられ、出入りが制限される。エリア内では、一般市民にも武器の携行・使用が認められており、日本人観光客などが入るには危険な地域である。

そのエリアに、ワヒドは逃げて来たというのだ。カイバル峠の検問所を始め、アフガニスタンとパキスタンの国境にある検問所と言う検問所は全て閉じられているから、彼はどこか秘密のルートを越えて来たことは間違いない。栗生には、想像も付かないことだった。

「午後には間違いなくペシャワルに着くので、待っていてください」

ワヒドの声は少しばかり疲れている様子だったが、それでもしっかりとした口調だった。

「わかった。待っている。着いたら、すぐに電話をくれ」

栗生は、とにかくワヒドから連絡があったことと、ペシャワルで会えることが分かっただけでも感激していた。細かい事情は一切聞かずに、ただ、待っていると約束して電話を切った。

ワヒドから再び電話があったのは、午後だった。

「ハヤタバードの自宅に到着しました。着替えてから、そちらに伺います」

ハヤタバードというのは、ロイヤル・ハウスがあるユニバシティ・タウンの西側にある高級住宅街で、トライバル・エリアにも接している。ワヒドの父シャミールはここに邸宅を所有していた。アフガニスタンが戦乱の間、一家でここに避難していたが、タリバン政権になって落ち着いてから、一家はまたカブールに戻っていた。

「わざわざ来る必要はない。疲れているだろうから、こちらから出かけて行く。場所は分かっているから心配ない」

栗生がそう言うと、ワヒドは感謝して電話を切った。

ハヤタバードは、ロイヤル・ハウスを出て、ジャムラッド大通りを西に行ったところにある。ペシャワルは市の中心部に新市街があり、東に旧市街、そして、西にユニバシティ・タウンがある。

ジャムラッド大通りはそのユニバシティ・タウンを東西に貫く幹線道路である。

ハヤタバードは、もともとアフガニスタンの金持ちたちが開拓した高級住宅街である。今は東側がパキスタン人、西側がアフガニスタン人の住む住宅街になっている。この住宅街はジャムラッド大通りの南側に広がる広大なものだが、皮肉にも、大通りを挟んだ北側には、ペシャワル最大のアフガン難民キャンプがある。カチャガリー・キャンプと呼ばれるこのキャンプは、アフガニスタンへのソ連侵攻時代からある古いもので、もはやキャンプというよりは大きな村のようになっている。多くの他の難民キャンプとは違ってテントの家は少なく、泥で作られた粗末な家がまるで旧石器時代の洞窟の家のようにして並んでいた。

栗生は、キャンプ前の大通りに大きな木箱が、いくつも立てかけてあるのを見たことがあった。ギターのケースを大きくしたような形で、人の背丈ほどの高さがあった。先端にゆくに従って箱の横幅が狭くなっているのが珍しく、栗生は、売り子に聞いてみた。

「何かの入れ物か?」

売り子の青年は、日本人の栗生が、こんなものに関心を持ったことが不思議だというような怪訝な表情だった。そして、「コフィ、コフィ」と言った。栗生は「コーヒー」を連想したが、パキスタンやアフガニスタンでは、コーヒーを飲む習慣がない。もっぱら、「チャイ」と呼ばれる緑茶が飲まれる。形からして、コーヒー豆を保存するためのものとも思えない。栗生には何のことかさっぱり分からなかった。青年はじれたように、人が枕の上で眠るような格好をしてから、両手で天に昇るような仕種をした。栗生は、ようやく、これが棺桶であることが分かった。「コフィ」と言っていたのは、「コフィン(棺桶)」のことだった。棺桶が、頭の部分をしたにして逆さまに立てかけてあったのだ。先端の少し狭くなっている方が足が入る部分で、下の方に胴と頭が入る。よく見れば、顔が来ると思われる部分には、両開きの窓があった。青年の話では、アフガニスタンで戦争が激しくなるとよく売れるということだった。わざわざ、アフガニスタンからここまで棺桶を買いに来るということではあるまい。アフガニスタンで負傷して連れてこられた負傷者が、治療の甲斐なく、ここで亡くなるということだろう。難民キャンプの近くには大きな総合病院があり、栗生は、ここに負傷したアフガン人が多く運ばれてくると聞いたことがあった。

栗生は一度このキャンプの中に入ったことがあるが、通路は狭く、まるで迷路のようで、一度奥に入ったら出口を探すのが大変だ。住民たちは、皆泥にまみれて薄汚れている。大人から子どもまで鋭いすさんだ目つきをしている。それがここの生活がいかに厳しく凄惨なものであるかを物語っていた。子どもたちは、栗生を見て、「エングリス、エングリス」と言って近寄って来た。「エングリス」は外国人一般を指す言葉だが、もともと英国人のことだ。敵意を持って使われることが多い。アフガニスタンはイギリスと、一八三八年と一八七八年、それに一九一九年の三度に亘って戦争を行っている。いずれも最終的にはアフガニスタンの勝利で終わっているが、戦争の間、アフガン人はイギリス軍に苦しめられた。この苦しみは一九二一年にイギリスと平和条約を締結して独立するまで続いた。アフガン人のイギリスに対する怨念が、「エングリス」という言葉に凝縮されている。

一方、「エングリス」には、「金持ちの外国人」という意味合いも含まれている。栗生は、迷路のような通路の中で、たちまち薄汚れた難民の子どもたちに囲まれて一歩も進むことができなくなった。子どもたちが、一斉に垢《あか》と泥にまみれた小さな手を彼の目の前に差し出した。金をくれ、というのだ。栗生が、何人かの手に小額のルピーを握らせると、ほかの子どもたちがわれもわれもと掴みかかって来た。栗生は、その身包みを剥《は》がさんばかりの激しさに危険なものを感じた。そして、子どもたちを振り払うようにして、出口に向かって逃げた。すると、小銭にありつけなかった子どもたちが背後から一斉に小石を投げ始めた。小石は地面を這《は》うようにして投げられたから、直接に身体に当たることはなかったが、弾んだ小石がしばしば足に当たった。栗生は必死の思いで出口に逃げた。栗生がこのときのことをワヒドに話すと、彼は驚いていた。そして、
「絶対に、外国人はあの中に入ってはいけない」と強い口調で注意された。

5

ハヤタバードとカチャガリーは道路一本を挟んだだけだが、天国と地獄とはこのことだろう。シャミール一家の邸宅は、プールこそないものの、広い大きな芝生の庭が付いた大邸宅だった。高い門の入り口で呼び鈴を鳴らすと、この館の執事《しつじ》らしい老人が注意深く覗き窓から顔を出した。栗生が名前を告げると、老人は門の扉を開けて、中に入れた。

栗生が門を入ると、ワヒドが玄関先に出てきた。着替えてさっぱりした様子だったが、表情には疲れが見えた。

「クリュウさん！」

「ワヒド！」

栗生とワヒドは、玄関先で大げさに抱擁しあって再会を喜んだ。

栗生が広い応接間に通されると、ワヒドは問われるまでもなく、しゃべり始めた。

「カブールは空爆の被害で大変な状況です。攻撃されているのは、ほとんどがタリバンやアルカイダの施設ですが、アスマイ山の山頂にあるテレビ塔や電波塔も破壊されました。テレビも電話も駄目ですが、衛星回線を使った国際通信はまだ使えます。しかし、常にパンク状態でまったく繋がりません。おそらくジャーナリストたちが独占しているのです」

「電気は？」

「頻繁に停電しますが、全く電気が来ないということはありません」

「ご家族は？」

「ええ、家族が心配です。できれば家族と一緒に逃げたかったのですが、父親が腎臓病を患っていて、医者と一緒でなければ逃げることができません」

栗生も、シャミールが永く腎臓病を患っていることは知っていた。

「ほんとうなら、空爆が始まる前に家族全員で脱出することを考えていたのですが、一緒に逃げてくれる医者が見つからずに断念していました」

栗生は、逃げる金を十分に持っていたシャミール一家がどうしてカブールを脱出しなかったのか不思議だったが、理由が分かった。

「カブールからジャララバード、それにトルハムまでの街道は、避難民の列が延々と続いています」

ジャララバードはカブールの東百五十キロにある都市である。トルハムは、ジャララバードから更に東に八十キロのところにあり、アフガニスタンとパキスタンの国境の町で、ここからカイバル峠を越えれば、ペシャワルである。

「この街道は、爆撃機に攻撃された戦車や装甲車などが大破して横倒しになっています。アルカイダはジープや装甲車などに泥を塗って、空からは大地と見分けがつかないように偽装していましたが、それらが見破られて、ほとんどが破壊されてしまいました」

「どうやって、ここまで逃げて来たんだね？」

栗生は、それについて一番関心があった。

「トルハムまでは、車を捉まえて他の避難民と一緒に逃げて来ました。しかし、トルハムの検問所は固く閉じられて通ることができませんでした。避難民たちは、仕方なく、そこから少しジャララバードの方向に戻って、大平原の上にキャンプを張っています。このキャンプは街道からも見えますが、こんなに大きな難民キャンプは見たことがありません。すでに何十万という人たちが集まっているに違いありません。それが毎日何万人という単位で膨らんでいるのです」

栗生は想像するだけでも、凄い数だと思った。

「私は、トルハムで他の避難民たちと別れて、山裾《やますそ》を西に向かって歩きました。半日ほど歩けば、国境を越える山道があることを知っていたからです。その山道で、やはり徒歩で国境を越えようとしている家族をいくつも見ました。ほとんどが貧しい人たちで、満足な靴もないような人たちでした。山道はすでに凍り付いており、人々はその山道を杖だけを頼りに登って行くのです」

高い山はすでに冬を迎えていた。カブールも十一月になれば、雪が降り、本格的な冬を迎えることになる。

カブールの冬は厳しい。とくに夜は零下が当たり前で、ストーブの芯が凍りつくほどに冷え込む。栗生はカブールの街で、雪で凍りついている道路を裸足で駆け回っている子どもたちを見て驚いたことがある。市街が破壊される前はこうした貧しい子どもたちを市内で見ることはなかった。しかし、旧市街が破壊されてからは行き所を失った貧しい人たちが、市内の空き地という空き地にバラックの小屋を建て、住み着いていた。彼らは満足に靴を買うことすらできない。せいぜいサンダルを買うのが精一杯だ。そういう貧しい人たちさえも、空爆を恐れて必死の思いで、カブールを逃げ出しているのだ。

「皆、大きな荷物を目一杯担いでいますから、ときおり足を滑らせては道端に倒れこんでいました。私は、この山を越えるのが大変なことが分かっていましたから、できるだけ荷物を少なくして非常食と大事な書類だけを持っていました。そして、先を行く避難民たちを狭い山道で追い抜きながら、国境を越えたのです。それでもこの山を越えるのに一日掛かりました。国境を越えるとそこはトライバル・エリアですが、そこから延々と車も通らないような山道が続きます。そこを半日近く歩けばオールド・バラ・マーケットです」

オールド・バラ・マーケットのバラ・マーケットとは、輸入品の市場ということである。アフガニスタンは輸入が原則無税であることから、税金のかからない安い外国製品がアフガニスタン経由でここに集まる。その安値を目当てに、パキスタン人がわざわざ山道を越えて車でどっと買いに集まってくる。もっとも、「オールド」と呼ばれているように、いまではその地位をペシャワルにある新しいバラ・マーケットに奪われてしまった。

ペシャワルのバラ・マーケットはジャムラッド大通りの西の外れにあり、トライバル・エリアに接した巨大マーケットである。本来なら、輸入税を払ってパキスタン領内に持ち込まなければならない外国製品がトライバル・エリアを抜け道にして、無税でペシャワルに入って来る。そのほとんどはパキスタンのカラチを経由して来るものである。パキスタンとアフガニスタンは「アフガン・トランジット貿易」(ATT協定)を結んでおり、アフガニスタンはカラチ港から無関税で物資を輸入する権利を有している。これは海に面しておらず、港湾を持たないアフガニスタンにとってはまたと無い恩典である。カラチで水揚げされて封印されたコンテナは、一度、カブールなどアフガニスタンの大都市に運ばれ、そこで初めて開封される。そして、輸入品の一部はアフガニスタンで売りさばかれるが、ほとんどがペシャワルなどパキスタンのブラック・マーケットに行ってしまう。こうした密貿易を行うのはペシャワルなどに本拠地を持つマフィアで、そのほとんどがアフガン人である。パキスタン政府はこれによって、輸入税収入を失っており、毎年何億ドルもの損失を被っているといわれている。しかし、これを黙認しているのは、パキスタン政府の要人もまたこれに加担しており、密貿易のマフィアから多額の賄賂を貰っているからだと言われている。

パキスタンで新車の日本製ランドクルーザーを正規に輸入すれば、日本円で二千万円にもなるが、バラ・マーケットでは三分の一だという。中古ならば、新しいものでも、二十万円だそうだ。その値段の落差に驚かされる。栗生は、ここで日本の企業名や旅館名などが横書きされたワゴン車や乗用車を何台も目にした。こんな異国の地で、『草津温泉〇〇旅館』などの文字を目にすると、その場違いに思わず苦笑する。日本からはるばるやって来た中古車であることは一目瞭然だ。アフガン人には日本製品は高価で高品質という評価が定着しているから、日本語が横書きされている車は一種のステイタスになっているとも聞いた。

そのほかバラ・マーケットには日本製のテレビ、音響機器、エアコン、扇風機、冷蔵庫、洗濯機、カメラ、コンピュターなどありとあらゆる製品がある。

バラ・マーケットでこうした密輸品を売っている商人もほとんどがアフガン人である。ここで一儲けして、ハヤタバードに豪邸を構えているアフガン商人も多い。

「オールド・バラ・マーケットで車を捉まえ、やっとペシャワルへ着いたのです」

ワヒドは、カブールからの長い旅を振り返って、いささかうんざりした表情だった。

「それは大変ご苦労だった」

栗生は、それ以上言葉がなかった。そして、そこまでしてワヒドがわざわざ商談にやって来たことに強く心を打たれた。

栗生は、さっそく戸塚商会から受けた注文内容を具体的に告げ、ひとつひとつワヒドが理解するまで繰り返し説明した。ワヒドは、栗生の説明を克明にノートに記録し、不明な点については、何度も確認した。その作業は、夕方遅くまで掛かった。

6

その晩、ワヒドは栗生を夕食に誘った。ゲストハウスの食事に飽きていた栗生は、喜んで受けた。豪邸には住み込みのメイドがいて、おいしいアフガン料理を作ることができた。食事に必ず出てくるのがカバブとナン。カバブは鉄串に刺して焼いた羊や牛の肉で、タレが醤油味に似ているせいか、日本人にも合う。ナンは捏《こ》ねた小麦粉を平たく焼いて作ったパンだ。それにパラウ。これはドライカレーに似た焼き飯で、干し葡萄などが入って美味しい。中でも、栗生が最も気に入っていたのは、餃子に似た形で、羊の肉と野菜を衣で包んだマントゥだった。ほかに小麦粉を麺状にして日本の細うどんのようにして、肉汁で食べるアーシュも気に入っていた。肉汁が博多の豚骨スープのようで、福岡に住んでいたことがある栗生には、懐かしささえ感じさせた。

食事中、二人の会話は自然と空爆のことになった。栗生は、空爆開始後からこれまでの三日間についてワヒドが知っている限りのことを聞いてみたいと思っていた。

「私は二日目には国境の山岳地帯に入っていましたから、直接に知っていることは限られています。しかし、ラジオで空爆の模様は聞いていました。途中で会った難民にも、状況を聞いていました」

それによると、爆撃はタリバンとアルカイダの軍事施設に集中しており、それ以外の施設への攻撃はほとんどない。市民は、多国籍軍が、一般市民を狙っていないということが分かって、落ち着きを取り戻している。なにしろ、内戦のたびに市民が巻き添えになって来た苦い経験が、市民には染み付いている。空爆と聞いて、市民は恐怖に恐れおののいたが、いまはさほど心配していない。しかし、いくつか誤爆が発生していて、ワヒドが聞いた限りでも、何人かの市民が巻き添えになって死んだという。タリバン兵やアルカイダの兵士については何百人も死んでいるに違いないが、正式な発表がないとも言った。

栗生は、この場でどうしても彼に聞いておきたいことがあった。

「なぜタリバンは、オサマ・ビンラディンを匿ったのか？　世界のお尋ね者を匿えば、世界中を敵に回すことは明らかだったのではないか？　彼さえ匿わなければ、今回のような空爆を受けることもなかったはずだ」

「彼は客人なのです。客人を歓迎し、守るというのがこの国のならわしなんです」

栗生も、アフガン人が遠来の客を歓待する習慣についてはよく知っていたが、それにしても腑に落ちなかった。

「それがどんな厄介者でもか？」

「そうです。とくに彼は、ソ連とのゲリラ戦を一緒に闘った同志でもあるのですから」

栗生は、返す言葉がなかった。

「しかし、……」

ワヒドは何かを言いかけて、言葉を選んだ。

「ニューヨークのＷＴＣ崩壊は、オサマにとっては誤算だったのではないでしょうか」

栗生は、ワヒドが、「誤算」と言ったので、怪訝な顔をした。

「オサマも、あれほどの大惨事は想像していなかったのではないでしょうか。あんな凄い噴煙を上げて崩壊する場面は想像もしていなかったと思います。そして、これほどまで世界中を激怒させるとは夢にも思っていなかったに違いありません」

「では、何のためにテロを起こしたのか？」

「タリバンとアルカイダはアフガニスタン征服を成し遂げるために、アメリカ政府を国内に釘付けにしておく必要があったのです」

「えっ？」

栗生は、ワヒドの言ったことの意味が飲み込めなかった。

「マスードの殺害と、アメリカの同時多発テロは深く繋がっています。マスードの殺害はもう何年も前から計画されていたものです。タリバンもアルカイダもマスードがいる限り、アフガニスタンを征服することは不可能だと考えていました。ですから、できるだけ早くマスードを殺したかったのです。しかし、もし、タリバンとアルカイダがマスードを殺害すれば、タリバン政府との対決姿勢を明確にしていたアメリカは、必ずアフガニスタンに介入するとオサマは考えていたのです。なぜ、九月十一日にテロが実行されたのかと世界中が疑問に思って、様々な解釈をしていました。イスラムの教義やかつてのテロ事件との関係に説明を求めていたものもあります。しかし、答えは明白で、単純です。マスードを抹殺することに成功したからです。ジャーナリストを装った二人のアラブ人によってマスードが殺害されると、北部同盟の幹部たちは、マスードの死をひたすら隠し通す作戦を取っていました。もし、マスードが死んだことが分かれば、タリバンとアルカイダが一気に攻め込んで来ることが分かっていたからです。しかし、タリバンがマスード陣営に送っていたスパイは、九月八日には、彼の死を確認していました。そして、それがオサマに伝えられ、ただちにアメリカのフロリダにいたアタに伝えられたのです。アタはすぐに実行に移しましたが、九月十一日までの三日間は準備に最低必要な日数だったでしょう。アメリカ国内に散らばっていたメンバーを集めるのにも時間が必要でした。しかし、アタは命令が下ってから最短の日時で実行したのです。いかに周到に準備が進められていたかが分かります。アメリカでのテロは、すでに半年前からいつでも実行できる状態になっていたといわれています。しかし、マスードの殺害に時間が掛かりました。彼はテロを察知して厳重に警戒していましたから、実行に時間が掛かったのです。自爆テロを実行した二人のアラブ人は、マスードに近づくだけでも何ヶ月も時間が掛かっています。なぜ、オサマがテロ後に犯行声明を出さなかったのかも、明白です。テロは、あくまでも、アメリカ政府を国内に引き付けておくためのものだったから、誰が犯人か分からない状態にしておくのがベストです。仮に分かったとしても、できるだけ時間を稼ぎたかったはずです。ですから、オサマは自分が犯人だとは絶対に言わなかったのです。しかし、テロの結果は彼も想像しなかったほど凄惨なものでした。薬が効きすぎたというのはこのことです。薬どころか、オサマにとっては命取りの毒になってしまったということです。これがアフガニスタンに空爆という悲劇をもたらしました。オサマはアラーの使いでも、代弁者でもありません。先を見通すことのできない凡人です。過ちを犯すただの俗人にすぎません。こうした人間に操られていたアフガニスタンこそ大きな迷惑です」

ワヒドは苦々しそうに、そう言い切った。

「アフガニスタンの人たちは、皆そのように考えているのか？」

「すくなくとも、私の知っている人たちの多くはそう考えています」

栗生は、ワヒドの言葉がどこまで真実を言い当てているかは分からなかった。栗生も、マスード暗殺とアメリカの同時多発テロをオサマ・ビンラディンの犯行だという専門家の話は聞いたことがあった。しかし、この二つの事件の関係をこれほどはっきりと関連づけた見解は知らなかった。むしろ、二つの事件を別個のものと捉え、たまたま同時期になったにすぎないと偶然性を主張するものがほとんどだった。しかし、ワヒドの見解は時期が重なったことを理由づけており、栗生は、一つの解釈としてはありうると思った。

翌朝、栗生がロイヤル・ハウスを出てイスラマバードに車で向かおうとすると、ワヒドはわざわざハウスまで、見送りに来た。

「クリュウさん。絨毯は必ず約束どおりに作ります。安心して待っていてください」

ワヒドはそう言って、栗生の手をしっかりと握った。

栗生はその誠実さに思わず胸が熱くなった。

「分かった。よろしく頼む。しかし、無理はしなくていい。まずは身の安全が大切だから、危険なときは逃げることだ。命さえあれば、絨毯はいくらでもできる。戸塚商会だって、アフガニスタンがどんな状態になっているかは分かっているはずだ。事情を説明して、理解してもらうから心配するな」

栗生は、言い聞かせるようにしながら、ワヒドの手を握った。ワヒドはその手を強く握り返した。

日本に帰った栗生は、新聞やテレビで多国籍軍による誤爆が連日続いていることを知って心が痛んだ。カブール市内でも市民の住宅や国連の関連施設、それに赤十字の施設までも誤爆されて多くの死傷者が出た。北部の村では、すでに何年も前に閉鎖されたアルカイダのキャンプが誤爆され、そこに住み着いていた何十人もの村人が亡くなったという。栗生は、ワヒドとその家族、そして、絨毯作りに励んでいるに違いない多くの子どもたちの無事を祈らざるを得なかった。

アフガン絨毯

1

日本に帰国してからというもの、栗生は時間があればＣＮＮとＢＢＣを見ていた。ＢＢＣはとくにタリバン支配地だったアフガニスタンの町や村に記者を入れて、積極的に現地の惨状をレポートしていた。タリバンによる略奪や強姦、それに反抗する者たちへの有無を言わさない処刑など身の毛のよだつレポートが次々と放映された。タリバンによる恐怖政治は北部の一部を除いて、全国を覆っていた。カブールなどの都市部も例外ではなく、市内の競技場で行われた公開の処刑シーンは世界中を震撼させた。それは青いブルカを着た女性が、競技場の真ん中に座らされ、タリバンの兵士が背後から頭部を銃でぶち抜くシーンだった。座らされた女性の罪状がなんであったかは分からない。しかし、兵士に命じられるままに素直に座る姿を見る限り、問答無用に処刑されるような重罪を犯した女性にはとても見えなかった。

栗生もこうした恐怖政治の実態を見るに付け、タリバンの偏狭さや異常さがより鮮明に分かるようになった。

アメリカでの同時多発テロ後、栗生は時実に、タリバンのことで取材を受けたことがあった。

時実の関心は、タリバンのような閉鎖的で反動的な政府の下で、栗生がどのようにして貿易を続けることができたのかということにあった。

「タリバン政権になってから、商売がしにくくなったということはないんですか？」

「確かに、タリバン政権になって、前政権の大臣、副大臣クラスは一掃されて、政府そのものが完全に変わってしまった。しかし、しょせん政府を動かすのは、その下の役人たちだから、それまでこうした中堅クラスの役人と築いて来た人脈がタリバン政権時代でも大いに生きた。必要があれば、こうした中堅クラスの役人を通じて、タリバンの大臣や副大臣などに会って相談することもできたから、商売に支障を感じたことはない」

栗生がそう答えると、時実は不思議そうな顔をした。

「ということは、タリバン政府は、外国との貿易は自由に認めていたということですか？　国民には恐怖政治を敷いて、テレビも映画も音楽も駄目、贅沢品や高級品も駄目と言っておきながら、外国との貿易を自由に認めていたというのは少し矛盾しているようにも思えますが？」

「うちが扱っていたのは、電子部品や機械部品で、娯楽品や贅沢品は全くなかったからね。タリバンのポリシーに反するようなものは何もなかった。それが、わが社が比較的自由に貿易ができた理由だろうね」

時実はなるほどと頷いた。

「アメリカのユノカルのことは知っているだろう。トルクメニスタンでは大規模な石油と天然ガスが発見されていた。その規模は、推定で三兆ドルを越えると言われている。ユノカルは、その石油と天然ガスをインド洋までアフガニスタンを経由してパイプラインで運ぶ計画を持っていた。しかし、それは戦乱を繰り返している不安定な政権下では不可能だった。それが、タリバン政権ができたことによって、アフガニスタンに安定がもたらされると期待したユノカルは、タリバン政権に大金をつぎ込み、幹部をアメリカに招待するなど接待を重ねていた。タリバン政府がそれを受け入れていたことは間違いない。彼らがビジネスと政治とを切り離していたことは明らかだ」

実際、栗生はタリバン政権になって、商売がやりにくくなったとは感じなかった。もちろん、栗生は、タリバンが女性の教育を禁止するなど、次から次へと禁止令を出して、理不尽な規律を国民に強いていることは知っていた。しかし、それに違和感を持ってはいたものの、その後テレビで世界中に放映されたような極端な恐怖政治を感じることはなかった。タリバンの警察が市民生活のひとつひとつを厳しく監視していることは知っていても、ムジャヒディンの戦いで荒廃した規律を立て直すにはその位の厳しさがなければ維持できないと思っていたほどだ。ただ、ときおりタリバンが道路という道路で車の検問を繰り返し、移動に時間がかかるのには辟易していた。しかも、検問の理由が、車の中でカセットテープで音楽を聞いていないかチェックしているのだと聞いて、腹が立った。

ワヒドらアフガン人のビジネスマンは、国の恥だと思っていたのか、タリバンによる公開の処刑のことなどを、栗生の前で話題にしたことがなかった。

栗生は、タリバンの真の姿をテレビで見て初めて知ったというのが、本当のところだ。もっとも、栗生がタリバン政権下でアフガニスタンを訪れたのは、一九九六年にタリバンが政権を取った直後と、一九九八年だけである。一九九八年のときには、カブールの街中で見る女性が少なくなったことと、ブルカを着用する女性が増えたということが印象的だった。しかし、九六年にタリバンが政権を取ったときには、それほど危険な存在だとは思わなかった。実際、カブール市民は、彼らを歓迎しさえしたのだ。これでアフガニスタンにようやく安定が訪れると。ところが、それがどこかで変わってしまった。タリバンの性格が突然変わってしまったと考えるのが素直ではないだろうかと栗生は思っていた。

「栗生さんの会社とタリバン政府が直接取引したことはあるのですか？」

「それはあるさ。日本の企業でアフガニスタンとの取引があったのはうちぐらいのものだったからね。機械部品や電子部品だけでなく、車や家電製品などなんでも買って貰った」

「結果的にはそうした貿易がタリバン政権を支えていたとも考えられる訳ですね」

時実の言葉には、タリバンの本質を知らないままに商売を続けていた栗生に対する批判めいたものがあった。

「まあ、そう言われても仕方がないだろうな。しかし、これほど酷い連中だと分かっていたら、商売はしなかったと思うよ」

それは、栗生の本音だった。タリバンに違和感を持ってはいたものの、栗生が商売を止めなければならないような事情は全く認識していなかった。

しかし、栗生がそもそもアフガン絨毯の取引を始めたのは、若干の罪滅ぼしの意味もあった。それは、タリバン政権に加担していたからということではない。東欧交易のように旧ソ連などの共産主義国家に機械部品や電子部品を輸出していた日本の商社は少なくないが、何か後ろめたいものを感じている企業も多いはずだ。まだ、ソ連が崩壊する前には、対共産圏輸出統制委員会、いわゆるココムによる軍需物資の共産圏向け輸出が厳しく規制されていた。武器そのものの輸出はもちろんのこと、兵器に転用されるおそれのある機械、電子機器、それに部品なども輸出が禁止されていた。これらの禁止に触れるおそれがあるものはパリにあるココムの本部に書類を送って、違反していないことの証明がないかぎり輸出することができない建前となっていた。しかし、実際にこうした手続をした会社がいったいどれほどあったであろうか。小さな電子部品などは、アタッシュケースに詰め込んで空港から持ち込めばほとんどノーチェックだ。飛行機の手荷物として持ち込むには少しばかり大きすぎたり、数量が多すぎたりする場合などは、機械の用途や性能を偽って持ち込むことも可能だった。さらに手が込んでいる場合には、外観を偽装して、全く別の機械として持ち込む場合もあった。あるいは、ココムの規制がないスイスなどの第三国を経由して共産圏へ持ち込むことも可能だった。日本の商社は、いかにココムによる監視の目を潜り抜けるかで、日々知恵を絞っていた。そうして、ソ連などに持ち込まれた電子部品が、ミグ戦闘機やミサイルの誘導装置など日本の高度な技術を必要としていた武器に使われていたことは疑いない。実際、栗生もそれがあるミサイルに使われることを知っていながら、集積回路を大量に持ち込んだことがある。東欧交易のように零細な企業であればあるほど、まともな商売では生き残れない。栗生は良心の呵責を覚えながらも、生き残るためには仕方がないと腹を決めて違法行為を繰り返していた。

ソ連は、ミグ戦闘機を始め、最新鋭の戦車や攻撃ヘリそれに化学兵器まで繰り出してアフガンゲリラの殲滅《せんめつ》を狙った。ソ連の軍事力は圧倒的で、当初、火縄銃などの貧弱な武器しか持たなかったアフガンゲリラを葬り去ることは容易に見えた。ところが、生来のサムライであり、名誉のためならば死をも恐れぬアフガンゲリラたちは、山岳地帯の複雑な地形を利用して徹底的に抗戦した。やがて、アメリカがパキスタン経由でアフガンゲリラに最新兵器を供給したことが、戦況を一転させた。

山岳地帯でのゲリラ戦に手を焼いていたソ連が、もっとも効果的に攻撃できる手段が機敏に飛び回る戦闘ヘリだった。この戦闘ヘリが山岳地帯を逃げ回るゲリラを最も脅かしていたが、アメリカが提供したスティンガー型ミサイルは、この戦闘ヘリを次々と撃ち落した。スティンガー型ミサイルは長さ一・五メートル、重さ十五キロで、肩に担いで持ち運ぶことができる。このミサイル弾は戦闘機や戦闘ヘリのエンジンが発する高熱を感知して追尾する。簡単な訓練で誰もが操作することができ、その命中率は極めて高い。ソ連軍は、この兵器の登場で、ジェット戦闘機百機以上、戦闘ヘリ三百機以上を失った。

アフガンゲリラが結局ソ連に勝利したが、アフガニスタンの犠牲も大きかった。アフガンゲリラが潜伏していた村々は破壊され、百三十万人以上が亡くなったと言われている。

栗生は、アフガニスタンで戦乱が続いている間、実際にアフガニスタン国内に足を踏み入れたことはほとんどない。カブールに行かなくても、ペシャワルでアフガニスタンの商談相手と会うことができたからだ。ペシャワルには、アフガン絨毯の一大マーケットもあり、絨毯の取引を始めた当初、栗生はここで全てが足りていた。

彼が、アフガニスタンに足を踏み入れたのは、内戦が一段落したあとだった。彼は、そのとき初めてアフガニスタンの荒廃を見て衝撃を覚えた。対ゲリラ戦で、ソ連は大量の最新兵器を投入した。そして、ソ連が撤退したときに廃棄していった最新兵器が、さらに民族同士の殺戮の道具として使われ、国土の荒廃に拍車を掛けた。これらの破壊行為に栗生らが売りまくった電子部品が大きな役割を果たしていたことは疑いようもなかった。

栗生は、今でもアスマイ山の山頂に立って、廃墟となった旧市街を見たときの衝撃を忘れることができなかった。破壊前のアスマイ山はその中腹まで民家が建ち並び、人々が炊く竈《かまど》の煙が絶えることがなかった。夜は山一杯がともし火に埋まり、市街から見るその眺めは美しく荘厳だった。それらの一切が数年のうちにして完膚無きまで破壊し尽くされてしまった。山腹には砲弾で穴だらけになった廃墟があるだけで、人影もなかった。まるで山全体が大きな墓場になってしまったようだ。

(あの美しかったカブールの街がこんなにまで破壊されるものか)

栗生は、自分自身が何者かによって破壊されてしまったような虚脱感を感じていた。それと同時に、良心の呵責が心の底から湧いて来た。

2

「タリバンの正体が分かった以上、もう商売はしないということですか?」

「タリバンとはもうしない。しかし、アフガニスタンとの商売は続けて行くよ。とくにアフガン絨毯に力を入れて行きたいと思っている」

「アフガン絨毯ですか? なぜですか? これまでは、機械部品や電子部品がほとんどだったのでしょう? 絨毯と部品では随分と世界が違いますよね」

「罪滅ぼしの意味もあるのだよ」

「罪滅ぼし?」

時実は、怪訝な顔をした。

「私は、破壊されてしまったアフガニスタンを見て、なんとかその復興に役立つことはできないかと考えたんだ。それで、アフガン絨毯のことを思いついてね。それまでも少しばかり輸入はやっていたんだが、大々的にする積もりはなかった。しかし、アフガニスタンに外貨を落とすならこれが一番てっとり早いのではと思った。それでワヒドに相談してみたんだ。ジャダイ商会は、もともと絨毯の輸出を専門にやっていたからね。それで色々と話を聞いているうちに面白いことが分かったんだ。君はアフガン絨毯を見たことがあるかい？」

時実は、首を振って苦笑いをした。

「まあ、そうだろう。日本人でアフガン絨毯に関心を示す人はそう多くはないからね。典型的なアフガン絨毯は、伝統的な色彩と模様に縛られていて、それが日本人の感覚にはいまひとつフィットしないんだ。染料は草木から取ったもので、色彩や模様はそれぞれの工場の秘伝となっている。つまり、それぞれの工場のやりかたを何百年も貫いているということだ。私はそれが最大の問題だと思っていた。色彩や模様を簡単に変えさせることができないからだ。ところが、戦乱で職場を失ったカブール市民などが、都会でもどんどん絨毯を作り始めた。新しく絨毯を作り始めた人たちは、もともと伝統に縛られない。そういう人たちがアメリカやヨーロッパなどの客の好みに合わせてデザインするようになったというんだ」

アフガン絨毯の模様や色彩は極めて多様で、二枚として同じものはないと言われている。ひとつひとつの工場が家族伝来の方法によって色彩を作り出し、自然や動物をモチーフにした独特の模様を編んで行く。ところが、最近では、永い戦乱の影響もあるのか、戦車や戦闘機をモチーフにしたものも出てきたという。それはとくにカブールなどの大都市近郊で比較的新しく生産を始めた工場に顕著だという。そうした工場は伝来の色彩や模様という独自のものを持たず、客の注文の色彩、模様に合わせて織るというのだ。

「ほお」

時実は少しばかり興味を持ったようだった。

「アフガン絨毯は、カラクル羊の毛足が長くて太いウールを使っていて品質が最高だし、値段が安い。それを日本人好みのデザインで作れたら絶対に売れると思ったんだ。ご存知のとおりペルシャ絨毯のデザインは色彩も明るく世界中で好まれている。日本でもそうだ。しかし、ペルシャ絨毯はなんといっても値段が高い。高いものは畳一枚分で何十万円とするんだから」

時実は頷いた。

「その点、アフガン絨毯なら三分の一以下だ。しかも、織り方もペルシャ絨毯と同じだ。そこで、アフガン絨毯をペルシャ絨毯と同じデザインでできないだろうかとワヒドに聞いてみたんだ。すると、できると言うんだな。私はうれしくなってしまって、すぐやろうと決めたんだ。そして、ワヒドに頼んで、カブール市内や周辺にある絨毯工場をひとつひとつ見て回った。工場と言っても、ほとんどが民家の一室に織り機を置いただけの簡単なものだ。工場を見て回って驚いたんだが、そこで働いているのはなんともいたいけな少女や少年ばかりなんだ。中には、昨日までオシメをしていたのではないかと思われるほど小さな子どもまでいてね。私が聞いたのでは、四歳の子どもがいたよ。しかし、考えてみれば、絨毯を織ってゆく作業は極めて細かい作業なんだ。僅かな縦糸の隙間に指を入れて、縦糸に一本一本デザイン通りの色糸を括《くく》り付けては、糸を切り離して行く。根気の要る細かい作業なんだが、大人の無骨な指ではとてもできない。子どもの小さな指にして初めて可能なんだな。私は、一心不乱に織り機に向かって織り続けている子どもたちを見ていて、この子どもたちのためにも絨毯を売ってやりたいと思ったんだ」

「そうだったんですか。しかし、これを罪滅ぼしだと言っておられるのは、アフガニスタンの荒廃に責任があると感じているということですか?」

「まあ、そうはっきり言われると言葉がない」

栗生は、苦笑いを浮かべた。


もともと、アフガン絨毯は、マザリシャリフやマイマナ、それにヘラートなど、地方都市周辺で多く生産されていたものである。ところが相次ぐ戦乱で、カブールやカンダハルなどの都市部では、繊維製品や化学製品などの工場が次々と破壊され、大人たちの働く場が失われてしまった。カブール市の北東部には、大規模な工場地帯があったが今は廃墟が広がっているだけである。その結果、カブールなどの大都市でも民家を改造して、絨毯を作るようになった。絨毯織りは非常にきめ細かな作業である。良い目と、何よりも小ぶりで器用な手が必要になる。視力が落ちた無骨な手の大人ではとてもできない。勢い、幼い子どもたちが絨毯作りの主役になる。大体、五、六歳頃から仕事を始めて、十代の半ば頃まで続けるという。一日、十時間以上織り続けることも珍しくないという。もちろん、学校には行かない。この子どもたちの稼ぐ日銭が、彼らの家族を支えているのだ。この国はすべての教育が無償になっているから、子どもたちが学校に行きたいと言えば、行けないことはない。ところが、こうした絨毯織りの子どもたちが学校に行けば、一家の収入が途絶えることになる。彼らは、学校が只であっても、行くことができないのだ。

栗生は、ワヒドの通訳で、子どもたちに訊いたことがある。

「学校には行きたくないのか?」

「学校に行っても金にはならない。こうして働いていたほうが楽しい」

子どもたちは、声を揃《そろ》えてそう答えた。栗生には、それが彼らの本心かどうかは分からなかった。しかし、彼らが今学校で学んだとして、それが彼らの将来にどういう希望をもたらすのかは誰にも分からなかった。それは、この国に未来があるのかという深刻な問題を含んでいた。とにかく、今を精一杯生きていかなければならないというのが、この子どもたちに差し迫った現実だったのだ。

栗生は、多国籍軍がアフガニスタンへの空爆を決めたときに、一番先に思い浮かんだのがこうした絨毯織りの子どもたちのことだった。そして、こうした子どもたちまでも、空爆の脅威に晒されるのかと思うと、胸が痛んだ。

ブッシュにしろ、ブレアにしろ、オサマ・ビンラディンやアルカイダの憎き姿や顔を想像することはできても、空爆下を必死になって逃げ回る子どもたちや一般市民の姿は想像もしていなかったに違いない。相次ぐ内戦で破壊し尽くされた廃墟と、ここ数年来の大干ばつによる飢饉の中で、必死に生きている彼らの姿というものを一目でも見る機会があったら、何も罪のない市民たちを巻き込むおそれのある攻撃というものを加えることができたであろうか。もし、それを承知のうえでの攻撃なら、何千人もの無実のアメリカ市民を巻き添えにした同時多発テロと何が違うのか。テロをテロで報復するだけの醜い報復合戦にすぎないのではないだろうか。栗生はやるせない気持ちだった。

3

アフガニスタンの子どもたちのことでは、栗生にはもうひとつ忘れがたい思い出があった。それは初めてペシャワルからカブールまで車を使って訪れたときのことだった。彼は、それまでカブールへ入るのに必ず飛行機を使っていた。しかし、一度、カイバル峠を車で越えて、カブールまで車で走ってみたいとずっと思っていた。そこで、比較的時間的余裕があったときを利用して、車で行くことにした。ペシャワルからカイバル峠を越えて国境の町トルハムまで二時間。トルハムからアフガニスタン東部最大の町ジャララバードまでが二時間。ジャララバードからカブールまでが六時間。計十時間の道のりだった。

カイバル峠は、アフガニスタンとパキスタンの国境に沿って走っているサフェド山脈を越える難所である。サフェド山脈は四千メートル級の山々が連なっているが、カイバル峠の辺りは、最高地点でも千メートル余りで、山脈を越えるには最も適したところと言えるかも知れない。しかし、標高五百メートルのペシャワルから五百メートル以上の標高差を上る曲がりくねった道路が延々と続く。道路は鋭く切り立った峡谷に沿うような形で走っており、道路から見下ろすと、はるか下のほうに深い谷底が見えて、身震いすることがある。冬でもこの峠に雪が積もることは少ないらしいが、凍結するので車はチェーンを付けて走行する。道路は大きなトラックがやっと擦れ違えるほどの広さで、荷物を満載したトラック同士が、ヘアピンカーブを恐る恐る擦れ違って行く。万一、衝突したり、ブレーキを掛け損なったりすれば、まっ逆さまに谷底行きは間違いない。運転手たちにとってはまさに命がけの運転となる。

カイバル峠は、古くから東西文化を繋ぐ重要な交易路であった。その昔三蔵法師(玄奘法師)も通ったといわれる道である。この辺り一帯はガンダーラ地方とも呼ばれるが、西のヘレニズム文化と東の仏教文化が交錯した文明の十字路でもある。シルクロードの隊商が、東西の商品のみならず、思想や宗教、それに芸術も運んだ。現在では、峠までハッチバック式の鉄道も敷かれているが、運行は年十四回ほどで、その物流はトラック輸送にほとんどが委ねられている。

カイバル峠は、トライバル・エリアの中にあるため、ペシャワルで事前に特別の通行許可を貰っておく必要がある。トライバル・エリア内では、道路のみがパキスタン政府の管理下にあり、それ以外はすべてトライバル・エリア自治政府の支配下にある。つまり、道路を一歩出れば、通行人の生命・財産の安全は一切保証されない。通行人は、トライバル・エリアの入り口で、兵士を護衛として雇う必要がある。万一に備えるためだ。栗生も、カラシニコフ（ソ連製自動小銃）を携えた兵士を一人雇い、車に同乗させた。

カイバル峠は、栗生が想像していたとおりの難所だったが、とくに大きなトラブルもなく、二時間ほどで国境の町トルハムに着いた。ここで、ペシャワルから乗ってきた車と兵士とに別れを告げた。

そして、国境のゲート近くにある小さな出入国管理事務所で手続きを済ませ、そこからカブールに向かうタクシーを新たに拾うことになる。カブール側のタクシー乗り場には、黄色に白のラインが入ったタクシーが何台も待っていた。栗生は、とくに選ぶでもなく、一番手前で待っていたタクシーに乗った。運転手は二十歳代の若い青年で、誠実そうな男だった。名前はジアだと言った。車はトヨタのカローラで、栗生がタクシー乗り場を見回すと、ほかのタクシーもほとんどがカローラだった。

栗生は、難所のカイバル峠を越えた以上、あとは快適な道路がカブールまで続くものと想像していた。実際、トルハムからジャララバードまでは、道路もかなり舗装されていて快適だった。トライバル・エリアは大地が乾いた印象で、緑が少なかったが、トルハムを越えてからは、道路沿いに街路樹などもあって、見た目にも爽やかであった。ところが、ジャララバードを越えてから道路事情が一転した。道路には、いたるところに大きく抉《えぐ》り取られたような窪みがあって、五メートルとして平坦な道がない。タクシーはその窪みを避けるように大きくハンドルを右に左に切りながらの運転になる。アフガニスタンでは車は右側通行だが、これだけめちゃくちゃの道になると、右側通行も左側通行も関係ない。とにかく車が通れるところを探して通ることになるから、前方から来る車はあるときは左側を擦れ違い、あるときは右側を擦れ違ってゆく。それでも車の車輪は窪地を避け切れないから、窪地にはまる度に、上下に大きくバウンドする。栗生は、何度も車の天井にいやというほど頭を打ちつけられた。これが延々と六時間近く続くのである。カブールに着いてから、栗生は二日ほど首筋が張って、凝りに悩まされたほどであった。

しかも、道路の舗装はとっくの昔に剥がれてしまって、ひどい砂利道である。ここを車が濛々と砂埃を立てながら擦れ違って行く。車の窓をしっかりと閉め切っても、なお車内は埃っぽく、車のシートがたちまち白くなった。栗生は、埃で息苦しく、ハンカチを取り出して口と鼻を覆った。

「なんで、ここは道路がこんなにめちゃくちゃなんだ?」

栗生は、腹立たしくなって運転手のジアに訊いた。

「ジャララバードからカブールは、ソ連とのゲリラ戦のときも、ムジャヒディン同士の戦いのときも大変な激戦地になったところです。戦車部隊の通り道になっていました。その戦車を攻撃するために、こうした窪地を造ったのです」

ジアはたどたどしい英語でおおよそこのように言った。

栗生は、戦車を攻撃するために敢えて、こうしてめちゃくちゃな道路にしたということに驚いたが、なぜそれが戦車の攻撃に役立つのか理解できなかった。それを、ジアに質《ただ》すと、彼は苦手な英語で説明するのがもどかしいと見えて、道路脇に聳《そび》える山々の上を指差しながら、肩にロケット砲を担いで戦車を攻撃するような仕種をした。栗生は、その身振りからおおよその見当が付いた。

「なるほど、戦車が窪地の前で立ち往生したところを山の上からロケット砲で攻撃するということなんだな」

栗生が、そう解釈して英語で言うと、ジアは「そうだ」と言うように頷いた。栗生は、ようやく納得したものの、それにしてもひどい道だなと呆れた。

ところが、さらに驚いたことに、カブールまでの最後の四時間は、カイバル峠にも負けないくらいの山岳地帯であった。ここはカブール川が刻んだ深い峡谷になっていて、タクシーは急勾配を窪地を避けながら登ってゆくのである。栗生は、トヨタのエンジニアが、普通車のカローラがこんな風に酷使されている様子を見たらびっくり仰天するだろうなと思った。

「ジアよ。こんな道をカローラで走るなんて、無茶だぜ。会社の社長に言って、ランドクルーザーに代えてもらえ」

栗生が、皮肉とも冗談とも付かない言い方で言うと、ジアは、「ランドクルーザーは高すぎて買えない」と悲しげな表情をした。

そんな話をしていると、案の定、山の途中で前輪がパンクしてしまった。しかし、ジアは慣れたもので、車を道路脇に寄せると、大型トラックが車の横をすれすれに通って行くのも構わず、タイヤの交換を始めた。そして、ものの十分で新しいタイヤと交換してしまった。

山岳地帯に入ってから、沿道に子ども連れの大人や子どもの集団が道端に立っているのが目に付くようになった。中には、赤ん坊のような小さな子どもがひとりで立っていることがある。そして、通りかかった車に何かジェスチャーをしながら声を掛けていた。ジアがときおり、その人たちに向かってルピーの紙幣を投げていた。

「なんだい、この人たちは？」

栗生は不思議に思って、訊いた。

「道のどこに地雷があるか教えているんです。それでチップを貰っているのです」

車が道の窪みを避けて大きく道端に寄ると、そこには地雷が埋まっている危険があるということらしい。沿道に何をするでもなく立っているように見えた人たちは、地雷の場所を知っていて、車にそれを教えているということなのだ。しかし、栗生が見るかぎり、彼らが立って指し示している辺りにほんとうに地雷があるのかどうかは全く分からなかった。栗生は、彼らが地雷を口実にして、チップをねだっているだけの体の良い乞食ではないだろうかと思った。

しかし、いくら乞食といえども、埃が濛々と立ち上る道端にじっと立って、車の中から通行人が紙幣を投げるのを一日中待っているのは大変なことだ。それでも栗生は、ただの物乞いと同じじゃないかと、無視していた。一方、ジアはときおり窓を開けて十ルピー紙幣を外に投げ続けていた。栗生が後方を振り返ると、濛々と立ち上る埃の中に子どもたちが争うようにして一枚の紙幣を追っているのが見えた。道路には後方からも、前方からも大型トラックが次々とやって来る。その中で、子どもたちが壮絶な奪い合いをしているのだ。栗生は、車の交通が激しいだけに、それが大変危険なことに思えた。

栗生は、ジアが何気なく紙幣を投げているように思っていたが、彼が投げるのに一定の決まりがあるのに気が付いた。そして、問い掛けた。

「ジアは、子どもがいるときにだけ金を投げるね」

栗生は、彼が子ども連れの乞食か子どもたちだけの場合にのみ金を投げ、大人の場合には決して投げないのに気がついたのだ。

「ええ、僕らも、子どもの頃、ああしてここで金を拾いながら大きくなったんです」

ジアは、この山岳地帯の難民キャンプに育ったと言う。こうした乞食のほとんどは、難民キャンプに暮らしている人たちなのだとも言った。

「両親には全く仕事がありませんでした。親子七人が生きてゆくためには、自分たちがここで拾っていた金が唯一の収入でした。兄弟五人が一日中立っていても、百ルピー(二百円)にもなりませんでした。それでも貴重な収入源でした」

アフガニスタンの通貨はアフガニーだが、アフガニスタンではパキスタンのルピーも併用して使われている。戦時国の常でアフガニーはインフレがひどく、同じ金がしばらくすると半分の価値になることも珍しくなかった。それに比べると、ルピーは安定しており、むしろルピーのほうが好まれた。

「兄弟は皆ろくに学校にも行けませんでした。しかし、僕はこうしてタクシーの運転手になれたし、ほかの兄弟たちも元気に働いています。それもみな、通行人が投げてくれた金のお陰です。僕は、こうして道端に立っている子どもたちを見ると人ごとには思えないのです」

栗生は、そう言うジアの目に光るものを見たように思った。そして、埃だらけになって道端で物乞いする以外に生きる道がない人たちの人生というものが酷《ひど》く気の毒に思えて来た。

ジアは、また、窓から紙幣を投げた。その紙幣を追っているのは、まだ、四、五歳と思われる一人の小さな女の子だった。その女の子は埃と一緒に舞っている紙幣を必死に掴もうとして悪戦苦闘していた。埃で薄汚れたワンピースがまくれ上がって、かわいい尻が丸見えになっている。その子はパンツも靴も履いていないのだ。栗生は、ジアの話を聞いたあとだっただけに、この裸同然の小さな子どもの稼ぎに一家が支えられているのかと思うと痛ましい気持ちになった。そして、思わず彼もまた窓から紙幣を投げた。すると、ジアは栗生の方を見ながら、「グッド」と言って親指を立てた。

栗生も、同じように親指を立てて、それに応えた。栗生が投げた十ルピーは、アフガニスタンではお茶代にも足りない金額だったが、彼にはそれがにわかに重みを持った紙幣に思えて来た。

再会

1

　空爆が開始されると、北部同盟は米英という強力な援軍を得て、北部から南部へ向けて大規模な攻撃を始めた。彼らの優勢ははっきりしていたものの、しばらくは一進一退を繰り返していた。

　空爆開始後ほぼ一ヶ月余りの十一月十日、北部同盟は北部の要衝マザリシャリフを制圧した。マザリシャリフはウズベク人の町だが、タリバン軍の精鋭部隊によって支配されていた。この町をウズベク人の英雄で北部同盟のドスタム将軍が再び奪回したのだ。バルフ州の州都でもあるマザリシャリフを制圧した北部同盟は、一気に南に隣接するサマンガン州も制圧し、さらにバグラン州に雪崩れ込んだ。バグラン州南端のサラン峠を越えれば、首都カブールは目と鼻の先である。これにより、北部同盟はカブール攻略に向けて大きく一歩前進した。

　それまで、北部同盟の侵攻が緩慢で遅いとじれていた栗生は、大攻勢のニュースを聞いてCNNの映像に釘付けになっていた。十一日には、カブール西部のバーミヤン州をも制圧した。CNNに頻繁に登場していたアブドラ外相は、

「この二日間で、全土の半分を制圧した。勝利は近い」

　この冷静沈着な男にしては、かつてない強気の発言だった。

栗生は、それまで北部同盟が進攻に手間取っているのを見て、タリバンを攻め切れないのではと危惧していた。それだけに、このような短期間で勢力図を塗り替えるまで進撃したことに驚いた。

この快進撃に慌てたのはアメリカ政府である。これまで、首都カブールを巡って、激しい部族間闘争が繰り広げられて来た歴史を知っていたアメリカ政府は、タジク人主体の北部同盟が首都を制圧すれば、再び混乱を引き起こすだけだと心配した。ブッシュ大統領は、

「北部同盟がさらに南進するのは構わない。しかし、カブールは別だ」

と北部同盟がカブールに進攻することを牽制した。

しかし、アメリカ政府の心配を他所に、北部同盟の勢いは止まらなかった。十三日には、カブール市内に進攻し、政府庁舎を占拠した。タリバン軍は、ほとんど抵抗しないまま、本拠地カンダハルに向かって敗走した。

このとき、アメリカ国内は十二日の早朝にニューヨークで起きた、航空機墜落事故で騒然としていた。アメリカン航空ドミニカ行きのエアバスが、離陸直後にジョン・エフ・ケネディ空港の南にあるロッカウェイ・ビーチに原因不明のまま墜落したのだ。ニューヨークが再びテロに見舞われたと、アメリカ中が墜落現場のテレビ中継に釘付けになっていた。ニューヨークには再び厳戒態勢が敷かれ、ブッシュ大統領も善後策におおわらわだった。

一方、カブール市内は、軍用トラックや装甲車でぞくぞくと進攻して来る北部同盟軍の兵士たちを、市民が熱狂的な興奮で迎えていた。

「ズンダバー（ばんざい）！　ズンダバー！」

「アッラー・アクバル（神は偉大なり）！」

北部同盟軍を称《たた》える歓声が、街のいたるところで沸きあがった。

カブール市民の男たちは、タリバンによって強制されていた長い髭を剃り落とし、ブルカ姿の女性は素顔を見せた。

禁止されていた音楽が、ラジオとカセット・レコーダーから一斉に街角に流れ、街全体が活気を取り戻していた。

2

栗生は、カブールが北部同盟によって解放されたことを知ると、ただちにカブールに飛んでみたいと思っていた。まずワヒドに電話を入れて、現地の様子を聞いてみた。ワヒドは、カブールでの空爆を逃れるために、すでに家族とともにペシャワルに逃げていた。しかし、カブールが解放されると、ただちに国境を越えて、カブールに入ったという。

ワヒドはカブール市内の自宅から、衛星電話で状況を伝えてきた。

「ジャララバードからカブールにかけては、道路の両側に破壊されたタリバンの戦車や装甲車の残骸が無残な姿を晒《さら》しています。市内にあったタリバンやアルカイダの施設はほとんどが空爆されて、全滅状態です」

「市民の生活はどうなのか？」

「平静ですよ。まるで空爆もなかったかのようです。とにかく、タリバンによって制約されていた自由が戻って来たことが、何よりもうれしいです」

電話の向こうで、ワヒドは久々の自由を喜んでいた。

栗生は、絨毯のことが一番気に掛かっていたが、自分からは切り出さなかった。市民の生活が平静を取り戻してはいるというものの、生死の狭間を潜り抜けて来た彼らに、いの一番に聞くべきことではないと思われた。平和な国の商人が、自分の商売だけを心配しているように取られるのは、栗生の本意ではなかったからだ。

しかし、ワヒドは栗生の本心を見抜いたかのように、自分から切り出した。

「空爆の間も、絨毯の製造は続けていましたよ。早い工場では、すでにでき上がっています」

「ほんとうか?」

栗生は信じられない気持ちだった。たしかに、小ぶりのサイズのものなら、すでにでき上がってもおかしくないくらいの時間が経っていたが、それはあくまでも平時のときのことだ。空爆の恐怖に晒されているときに、子どもたちが織り機の前で、一生懸命に織り続けている姿を想像するだけで、驚きだった。

「ええ、いい出来栄えですよ。きっと、クリュウさんにも満足していただけると思います」

栗生は、それを聞いて、ますますカブールに飛びたくなった。しかし、新政権もまだ樹立されておらず、ビザもいつ発給が再開されるか分からない状態だった。アフガニスタンに入れるのはジャーナリストばかりで、栗生などの一般人が入れる状況ではなかった。

「もし、ペシャワルまで来て頂けるなら、でき上がった絨毯を運んで行きますよ」

絨毯の出来具合を少しでも早く自分の目で確かめたかった栗生は、ワヒドの提案に飛びついた。

「それなら有難い。すぐにペシャワルに行く」

栗生がパキスタンに飛んだのは、十一月末だった。イスラマバードの空港から車でペシャワル市内に入ったが、ゲストハウスに向かう途中のジャムラッド大通りには、アフガン難民と思われる一団の人々が大勢うろついていた。空爆の間に、また多くの難民がこの街に雪崩れ込んだことが一目瞭然だった。

栗生は、定宿にしているロイヤル・ハウスに荷物を置くと、さっそくハタヤバードにあるシャミール一家の邸宅に赴いた。途中で、カチャガリーの難民キャンプの前を通ったが、ローリーと呼ばれる満艦飾《まんかんしょく》の大型トラックが何十台も横に並び、難民でごったがえしていた。おそらく、空爆を逃れて来た避難民たちが、カブールに再び平和が訪れたことから、帰国を急いでいたのかもしれない。栗生は、それにしてもこんなに多くの難民がごったがえしているのは見たことが無かった。

栗生がシャミール家の門を入ると、驚いたことに広い庭の芝生の上には、アフガニスタンからの避難民のものと思われるテントが五つほど並んでいた。テントの前には、粗末なワンピースを着た幼い少女たちが、母親と思われる数人の女性を囲むようにして佇んでいた。彼女らは、日本人客の栗生が珍しいのか、門を入って、玄関に向かう彼の姿をじっと見ていた。その奥には、一人の老人が芝の上にゴザを広げて座っていた。彼は、ゴザの上に小さな台を置いて、その台の上で何かを作っていた。彼も、小さなハンマーを振り下ろしながら横目で、栗生の様子をじっと見ていた。

玄関先には、ワヒドとその三人の子どもたちが出迎えてくれた。応接室に通されると、そこには年老いたシャミールが待っていた。シャミールは今年で七十歳になった。百八十センチを超える巨体は昔と変わらないが、病気のせいか少し細くなっていた。立派な白髪の顎鬚《あごひげ》も昔と変わらないが、心なしか艶《つや》を失っているように思われた。栗生とシャミールは、ほぼ四年ぶりに再会を果たすことになった。二人は、アフガニスタン人がするように何度も大げさに抱き合って再会を喜び合った。

「身体の具合はいかがですか？」

栗生は、シャミールの健康を気遣った。

「もう、年齢が年齢だから仕方が無い。しかし、このとおりまずまずじゃ」

シャミールはいかにも大丈夫だというように大げさに両手を広げた。

「それはよかった。しかし、寒い最中に国境を越えるのは大変だったでしょう」

栗生は、ワヒドから空爆が始まって十日後に家族全員でアフガン国境を越えたことを聞いていた。

「ちょうど、ペシャワルに一緒に行ってもいいという医者が見つかったので、助かった。そうでなければ、この身体で国境を越えるのは無理だ。道中はほとんどが車なしだったが、医者と息子たちのお陰で、国境を越えることができた。息子たちにも感謝している」

シャミールには、ワヒドのほかに長男と三男の二人の息子がおり、息子たちの家族全員と一緒に逃げて来たのだ。

栗生は、凍りついているに違いない険しい山道を、年老いた病人をいたわりながら越えて来たシャミール一家の姿を想像しただけで胸が痛んだ。

「親孝行な息子さんをたくさん持って幸せですね」

栗生がそう言うと、シャミールは「ほんとうにそうだ」と答えて、快活に笑った。

ワヒドは、さっそく奥からでき上がったばかりの絨毯を運んできた。絨毯は注文した中では最も小さいサイズのもので、畳一畳半程度のものである。茜色《あかねいろ》を基調にしたペルシャ絨毯風の賑やかなデザインのもので、窓から差し込む光に赤がつやつやと輝いていた。

「素晴らしい！」

栗生は、床に置かれた絨毯を四方から眺めるようにしながら感嘆の声を上げた。

「これなら本物のペルシャ絨毯にも負けません」

ワヒドも誇らしげだった。

「手触りもスムースで感触を大事にする日本人にぴったりだ」

栗生は、絨毯の表を指で何度も触れて見て、目を細めた。そして、

「これなら戸塚商会も十分満足してくれるだろう。この調子で、残りの絨毯も仕上げてもらいたい。きっと、多くの日本人に売れると思う」

「ええ、全部いいものを作りますよ。あと一ヶ月もすれば、最初の三百枚は日本に送れます。残りは、新年になりますが、遅くとも、三月までには、間違いなく全部を送り届けます」

「ぜひとも、頼む」

栗生は、ワヒドの手を握った。

3

栗生とワヒドが手を握っていると、ワヒドの弟で三男のモハマドが二人の息子を伴って応接室

に現れた。栗生がモハマドと会うのはこれが初めてだった。

「こいつは国連のスタッフとして働いていたのですよ」

シャミールはそう言いながら、モハマドを紹介した。栗生は彼と笑顔で握手をした。シャミールもワヒドもアフガニスタン伝統のスタイルである裾の長い上衣（ペラーン）とダブダブのズボン（トンボーン）を身に付けているのに対し、モハマドは黒のジーパンにコットンのシャツという出で立ちで、アメリカナイズされていた。


「こいつはカブール市民を救ったのですよ」

シャミールが、モハマドのことをそう言った。

「ほう？」

栗生は、市民を救ったというのがどういうことなのか理解できなかったが、一応の関心を見せた。

「こいつは、空爆開始の前日までカンダハルの国連事務所にいたのですが、カブールの国連事務所から急にカブールに呼び戻されたのです」

「ええ」

モハマドはそう言って、シャミールの言葉を引き継いだ。

「最初は、なぜ呼び戻されたのか分からなかったのですが、とにかく帰って来いというので、飛んで帰ってきました。なにしろ、翌日には空爆が始まるということも知りませんでしたからね。なぜかが分かったのは、空爆開始の直前でした。アメリカ人の上司から空爆が始まるので、爆撃機の誘導をしろと言われたのです。つまり、爆撃機が目標を間違えないように地上から指示をしろということなのです。そのために、私のようにカブールで生まれて地理がよく分かっており、英語もできる人間が必要だったのです」

確かに、モハマドの英語は流暢だった。シャミールがモハマドは、カブールとペシャワルの工科大学で英語を学んだと言った。

「爆撃機がカブール上空に来ると、爆撃機のパイロットから衛星通信を使って、事務所に電話が入って来ました。パイロットが、下にアルカイダの施設が見えるが間違いないかと言って、その目標物の位置と、上空から見える建物の特徴などを連絡してくるのです。私はそれがダルラマン宮殿の近くにあるタリバンとアルカイダの施設であることがすぐに分かりました。そして、間違いないと言うと、たちまち爆弾が投下されたのです」

栗生は、こうして多国籍軍が空爆の精度を上げていたことを始めて知った。そして、敵国である現地の人間の助けを借りて、一般市民への被害を避けようとしていたことに驚いた。

「こうして、次々と多国籍軍はカブール市内と周辺にあるタリバンとアルカイダの施設を正確に破壊して行ったのです。タリバンとアルカイダは、軍用トラックや装甲車に泥を塗って偽装し、市内を逃げ回っていましたが、こうした偽装車が走り回っていることを爆撃機に教えたのも私です。こうした車はたちまち爆撃され、破壊されてしまいました」

ワヒドは、「そうして爆撃されたタリバンの車両が市内のいたるところに横倒しになっています」と補足した。栗生はただ驚くばかりだった。

「しかし、失敗もあったのです」

モハマドは苦しそうに顔を歪めた。

「二日目の夜でした。爆撃機からはタリバンの通信施設を攻撃すると連絡がありました。多国籍軍は、タリバン軍を分断し孤立させるために通信施設を徹底的に破壊する作戦を取っていたのです。パイロットから、目標の位置を聞くと確かにその通信施設に間違いないと思いました。ところが、爆撃機はタリバンの通信施設の隣にあった建物を誤爆してしまったのです。私は、この誤爆を後で聞いて、信じられませんでした。よりによって誤爆された建物は地雷撤去を専門にするNGO（非政府組織）のATCのものでした。中にいた四人の職員が死亡しました」

栗生もこの誤爆のことはテレビや新聞で見て知っていた。

「ATCは国連とも関係の深い組織で、私も一緒に働いたことがありましたから、この誤爆は大変なショックでした。私は一体どうしてこんなことになってしまったのか訳が分からず苦しみました。しかし、あとで分かったのですが、この建物は空爆の最中にもかかわらず煌々《こうこう》と明かりを点けていたことが分かりました。爆撃機のパイロットは、全市が停電している中で、灯りを点けているのはアルカイダかタリバンだろうと勝手に解釈してしまったのです。私もまさかそのような勘違いが起こるとは想像もしていませんでしたから、パイロットが連絡してきた建物が違う建物だとは全く気が付きませんでした」

モハマドはこの誤爆をよほど悔やんでいるものと見えて、顔を曇らせた。

「爆撃機の誤射というのもありました。新市街の住宅地の上空からマランジャンの丘の上にあるタリバンの施設を狙った爆弾が、こともあろうにその東側にあるミクロヤーンの住宅街の路上に落ちてしまいました。昼間のことですから、目標を見誤ったということはありません。パイロットの完全な誤射です。幸い付近にいた子どもが二人ほど怪我を負っただけで済みましたが、付近は住宅が多いところで一歩間違えば大惨事になるところでした」

他にも、国際赤十字の倉庫や病院への誤爆というものもあった。しかし、これらの誤爆にモハマドは関与していなかったと言った。

4

「市民に尊い犠牲が出たが、タリバンの支配が終わって、ほっとしたよ」

シャミールがそう言うと、ワヒドら息子たちも一様に頷いた。

「タリバンの恐怖政治はもうこりごりです」

モハマドだった。

しかし、タリバンが首都カブールを制圧し、アフガニスタンの大部分を支配した当時、アフガン人の多くは、彼らを歓迎した。国内は民族同士の戦いで疲弊し、略奪、殺人、強姦は日常茶飯だった。こうした混乱した国にうんざりしていた人たちは、タリバンによって戦いに終止符が打たれ、平和が戻ってくると信じていた。だから、カブール市民もタリバンの入城を歓喜で迎え入れたのだ。しかし、ほとんどのアフガン人は、タリバンが唱導するイスラム原理主義のおそろしさを知らなかった。

ただちに、映画館は閉じられ、テレビや音楽も禁止された。女性の就労が禁止され、教育の自由も奪われた。その結果、女医というものがいなくなった。女性の身体は女性にしか見せないというこの国で、女医がいないということは女性にとっては生命と健康にかかわる重要な問題だった。出産ひとつをとっても医者なしで出産することがどれほど危険を伴うか想像に難くない。女医がいないために、病状がどんどん悪化して、回復不能に陥ったり、死に至った女性の例は枚挙にいとまがないと言われている。

タリバンはとくに女性に厳しく、夫や親族の男性と一緒で無ければ外出も許さなかった。全身を覆うブルカの着用が強制され、公衆の場で肌を見せることを禁じた。ブルカはアフガニスタン伝統の衣装で、それ自体は何も女性に対する人権抑圧の証拠にはならない。しかし、カブールのような都会となると、女性もファッショナブルで、ブルカを嫌う女性も多い。その奇妙な出で立ちから、これを「瓶」だとか「さかさまのカリフラワー」と呼んで軽蔑する女性もいた。内戦前の良き時代には、カブール市内ではミニスカートの女性が普通に見られたという。そういう都会派の女性たちまでブルカを強制されることになれば、立派な人権抑圧である。タリバンの時代になって、ブルカが強制されただけではない。ブルカの裾からわずかに足首が見えただけで鞭《むち》打ち刑になるというほど、その強制は徹底していた。

アフガニスタンのブルカは網目が狭く、視界が極端に制限されている。道路を横断するときには、横が見えにくく危険である。にもかかわらず、タリバンの最高指導者オマル師は、網目が大きすぎるとしてもっと小さくするようにと戒律を布告したという。栗生は、これを聞いて、偏狭な宗教は、こんなことにまで偏狭なのだと呆れたことがあった。

さらには、指にマニキュアをしていたということで、指を切り落とされるという信じがたい処罰もあった。化粧も禁じられていたからである。

しかし、これなどはまだましなほうである。

モハマドの話は栗生をぞっとさせた。

「まだ、私がカブール大学の学生だったときのことです。学校はムジャヒディンの戦いのあおりで閉鎖されていました。しかし、タリバンがカブールを制圧すると、タリバンは大学を再開すると布告を出しました。もちろん、集められたのは男子学生ばかりでしたが。再開を心待ちにしていた学生たちは、朝早くから、ぞくぞくと集まっていました。ところが、大学構内で目にした光景は、余りにも恐ろしいものでした」

モハマドは、そこで言葉に詰まった。言葉に詰まるほど言いにくいことだったのだ。

「その光景は、一生忘れることができません。思い出すのも忌まわしい限りです。校舎の門を潜《くぐ》って、最初の大教室の前でした。私たちは、教室の入り口の扉に得体の知れない肉の塊のようなものがぶら下がっているのを見て、目を疑いました。その肉塊は、左右両方の扉の真ん中で頭から真二つに割られた女性の死体だったのです。衣類は一切身につけていません。私たちは恐ろしさで足がすくみました。いったい、人間の心を持っている者がこんな恐ろしい殺し方をできるものでしょうか。その女性が学生なのか、あるいは普通の主婦なのかも分かりませんでした。おそらく不倫あるいはなんらかの性的な問題で処刑されたのかも知れません。しかし、人間をまるで家畜でも殺すように残虐極まりない殺し方をすることが許されるのでしょうか。どんな極悪人でもそのような屈辱極まりない殺され方をしなければならない理由はありません。私は、このような殺され方をした女性が本当に不憫でなりませんでした。タリバンには人間の心がない。彼らこそ鬼畜同然で、そういう殺され方が最も相応しい連中なのだと思わずにはいられませんでした」

栗生が、

「ほんとうに酷い話だ。いったい、タリバンの誰がそういうことを命じていたのか？　裁判らしい裁判というものはあったのか？」

モハマドは、ただ黙って首を振った。栗生は、

「信じがたいことだ。私も、テレビでブルカ姿の女性が、競技場の観衆の面前で撃ち殺されるの

を見たことがある。これなども、まともな裁判がされたとは思えないものだった」

モハマドが答えた。

「裁判なんてものはありません。タリバンの一人一人が裁判官で、刑の執行人なんです。基準なんてありません。タリバンの誰かが違法だと思えば、刑罰に値するんです。刑罰の内容すら勝手に決めてしまうんです。ミスター・クリュウが見た競技場の処刑の場面にたまたま私もいました。この日は、人気サッカーチームの試合があり、多くの人たちが集まっていました。試合が終わって観客が帰ろうとしていると、スタジアムのピッチに一台のワゴン車が入ってきました。誰もそれには注意を払いませんでしたが、車が止まると、何人かタリバン兵が出て来ました。そして、観客にスピーカーで帰らないようにと呼びかけました。しかし、観客の多くは無視して、帰宅を急いでいました。タリバン兵は、観衆に向かって何かを言っているのですが、よく分かりませんでした。出口付近は観客で一杯になり身動きできない状態だったので、私は順番を待っている間、なんとなく競技場のタリバン兵たちを見ていました。そのうち、一人のブルカを着た女性が、ワゴン車から連れ出されて中央に引き出されて行くのが見えました。私は、なんだろうと少しばかり興味を持って見ていました。女性はタリバン兵に座るように命じられると、素直にそれに従っていました。するとブルカの斜め後ろから銃を持って近づいたタリバン兵の一人がいきなり彼女の頭を銃で撃ち抜きました。「ダダーン」という銃声がスタジアムに響き渡り、それを見ていた女性たちが悲鳴をあげました。ちょうど私たちが出ようとしていた出口の上には、女性専用の観覧席がありましたが、一人の女性が卒倒するのを見ました。

銃で撃たれた女性は、仰向けに足を投げ出すようにして倒れました。ぴくりともしません。まさか、銃で撃たれるとは考えてもいなかったに違い有りません。タリバン兵の命令に素直に従っていた様子からも、それは想像できます。

観客はそれを見てパニック状態になりました。出口に多くの人々が殺到し、押しつぶされる子どもの悲鳴が聞こえました。私も無我夢中でそこから逃れようとしていました。出口から遠いところにいた観客たちが、外野席の低くなっているところから、塀を乗り越えてスタジアムの外へ逃れて行くのも見えました。とにかく、逃げる人々の表情は険しく、タリバンのこうした酷い処刑を呪っていました。わたしも、こんな公開の場で処刑するのに何の意味があるのかと腹が立ちました。国民に対する必要以上のみせしめと恐怖政治以外のなにものでもありません」

モハマドの話は具体的で、栗生は固唾を飲みながら聞いていた。そして、タリバンの狂気を改めて認識した。

ダラークのサルダール

1

　モハマドの話が一通り終わると、栗生は邸宅の庭にテントを張っている避難民のことが気になった。避難民がこうした豪邸の中に入り込むというのは珍しいと思ったからだ。

「外にテントを張っているのは、カブールから逃げて来た人たちですか？」

「カブールの北方にあるシャモリー平原の村から逃げて来た人たちだ。執事のアサドラと同郷で、他に行くところがないというので可哀想に思って場所を貸している」

　シャミールだった。執事のアサドラというのは、栗生が門のチャイムを鳴らすと、注意深く中から外を覗いて、扉の開け閉めをしている老人だ。彼は、シャミール一家がカブールにいて不在のときも常にこの邸宅にいて、雑事を取り仕切っていた。

「シャモリー平原というのは、カブールの北からパンジシール峡谷に広がる大平原で、そのほぼ中央にバグラム空軍基地があります。シャモリーは北部同盟軍とタリバン軍がバグラム空軍基地を巡って争奪戦を繰り広げた前線地帯で、大変な被害が出たところです。住民の多くは、タリバンの北進が始まると、北のパンジシール峡谷や東のペシャワルなどへ逃げてしまいましたが、貧しい人たちは、遠くに逃げることができませんでした。庭にいるのはそうした貧しい人たちばかりで、やっとのことで逃げてきたのです」

ワヒドだった。

栗生は、シャモリー平原と聞いてもどういうところかイメージが沸かなかったが、バグラム空軍基地の周辺と聞いて、そこが大変な戦場の村であったことが分かった。

バグラム空軍基地は、カブール市北方七十キロにある基地で、カブール市攻防の重要な拠点である。内戦以来、常に敵味方の争奪戦が繰り広げられた前線でもある。基地の周辺には、爆撃で破壊された戦闘機や戦車が無残な姿を晒している。攻撃があると滑走路には無数の大きな穴が開くが、たちまち修復されて使用される。首都防衛の最重要基地として、真っ先に攻撃されるのもこの基地である。

「タリバンとマスード軍はシャモリー平原で一進一退を繰り返していました。戦争巧者のマスード将軍は、わざとパンジシールまで引き上げて、タリバン兵をおびき出し、一気に攻め返すというようなことを繰り返していました。マスードを追って、タリバン軍がシャモリー平原に入るたびに、こうした村々は略奪され、陵辱《りょうじょく》されていたのです。マスードの奇襲に攻め倦《あぐ》んでいたタリバンは、北部同盟の支配下にあった村々を徹底的に壊滅する作戦に出ました。これらの村々を破壊することで、マスード軍がカブールに戻って来られないようにしようとしたのです。それはもう酷いものでした。家という家が破壊され、耕作地という耕作地が焼き払われました」

と、ワヒドが付け加えた。


タリバンがカブールの南西三百キロの町カンダハルに誕生したのは、ムジャヒディン同士の戦いが激しさを増していた一九九四年のことだった。タリバンの中心は、アフガニスタンとパキスタンのマドラサと呼ばれるイスラム学校で学んでいた学生たちだった。とくにパキスタンには多くのアフガン難民がおり、難民キャンプのマドラサで学んだ学生も多く含まれていた。パキスタンで学んでいた学生たちは、次々とバスで国境を越え、カンダハルに終結した。その数は一万二千人といわれている。タリバンがカンダハルを制圧すると、市民の絶大な支持を得たが、このときはまだ一地方都市の新興勢力でしかなかった。マスードやドスタムといった有力な将軍たちが率いる軍隊に比べれば武器においても資金力においても比べ物にならないくらい貧弱な組織でしかなかった。それがわずか二年後には、カブールを脅かすまでに成長していた。

一九九四年にカンダハルを制圧して以来、タリバンはアフガニスタン南部と西部の主要都市を次々と制圧し、一九九六年には首都カブールに迫っていた。九月には、カブール東方の主要都市ジャララバードを制圧し、ペシャワルからカブールに通じる最重要ルートを封鎖した。タリバンの勢いは留まることを知らず、日に日にカブールに迫っていた。カブール市内のアスマイ山で首都の防衛に当たっていたマスード将軍も、タリバンの進撃の様子は逐一把握していた。戦争巧者の彼であったが、パキスタンから豊富な資金と武器を提供されて、強大な軍事力を備えるに至ったタリバンと、ここで一戦交えれば、カブール市民にかつてない大きな犠牲が出ることを恐れた。そして、大統領のラバニとともに一旦、北方のヒンドゥクシ山脈まで退却することを決めた。すると、たちまちカブールはタリバンの手に落ちた。

しかし、再び、首都カブール奪還の機会を窺っていたマスード将軍は、タリバンと対立していたハザラ人のハリリ将軍と手を握った。そして、ヒンドゥクシ山脈のサラン峠から、カブール北の要衝チャリカルを下り、バグラム空軍基地を奪還した。そして、ここに前線基地を置き、ここからカブールに向かって砲撃を開始した。これにより、タリバン軍に大きな被害が出たが、ただちに兵員を増強し、バグラム空軍基地を取り戻した。以来、ショマリー平原では、マスード軍とタリバン軍の一進一退が繰り返されたのである。

2

「さっき玄関で見ると、テントの前で老人が何か変わった器具のようなものを作っていましたが、何をしているんですか?」

栗生は、老人がハンマーを振るって見慣れない奇妙な物を作っているのを見た。老人は、鍛冶屋のように金属を叩いて、複雑な形の物を作っていた。栗生は、それがなんだろうと思っていた。

「義足でしょう」

モハマドだった。

「義足?」

「庭にいる避難民の中に地雷で足を無くした者がいる。その人のために義足を作っているんだ。彼は、いわばアートフィシャル・レグ・メーカー(義足士)というところだな」

シャミールがそう言って、少しばかり笑った。

「義足士?」

栗生は聞きなれない言葉だと思った。

「本職はダラーク(床屋)だ。しかし、地雷の被害が多くて、いつの間にか義足作りが本業になっちまったのよ、ハハハ」

と、シャミールはまた笑った。

ダラークは日本語では床屋と訳されている。しかし、これは大いに誤解を与える。ダラークの仕事の範囲が驚くほど広いからだ。確かに、彼らは床屋の仕事もする。しかし、あるときは村の鍛冶屋であり、鋤《すき》や鍬《くわ》の修理をしたり馬の蹄鉄《ていてつ》を打ったりすることもある。少年に割礼をするのも彼だ。簡単な怪我や病気の治療なら医者の代わりをすることもあれば、仕事の仲介人であったりする。村のゴシップを一番知っているのもダラークで、さしずめ村の新聞社というところだ。村人に何か困ったことがあれば人生相談も受ける。いわば、村のよろず相談役であり、便利屋なのだ。村では頼りになる存在であるが、自分では畑などの財産を持っていないことが多いらしい。生活は村人が報酬代わりに提供する麦や野菜などの農作物で支えられている。農民が豊かであれば、ダラークも豊かな生活ができるが、農民が困窮すれば一番先に困窮するのもダラークだという。つまり、ダラークには村の生活そのものが色濃く反映されているのだ。

ダラークのことを、シャミールが「義足士」と聞きなれない職業に仕立て上げたところにアフガン人独特のユーモアがあった。アフガン人は冗談が好きな民族である。それは、明日の命も分からない戦時中でも変わらない。

「アフガン人の脳みそのほうが、ユダヤ人の脳みそより値段が高い」とは、アフガン人が好んでいう冗談だ。アフガン人はユダヤ人のようには頭を使わないから、アフガン人の脳みそは新品同様で値段が高いということらしい。栗生はこれを聞いて笑った。

シャミールは、「日本人とアフガン人を比べて、アフガン人のほうが幸せだ。なぜだか分かるか？」と言って、栗生を当惑させたことがある。

「日本人は一日でも仕事がなければたちまち困るだろう。自殺者が年に二万人も三万人も出るのはその証拠だ。しかし、アフガン人を見てみろ。ほとんどが仕事のない連中ばかりだ。しかし、それで困ることもない。戦争で何万人と死ぬことはあっても、自殺する者がいないのが良い証拠だ」

栗生は、まずシャミールが日本人の自殺者が多いことを知っていたことに驚いた。そして、この冗談が、ある意味で本質を突いているのにも驚いた。

平和で豊かな国であるはずの日本では、何かに躓《つまず》いて簡単に自殺する者が多い。ところが常に生死の狭間を生きているアフガン人の多くは、どんな苦境に立たされても必死に生きている。生命をいとも簡単に放棄する日本人と、生命を大切にするアフガン人と、いったいどちらが幸せなのかと、この冗談は鋭く問うていた。

「そうだ。ダラークのサルダールをここに呼んで来い。あいつの話をミスター・クリュウにも一度聞かせてやりたい。酷い話があるもんだ。こいつの話を聞くと泣けてくる」

シャミールの発案で、応接室にサルダールが呼ばれることになった。


ワヒドに案内されて応接室にやってきたサルダールは、シャミールよりも高齢で、すでに七十歳を超える老人だった。平均寿命が四十歳とも言われるアフガニスタンでは、かなりの高齢ということになる。頭には使い古して土色に変色したルンギ（ターバン）を巻いている。タリバンも恐れ入るのではと思われるくらいに伸び放題になった髭はほとんど真白だったが、泥で汚れていた。日に焼けて黒ずんだ顔には深い皺《しわ》が何本も刻まれ、これまでの苦難を想像させた。その皺の中に、遠慮がちに光る窪んだ目があった。誠実そうな瞳ではあったが、辛酸を嘗《な》め尽くして、人生の真実を悟ったような深みがあった。彼は、ソファには座り慣れないのか、あるいは遠慮したのか、部屋の隅で、絨毯の上に足を崩して座った。実際、アフガニスタンの一般の家庭でソファや椅子を使うことはほとんどない。居間には、壁際に日本の布団を細長くしたような座布団が敷いてあって、人々はこの座布団の上に腰を降ろす。ちょうど壁に沿って口の字に座り、真ん中にお茶のポットを置いて団欒したり、食事をしたりするのが普通だ。シャミール一家も、アフガニスタンではそういう生活スタイルだった。

「サルダールの村というのはどんな村なのか？」

カブールやジャララバードのような大きな都市しか知らなかった栗生は、アフガニスタンの村というものがどういうものなのか知らなかった。

栗生がサルダールに英語で問いかけると、モハマドが通訳をした。

「ショマリー平原は大きな農村地帯で五十万人を超える人々が住んでいた。そこには大小様々な村落が散らばっていた。自分の村は、その中では中規模だった。近くにはもう少し小さな村が二つあり、自分の村はその中では中核的な存在だった。カブールに出るには、農道を一日以上歩いてチャリカルとカブールを結ぶ国道まで出て、そこで車を拾う。車さえ拾えれば、そこからカブールは数時間だ」

チャリカルは、カブール北方七十キロのところにあって、カブール攻防の拠点ともなった街である。そこをさらに北進するとパンジシール峡谷があり、ヒンドゥクシ山脈に通じるサラン峠があった。

サルダールの村はカブールから見ると、北にそびえるバグラム山の裏側にあることになる。カブール郊外の外れにある村といってもいい場所だが、標高三千メートルのバグラム山にさえぎられてカブールに出るのも大変なところなのだ。

「村には車はないのか?」

「以前は金持ちが中古のピックアップ・トラックを一台持っていたが、その一家は何年も前にペシャワルに逃れてしまった。大きな荷物を運ぶにはロバか馬に荷車を引かせるしかなかった」

ワヒドの話では、大きな街道に近い村は比較的豊かな場合が多いという。何台ものピックアップ・トラックを持っている村もある。しかし、街道から離れるほど貧しく、サルダールの村のように一日歩かねばたどり着かないような村になると中古でも車を持つ余裕のある家はほとんどないだろうとのことだった。こうした村には電気もなく、テレビや冷蔵庫といった電気製品もない。しかし、携帯ラジオはどこにでも普及していて、意外と政府の動向や戦争の状況などを知っているとのことだった。

「以前は戸数百五十戸、人口千人近い人々が暮らしていたが、タリバンとの戦いが始まると村が破壊され、農作物を生産することが難しくなった。ほとんどの村人が逃げてしまい、最後まで村に残ったのは、わしらのような貧乏人ばかりだった」

栗生は、破壊された村に取り残されたこの老人たちが、きっと心細い気持ちで生きていたに違いないと思うと気の毒になった。

3

タリバンが、はじめてカブールを制圧したのは、一九九六年九月だった。すでにカブール郊外に陣地を築いていたタリバン軍は、無慈悲とも思えるほど徹底的にロケット砲を市内に打ち込んでいた。その砲撃の凄まじさは九三年から九五年まで続いたヘクマティアル派によるカブール攻撃を凌《しの》ぐ凄まじさであったという。

カブール市の完全崩壊を避けたかったマスードが北方に退却を始めると、タリバン軍は雪崩を打って市内に入った。そして、まず、国連の施設に匿《かくま》われていたナジブラ前大統領を引きずり出した。ナジブラは、まだソ連の影響力が強かった一九八六年から九六年までの社会主義政権下で大統領を務めていた。タリバンは、彼が共産主義者で多数の国民を殺害したとして死刑を宣告していた。タリバン兵は、ナジブラを捕らえると、彼の睾丸《こうがん》を切り取ったうえで、身体を縛り上げ、ジープに括《くく》り付けて市内を引きずり回した。そして、射殺した死体を大統領官邸近くの交通信号塔に実弟とともに吊るした。その惨殺死体は、夜明けとともに多くのカブール市民の目にするところとなり、彼らを恐怖におののかせた。

カブール制圧により、アフガニスタンの支配を確立したタリバンは、ただちに世界中のどのイスラム国よりも厳しい戒律を布告した。女性の就労も就学も禁止され、すべての女性にブルカの着用が強制された。男たちは髭を剃ることが禁止され、髭がないということだけでただちに逮捕された。盗人は手と足を切断され、飲酒は鞭打ちの刑に処せられた。不倫は投石によって死刑にされた。

「最初にタリバンが村にやってきたのは、タリバン軍がカブールを制圧した直後のことだった。タリバン軍はマスード軍がパンジシールの山奥に退却したのを見ると、次々と村に入って来た。そして、奴らは略奪の限りを尽くして、村が蓄えていた穀物、野菜、果物それに金品の一切合財を持っていってしまった。抵抗する農民は容赦なく撃ち殺されていった。それればかりではない。若い女のいる家は、タリバン兵が入り込んで来て、銃を突きつけたうえで強姦していった。未婚の女はこの陵辱でもうまともな結婚をすることはできなくなった」

栗生は、この国にあっては、結婚の条件として処女であることは絶対的なものであると聞いたことがあった。結婚式の後、新婦が処女であったことを証明するために、初夜の床に敷かれたシーツの血痕を縁者に見せなければならないとも聞いたことがあった。

「アフガニスタンの厳しい戒律では、レイプされた女性はレイプした者と結婚するか、死刑にされるしかないのです」

モハマドだった。栗生は、きちがいじみた戒律だと絶望的な気持ちになった。そして、レイプされた女性たちがますます気の毒になった。

サルダールが続けた。

「強姦されたショックで、それを悲観して何人の若い女が自殺したか。家族にとっても大変な不幸じゃ。ある家では、寝ていたら、いきなりタリバン兵が入ってきて、娘をさらって行った。娘はそれきり帰ってこない。家の主は、娘を暴漢から守れなかったことを恥じていた。娘がその場で死を選ばなかったことも、悔やんでおった。娘が犯されることは家の名誉にも関わることじゃからな。タリバンは村人たちのそういう屈辱をよく知ったうえで、狼藉《ろうぜき》を働いているんじゃ。ほんとうに酷《ひど》いやつらだ」

部屋には栗生とシャミール、それにワヒドとその二人の兄弟の五人の男たちがいたが、皆、サルダールの話を黙って聞いていた。重苦しい空気が、部屋に充満していた。しかし、サルダールは、身振り手振りで一生懸命話し続けた。

「タリバンは、マスード軍が勢力を盛り返して戻って来ると、カブールに逃げ帰った。そして、また、兵力を増強して進攻して来るのだ。タリバンが来るたびに、村人はどんどん逃げ出して行った。殺人と強姦と略奪の繰り返しだったからの。タリバンは食料を奪って行ったばかりではない。村は豊かな穀倉地帯にあり、次の収穫を待っている麦が畑一面にあったのを焼き払ってしまった。麦ばかりではない。この辺りは、葡萄の産地だった。その葡萄畑さえ焼き払ってしまったんだ」

栗生は、その村が穀物や果物などの農産物に恵まれた豊かな村だったのだろうと想像した。

ワヒドが補足した。

「カブールの北方はヒンドゥクシに至るまで、農産物が豊富なところです。しかし、首都に近いことから、この地方は動乱のたびに、盛衰を繰り返してきました。古くは、イギリスとの戦争でも、主戦場になりましたし、ソ連とのゲリラ戦でも、ゲリラがこの地方を転戦して主戦場になりました」

栗生は、この地方の村人たちが歴史に翻弄されて来たということを知った。

「麦畑や葡萄畑はカレーズの水を引いて灌漑《かんがい》をしておった。豊かな農産物が育つのはカレーズの水のおかげじゃ。ご先祖さまが百年以上もかけて作り上げたカレーズさえも、タリバンは破壊して行きおった」

カレーズは地中深く掘った井戸から湧き出る水を地下水路で結ぶ灌漑システムである。アフガニスタンの平地は年間雨量が少なく、大地は乾いている。こうした乾燥地帯でも農業を可能にするのがこのカレーズで、古いものは百年以上使われているという。通常四十井がひとつの単位で、数キロに亘って続いている。農民の先祖たちが、地下に潜って自力で掘り進んだものである。農民が代々築いて来た最大の財産がこのカレーズであった。

栗生は一度、カブールの郊外でカレーズの中を覗いたことがあった。井戸の内径は人が二人やっと潜れるくらいの狭いもので、少なくとも二十メートル以上の深さがあった。わずかに差し込む太陽光線によって井戸の底に水がキラキラと反射しているのが見えた。井戸堀人は地下水に到達すると、そこから耕地まで水平に横穴を掘ってゆく。根気の要る作業であるばかりではない。土の中を掘ってゆくのだから崩壊の危険もある。百年以上前の農民の祖先たちが、乾燥地帯でも農作物が取れるようにと危険を冒しながら、長い年月を掛けて作り上げてきたものである。

「タリバンは、カレーズを破壊したばかりではない。その中に抵抗した農民を何人も放り込んで、上から土を掛け、生き埋めにして殺したんじゃ。なんという惨《むご》いことか」

栗生は、信じがたい蛮行だと思った。

「タリバンは焼き払った麦畑や葡萄畑と破壊したカレーズのあとに地雷を大量に敷設していった。畑で農作業をすることができないようにしたんじゃ。おかげで、カレーズを修復することもできなかった。タリバンはいったい、どこまで人を苦しめたら気が済むんだと悔しくてならなかった」

栗生にも、サルダールの悔しい気持ちが痛いほど分かった。

タリバンがここまでシャモリー平原の村人たちを痛めつけた理由は、やはり民族問題を抜きには考えられなかった。タリバンの主体はパシュトゥン人である。ところがカブールから北は、タジク人やハザラ人の居住地帯である。イスラム原理主義に基づいて、アフガニスタンに平和をもたらそうとしていたはずのタリバンは、いつしかパシュトゥン人以外を抹殺し、パシュトゥン人の単独国家を築き上げようとしているかに見えた。

「タリバンがこうした村々に地雷を敷設していったのは、北方に追いやったマスード軍が簡単には南に戻って来られないようにする意味もあるのです」

とモハマドが補足した。

「焼き払われて、地雷が撒《ま》かれたとはいえ、畑はわれわれ農民の大事な財産だ。われわれは一度は、パンジシール峡谷の近くまで避難しておったが、マスード軍がバグラムを奪回するとまた戻って来た。そして、地雷を避けるようにして再び農耕を始めた。しかし、もう小麦も葡萄も生産できないほどに土地が荒れておった。わしらが始めたのは芥子《けし》の栽培じゃ。どんな痩《や》せた土地にも生えるし、金になったからの。ところが、これは大変に危険な作業じゃった。農民には畑のどこに地雷があるか簡単に分かるものじゃない。多くの者が農耕の間に地雷を踏んでは死んだり大怪我をしたりした。おかげで、こちらは怪我の治療におおわらわだった。地雷で吹き飛んだ後の足や腕を見たことがあるかい？」

栗生は、サルダールにそう問いかけられて困惑した。そして、首を振った。

「ひでえもんだぜ。肉も骨も血管もズタズタで、どこから手を付けていいのか分からないくらいにめちゃくちゃなんだ。とにかく布と紐《ひも》を使って大腿部《だいたいぶ》や腿《もも》の付け根を縛り上げる。それで止血して、傷口を洗って消毒するのが精一杯だ。被災者は余りの苦しみに気を失っていることもある。意識のある奴は狂わんばかりの悲鳴で喚《わめ》き散らして暴れる。治療に当たっているこっちのほうが気が狂いそうになる。仕方なしに、ぶん殴って気絶させたこともあるくらいだ。そして、血が止まったところで、ロバの荷台に乗せてチャリカルまで一日以上かかって運ぶんだ」

チャリカルが村からは一番近い都市で、そこに行けば病院もあると、モハマドが説明した。

「金銭的に余裕のある者は、そこからカブールの病院に移転して傷を治し、何ヶ月か掛けて義足を作って貰って、帰って来ることもできる」

栗生は、カブール市内に国際赤十字が義足センターを作り、そこで地雷の被災者に義足を提供していると聞いたことがあった。

「しかし、そんな余裕のある者なんぞは、わしの村にはいねえ。チャリカルで傷が治って痛みが無くなれば、すぐに帰ってくる。遊んでいる暇はねえ。片足を失っても、松葉杖を付きながら、農作業だ。中には、帰って来るなり、農作業に出てまた地雷にやられて死んだ気の毒な者もいる」

栗生はなんと悲惨なことかと、顔を曇らせた。

「余りに地雷の被害が多いのを見かねて、国連が地雷除去の部隊を送ってくれた。ＡＴＣのことだ。ＡＴＣは何ヶ月も掛けて、タリバンが撒いた地雷と、タリバンに対抗するためにマスードが撒いた地雷の両方を撤去してくれた。取り除いたやつを一箇所にまとめては爆発させるのだが、その数のなんと多いことか。全部で何万発あったか分かりゃしない。ある日のことだった。地雷を爆発させるというので村はずれに多くの見物客が集まった。見物客が集まったところで地雷の山に火をつけて爆破するんじゃ。その爆発の凄まじいこと。大音響と地響きともに、昔写真で見たことがある広島の原爆のようなきのこ雲が湧き上がって、空を覆った。そしたら、それまで晴れていた空ににわかに曇が沸き起こっての。村人が驚いていると、たちまち大粒の雹《ひょう》が村一帯に降り注いだ。これには皆びっくり仰天じゃよ。なんてすさまじい爆発力なんだ。天まで驚いちまったとね」

サルダールの大げさな仕種に、それまで重苦しい思いで話を聞いていた男たちの顔に苦笑が浮かんだ。

「地雷が撤去されたお陰で、農作業を開始することができたが、足を失った多くの農民は松葉杖での作業が大変でな。それでわしに義足を作ってくれないかというんだ。馬の蹄鉄《ていてつ》も鐙《あぶみ》も作ったことはあるが、それまで義足は作ったことがなかった。それで、ATCの職員に相談すると、使われなくなった義足を一杯持って来てくれた。その中で、村人の被災者に合うものを探して、使えるようにとね。しかし、地雷の傷跡は千差万別じゃ。ぴったり合うものなんてひとつもありはしない。とくに、傷口の形に合わせた『受け《ソケット》』の部分は、わしらのような素人では絶対にできない」

ワヒドが補足した。

「義足のソケットは、石膏《せっこう》で型を取り、傷口の形に合わせて強化プラスティックで作るのです。ソケットが傷口の形に合わなければ、義足を固定することができません」

栗生は、その説明に頷いた。

サルダールが続けた。

「ソケットを自分たちが作ることはできないが、少しでも傷口の形に近いものを探して、それに傷口のほうを合わせることはできる」

「傷口のほうを合わせる?」

栗生は意味が分からなかった。

「傷口を皮や布で巻いて、ソケットに合うようにするのじゃ」

要するに、傷口の周りを布や皮でぐるぐる巻きにして、ソケットの形にぴったり合うようにして使うということなのだ。

「これさえできれば、義足の長さの調節はわしでもできる。長すぎればソケットから下の部分を切断して使えばいいし、短かければ、鉄の棒を継ぎ足して長くすることもできる」

栗生は、サルダールがどのようにして義足を作るのかようやく理解できた。おそらく、サルダールはその義足のひとつを庭で作っていたのだ。


ワヒドは、応接室から一度庭に出ると、サルダールがテントの前で作っていた義足を部屋に持ち帰って来た。栗生はそれを珍しそうに見た。

「膝から下を失った者の義足じゃ。ソケット以外は全部わしが作った」

サルダールが説明した。

義足の足の部分は、木で作られていて、ノミを使って足の形にしたものだという。その足首のところに一本の鉄棒がねじ込まれていて、その棒の先に強化プラスティックでできたソケットがあった。ソケットの内部には傷口の皮膚を痛めないようにするためであろう、皮革が張ってあり、その中に傷口をはめ込むようになっていた。サルダールは、ソケット部を除いて全てを自分で作ったのだ。栗生は、彼の大変な技量に驚いた。

「こんな簡単な構造のものでも一つ作るのに何週間も掛かるのじゃ。怪我の程度は人それぞれだから、同じものは二つとない。足の形に合ったソケットを探すだけでも大変な時間がかかる。義足を使っていた者が亡くなれば、遠い村でも出かけて行って、貰い受けて来るのじゃ」

栗生は、わざわざ葬儀にまで出かけて行って、義足を貰い受けて帰ってくるサルダールの姿を想像するだけで痛ましいものを感じた。サルダールの自宅の作業場は、そのように苦労して集めた義足で一杯になっていたという。

「わしが義足を作るという話は他の村にも広がっての。次から次へと注文があって、いくら作ってても足りんくらいじゃった」

4

「それはまだ、わしらがパンジシールに一時避難をする前のことじゃった。村は、何度かタリバンに襲われて、すでに多くの農民が北方のパンジシールや東のペシャワルに避難しておった。残ったわしらはいつタリバンに襲われるかと不安で一杯での。それでも、マスード将軍がタリバン軍を追い払って、バグラムに陣地を張っている間は村にも平穏があった。しかし、それも長くはなかった。また、タリバン軍の大攻勢があって、マスード軍が北方に追いやられると、再び村はタリバン兵によって占領されてしまった」

部屋に重苦しい空気が漂った。

「タリバンが来れば、また酷い破壊と略奪があるに違いないと察知した農民のほとんどが、マスード軍の敗走と同時に、家財道具をまとめて北のほうへ逃げてしまった。残されたのは、老人や重病人をかかえて動くことができない家族や、逃げるだけの金がない貧乏人ばかりだった」

「なぜ、サルダールは逃げなかったのか?」

栗生が訊いた。

「逃げられなかった」

「なぜ?」

栗生が、また訊いた。

「長い話じゃ」

サルダールはそう前置きして、話し始めた。

「わしには二人の息子と二人の娘がいた。もっとも、長女は小さいうちに亡くなったがの。二人の息子は嫁を貰って、長男には二人の娘、次男には一人の娘がおった。末の娘のソラヤは、カブールで働いていたときに結婚して、一人の息子を作ったがの。しかし、この馬鹿ものは自分から離婚しおった」

アフガニスタンの古いしきたりでは女性から離婚することはタブーである。女性の離婚は、一家の恥だとされる。結婚に関しても、女性は自分の意思を表明することができない。男性は結婚適齢期になると、年頃の娘がいる家を何気ないふりをして訪問し、自分の好みかどうか観察する。そして、気に入れば親同士が話し合い、男性の側から金銭が提供される。まるで花嫁は金銭で売買されるようなものだ。

しかし、こうした古い風習も、タリバン政権以前の自由な時代には、カブールなどの大都市で大きく変化していたらしい。まだ、女性の就学や就職が認められていた頃には、とくに大学を出た女性の大半は自由恋愛による結婚を希望していたと言われる。ソラヤが大学教育を受けたかどうかは聞かなかったが、栗生は彼女がそうした先進的な考え方を持った女性のひとりだったのだろうと思った。

「カブール市がタリバンによって攻撃されると、ソラヤが息子と一緒に住んでいたアパートは破壊されてしまった。ソラヤは住むところがなくなって、戻って来たんじゃ。わしは娘には二度と戻ってくるなと厳命していたんじゃ。恥さらしの顔など見たくもなかったからの。にもかかわらず戻ってきおったものだから、わしは怒って、何日も家に入れなかった。ところが、近所の者が気の毒がっての。あいつを匿《かくま》ったんじゃ。わしはこれで面目が丸つぶれになったと思って、怒りが爆発しての。その家に乗り込んで、ソラヤを叩きのめしたんじゃ」

アフガン人は気性が荒いだけに怒ったときの形相がもの凄い。髭もじゃの顔に大きな目を吊り上げる。このときのサルダールの顔はそれだった。

「そして、ソラヤを引きずり出して、連れ帰った。ちょうど、わしのところの隣の家は北へ避難して空き家になっていたから、そこに一人息子のマリクと一緒に住まわせた。マリクはわしにとっては可愛い孫じゃ。孫にまで辛い思いをさせる積もりはなかった。だから、仕方がなかった。ソラヤは憎いが孫に罪は無いからの」

さっきまで凄《すご》い形相をしていたサルダールが、孫のことになると表情が一変した。そして、孫は可愛いと言って笑顔を浮かべた。栗生はその笑顔を見て、ほっとした思いだった。

「マリクは、大人しい性格じゃが、我慢強く、なによりも聡明な子じゃった。村のモスクには寺子屋があっての。そこで、ムラー(イスラム教の指導者)がアラーの教えから、ダリ語(ペルシャ語)や計算まで何でも教えるんじゃ。村の学校は長い戦争で閉鎖されたままだったから、村の子どものほとんどがそこに行って習っておったが、ムラーはいつも、マリクが一番だと誉めておった。そして、将来はマリクもムラーにしたいと言っておったほどなのじゃ」

孫の自慢をするサルダールの笑顔は好好爺《こうこうや》そのものだった。

部屋の重苦しい雰囲気が一遍に緩んだ。

「わしの長男と次男はマスード軍の兵士だ。次男は三年前に戦闘で亡くなったが、長男はヒンドゥクシの北にある基地にいて、もう何年も帰って来ない。手紙とわずかな仕送りをくれるばかりだ」

ヒンドゥクシはカブール北方にある全長八百キロにも亘る大山脈である。山脈の東部は遠く中国のカラコルムに達し、七千メートル級の山々が連なっている。ヒンドゥクシとはペルシャ語で「インド人殺し」の意味だ。インド人も容易に越えることができないほど険しい山脈だという説や、山脈を越えてインドを襲撃する得体の知れない異民族が棲むところという説などがあるらしい。いずれにせよ、ここに派遣された兵士は厳しい気候と、困難な地理環境の中を必死に戦い抜いているに違いない。

つまり、サルダールの一家に残っているのは、男は高齢のサルダールと幼い孫しかおらず、あとは女性ばかりの所帯だったのだ。しかも、六人の女性のうち三人は幼い娘たちなのだ。サルダールはすでに老齢で、こうした女子どもを連れて遠くまで逃げるだけの力も資力も無かったのであろう。

「村に取り残されたわしたちは不安での。タリバンの兵士が家の中を覗く度に震え上がっておった。とくに若い娘のいる家では、娘を納屋など人目の付かないところに隠していた。嫁やソラヤはプルダの中に隠れておった」

プルダというのは、部屋の中に張る大きな幕のことで、男性客などが来たときに女性が男性の目に触れないようにするためのものである。

「ところが夜中にソラヤの家から大きな悲鳴と言い争う声が聞こえて来て、わしも家族も飛び起きた」

栗生を始め、部屋にいた男たちは固唾を飲んだ。

「息も凍るような寒い夜じゃった。わしは上着を引っ掛けると、外に飛び出した。すると、タリバン兵が四、五人ばかり寄ってたかってソラヤを家から引きずり出そうとしておるんじゃ。あいつは必死に玄関の扉にしがみついておった。孫のマリクは恐ろしさで、家の奥で大声で泣いておった。わしはタリバン兵に、『なにをするんじゃ！　お前らには、恥も道徳心もないのか！　この獣《けもの》どもめ！』と、ありとあらゆる罵詈雑言《ばりぞうごん》を投げつけてやった。すると、まだ、子どものような若いタリバン兵だった。『死にたいのか、このクソ爺イ！』と言って、足元に一発銃を撃ったのだ。その弾が凍って硬くなった土に跳ね返って、わしの太腿《ふともも》に当たりおった。幸い傷は大したことはなかったが、身動きが取れなくなった。ソラヤは観念したように、男たちにもみくちゃにされながら、ひきづりだされて行った」

部屋にため息が漏れた。

「それからはソラヤのことが心配で、一晩中眠れなかった。ソラヤが発見されたのは朝方のことじゃ。わしの家からは十軒ほど離れた空き家だった。激しく陵辱されたのだろう。衣類が血だらけじゃった。その二軒先には人が住んでいての。一晩中、激しい悲鳴を聞いたというのじゃ。それで心配になって、朝駆けつけるとソラヤが気を失って倒れていたというんじゃ。知らせを聞いて、わしも嫁たちもすぐに駆けつけた。そして、ほかの村人たちの助けも借りて、家に運び込んだ。ソラヤは寒さと恐ろしさ、それに酷い怪我で血の気が薄れ、まるで死んだようだった。それでもストーブを炊き、暖めてやると意識を取り戻した。じゃが、言葉も満足にしゃべれないほど衰弱しての。どこがどう痛むのか訊きたいところだが、わしら男が訊く訳にはゆかない。それは実の父親のわしでもできんことじゃ。わしは息子の嫁たちに治療を任せたのだが、彼女たちもどうしていいのかわからないのだ。出血はなかなかとまらず、着せ替えた衣服も下腹部がみるみる血で染まって行くのだ。このままでは死を待つばかりに見えた。わしは、意を決して娘をカラボーまで運ぶことにしたんじゃ」

ワヒドの説明では、カラボーは、チャリカルほど大きい町ではないが、小さな診療所があり、そこには医者もいるらしい。サルダールはチャリカルよりは少しでも近いカラボーへとソラヤを運び、一刻も早く医者に見せたいと思ったのだ。

栗生は、大きく頷いた。

「ロバの一頭でもいれば、運ぶのも楽なんじゃが、タリバンは馬もロバもすべて略奪していってしまった。仕方なくソラヤを荷車の荷台に横に乗せて、わしが一人で引いて行こうと思ったんじゃ。長男の嫁が一緒に行くと言ったが、女連れは却って足手まといじゃ。わしは一人で行く積もりじゃった。すると、一人息子のマリクは母親のことが心配だったんじゃろう。どうしても一緒に行くと言って、付いて来るんじゃ。もう十一歳になっていたから、力にならんこともないのだが、残念なことに、マリクもまた地雷の犠牲になって、右足がなかったのじゃ」

栗生は、そうだったのかと驚いた。

「それは二年前のことじゃった。葡萄畑には地雷があるから絶対に入ってはいけないと言ってあったのに、焼き払われた畑に僅かばかり葡萄の木が残っておってな。それにおいしそうな葡萄の実がなっていたんじゃ。マリクはわしの言いつけには忠実な良い性格の子どもじゃったが、空腹だったのじゃろう。一日にナン一枚食べられればいい状況じゃったからの」

小麦粉を捏ねて作られるナンはアフガニスタンの主食だが、タリバンに穀物を略奪されたあとでは、ナン一枚焼くにも大変だったに違いない。

「マリクは誘惑に勝てず、畑に足を踏み入れたんじゃ。凄い爆発音じゃった。わしは悪い予感がしてての。すぐに家を飛び出した。すると、マリクは全身血だらけになって畑に倒れておった。完全に気を失っていて、わしはもう死んだと思った。毎朝言いつけどおりに川まで水汲みに行く良い子どもだったのに、神はどうしてこんな子どもの命まで奪うのかと呪ったよ」

サルダールの表情は悲しみに満ちていた。

シャミールは、じっと目を閉じたままサルダールの話を聞いていたが、ときおり、なにか心にひっかかることがあると大きな目を見開いていた。彼は、このときも目を見開いて、サルダールの顔をじっと見ていた。同じ孫を持つ老人として、同情に耐えなかったのかもしれない。

「しかし、マリクは奇跡的に一命を取り留めた。右足はほぼ腿の付け根までやられ、右手の指を二本失うという大怪我じゃった。しかし、このとき村にはたまたま巡回で来ていた医者がおった。これが幸運じゃった。すぐに簡単な手術を受けられたのが良かったのだ。しかし、十歳にもならない幼い年齢で、人生の重荷になるような大怪我を負うとは人生最大の不幸じゃ。わしはマリクの将来を思うと気の毒で暗澹《あんたん》たる気持ちにならざるをえなかった。マリクの怪我が治ると、わしはあいつにも義足を作ってやりたかったんだが、なにしろまるまる足一本分の義足が要るんじゃ。それがなかなか無くての。しばらく作ってやることができなかったんじゃが、隣村の子どもでやはり足一本分の義足を使っていたものが亡くなっての。わしは葬儀に出かけて、義足を頂いて来たんじゃ。それでようやくマリクにも義足を作ってやることができた。マリクは負けず嫌いでの。義足ができると、毎日、水汲みに出かけて、家族を助けてくれた。しかし、カラボーまではいくつもの丘を越えて行かねばならない。若い力のあるものなら荷台を引いて丸一日もあれば着くことも可能だろう。しかし、わしの体力では、一日半で着くのがやっとじゃ。その間、マリクがずっと義足で歩き続けるのは無理じゃ。わしは、何度もマリクを叱り付けて追い返そうとしたが、不自由な足で付いて来るんじゃ」

部屋にため息が漏れた。

「村を出るときには、まだ、ソラヤの意識はあった。荷台の上でグラグラと揺られっぱなしで苦痛だったに違いない。ときおりうめき声を上げながらも頑張っておった。わしは明日にはカラボーに着くぞと後ろのソラヤに向かって励ましながら荷車を引いた。マリクは心配そうに母親の顔を覗きながら、ずっと一緒に付いて来おった。おそらく半日も歩いた頃にはソケットと傷口の接触部分は皮膚が擦り切れて我慢できないようになっていたはずだが、マリクは不平ひとつ言わなかった。もっとも、それを言えば、わしはとっとと追い返しただろうがね。一日歩いて、カラボーまであと半日というところで日が暮れた。日が暮れると急激に寒くなる。わしらは簡易テントを張って、ソラヤを中に入れると、簡単な夕食を作った。ソラヤはかなり衰弱しており、スープも受け付けない状態だった。意識も朦朧《もうろう》としておった。薄暗いランプの灯りでも、顔から血の気が完全に引いているのが分かった。

夜は深々《しんしん》と更けて、気温はどんどん下がりおった。零下になっていたことは間違いない」

カブールは高地にあるせいか、夏は比較的涼しく、大体二十度台で、三十度を越えることは珍しい。一方、冬は厳しい。一番寒い二月は平均して零下である。零下十度になることもあるという。

「テントの中は凍りつくようだった。わしとマリクで、ソラヤの身体を挟むようにして暖めながら眠りについた。夜中に何度か目が覚めて、その度に、ソラヤの様子を見たが、そのときはまだ息があった。ソラヤの身体が冷たくなっているのに気が付いたのは朝方じゃ。まるで氷のように冷たくなって横たわっておったのじゃ。マリクがそれに気が付いて、わしを起こしての。わしは大慌てで、彼女の身体をさすって温めようとしたが、すでに遅かった。事切れていたんじゃ」

部屋の中に重苦しい沈黙があった。

「マリクは母親が死んだことが分かると、遺体にすがって泣きおった。まだ、子どもだから仕方が無いが、もう、男も十一歳になれば苦しみや悲しみに耐えることを知らなければならない。わしはマリクに『泣くな！』とどやしつけた。マリクはべそをかいておったが、それでもじっと耐えおった。わしは、『男はそうでなければならない』と言って励まし、マリクと一緒にソラヤの遺体を荷台に再び積んだ。そして、テントを畳むと、村へと逆戻りじゃ。このときほど村に帰るのが、気が重いと思ったことはない。マリクは一日中歩いていたことで、義足が傷口を徹底的に痛めたに違いない。義足を外して、荷台に投げ出してしまった。そして、松葉杖を付きながら、付いて来おった。マリクはわしの言いつけを守って、悲しみをじっと耐えておった。わしはこのときほどマリクを哀れだと思ったことはない。別れた父はすでに戦争で亡くなっておったし、これで頼りになる両親が二人ともいなくなってしまったのだからな」

サルダールの顔には、言い知れぬ悲しみがあった。

5

「そのマリクは、いまどうしているのですか？」

栗生が訊いた。

「死んでしまったよ」

サルダールの声がかすれた。彼の心が激しく揺れているのが分かった。

シャミールは、じっと閉じていた目を見開いて、またサルダールの顔を見つめた。

「タリバンは、徹底的に村を破壊し、村のいたるところに地雷を撒いたんじゃ。わしらはもう生きる希望も失って、村を捨てることを考えた。最後まで残ったのは十軒もなかったがの。皆どこにも逃げる当てがない者ばかりじゃった。しかも、病人や女子どもだけの家族がほとんどじゃったから、どこにどうやって逃げるか相談をしておった。一時皆で逃げていたパンジシールも考えたが、あそこは国連の食料もなかなか届かないところで、ひもじい思いをした。皆で到達した結論は、少し遠くても、難民が多く、国連の目も届きやすいペシャワルまで逃げようということだった。今から思えば、危険を冒してでも、もっと早くペシャワルに逃げておけばよかったと皆思ったよ。とにかく、残っておった家族全員が助け合うようにして、逃げ出したんじゃ。まず、わしらはバグラム山の北側を回り、それからパンジシール川に沿って下りて、サロビを目指した」

サロビは、カブールとジャララバードを結ぶ街道のほぼ真ん中にある町で、近くには大きな水力発電所があった。サルダールたちは、この町に出れば、ペシャワル方面に逃げる他の避難民に援助を求めることもできると考えたのだろう。実際、サルダールらは運良く途中でシャミール一家に出会って、こうしてペシャワルに逃げて来ることができたのだ。

「ところが、ようやくパンジシール川に着いて、野営をしていたときのことじゃった。川は峡谷になっておって水汲みに降りるのも大変じゃった。それでもマリクは不自由な足で、朝になると、いつものように水汲みに谷を降りて行ったんじゃ。ところが、昼になっても戻って来ないのじゃ。いくら足の悪いマリクでも朝早く出ているから、午前中に戻って来ることはできる。わしは不自由な足で、谷底に落ちたのではないかと不安になっての。それでマリクの後を追ったのじゃ」

栗生は、マリクに一体何があったのかと身を乗り出して聞いていた。

「すると、谷底から大分上がったところじゃった。そこにマリクが血だらけで倒れていたのじゃ。わしは必死で、マリクの身体を抱き寄せたが、すでに息が無かった。彼の足元には大きな爆発の跡があっての。土も岩も飛び散っておった。マリクはそこで地雷を踏んでしまったのじゃ。マリクの左足は無残に吹き飛んでおった」

すでに右足を失っていたマリクは、これで両方の足を失ってしまったことになる。

「そこはちょうど急な坂道の途中で、踊り場になっておっての。休憩するには良いところじゃった。水をポリタンクに入れて登って来たマリクはそこで一休みしようとしておったのじゃろう。まさか、こんなところに地雷があるとはわしでも思わん。人が一息つきそうなところに地雷を仕掛けるとは、卑劣なことをする奴がおるものじゃ。わしは悲しみと怒りとで心臓が張り裂けそうじゃった」

サルダールの顔に、いままでにない怒りと無念の表情が浮かんだ。

「わしは両方の足がすっかり無くなってしまったマリクの身体を背負うと、一目散にテントに帰った。息子の嫁たちは変わり果てたマリクの姿を見て泣き叫んでおった。彼女らもマリクのことはほんとうの息子のように愛しておったからの。わしはなんとか生き返らせられないものかと何度も、マリクの心臓を押して、口から息を吹き込んでみたが、駄目じゃった」

栗生は、それまで涙一つ見せないサルダールの目に微かに光るものを見た。アフガン人としてどんな困難にも打ち勝つ強靭な精神を培ったサルダールであっても、可愛い孫の死は耐えがたかったに違いない。

「わしらはマリクの亡骸《なきがら》を白い布で覆い、嫁たちと一緒にバグラム山の山腹を担いで登った。マリクには景色の良い場所に眠って貰いたかったからの。すると、こんな峡谷の中にも、いくつも墓があった。墓には棒にくくり付けられた緑の旗がはためいていた。戦死者の印じゃ」

栗生は、墓地にはためく緑の旗が戦死者を弔うためのものであると聞いたことがあった。カブール市内でも、丘になったところには必ずと言って良いほど、斜面一面に墓地があった。墓は小石を積んだ簡素なものだが、その墓の横に目印のように棒が立っている。その棒という棒にことごとく緑の旗がはためいていた。いかに戦死者の数が多いかが分かる。

「わしは丘の上のいくつか墓が並んでいたところに、景色の良いところをみつけた。そこは、北の方向にパンジシールの峡谷が一望にできる良い場所じゃった。わしは、スコップで大きな穴を掘った。マリクは足が無い分小さな穴で良かったのじゃが、わしはあいつの足の分まで大きな穴を掘ってやったんじゃ」

　栗生は、サルダールがマリクが失った足の分まで穴を掘ったというところに、彼の孫を想う気持ちが滲《にじ》み出ているようで、胸が詰まった。

「そして、残った家族全員で穴の中に白い布に覆われたマリクの遺体を横たえ、小石をひとつひとつ積んだ。本来なら、大勢の親類縁者が集まって、皆で石を積むところなんじゃが、マリクには父も母もおらん。血の繋がった縁者といえば、わしとわずかにいとこの娘たちがいるだけだ。それでも、縁者の手で葬られるのは、まだましじゃ。多くの戦死者は、縁もゆかりもない土地で、見知らぬ人たちによってひっそりと葬られて行くんじゃからの」

　栗生は、小さく頷いた。

「小石が積みあがると、その石の上に、墓の印に先の尖った平べったい石を立てた。そして、木の棒を立てて、真新しい緑の小旗をくくりつけての。これでマリクも立派な兵士じゃ。戦場で死んだ戦士じゃ」

　ずっと、サルダールの通訳をしていたモハマドは、そこでいたたまれない気持ちになったのか、なんども鼻を啜った。

「わしはな……」

サルダールは言いかけて、言葉を選んでいるようだった。

「わしはマリクに別れの言葉を言ってやったんじゃ。短い人生だったが、『お前は幸せじゃ』とな」

このサルダールの言葉を聞いて、部屋の誰もが、怪訝な顔をした。そして、皆の視線がサルダールに集まった。

「だって、そうじゃろう。この子らには未来はないんじゃ。未来の無い国に生きていてなんの幸せがあろうか。生まれたときから戦争、戦争でろくに学校にも行けない。親も親戚も皆亡くなってしまう。食べ物もない。耕作する土地もない。わしらには何も無いんじゃ。こんな国に生きて行く価値があるのじゃろうか。永く生きれば、それだけ苦しみが増すだけじゃ。だから、早く死んだマリクは幸せものじゃて」

サルダールの声はかすれ、目にまた光るものがあった。

シャミールもモハマドも、そして、ワヒドも鼻を啜った。栗生もいたたまれない気持ちだった。

6

サルダールの話が一通り終わると、栗生は、

「大変、気の毒な話を伺った。戦争で一番犠牲になるのは弱い人たちばかりだ。とくに親を失った子どもたちは可愛そうだ。こういう話を聞くと、ほんとうにやりきれない気持ちになる。こうした悲惨なことは今度の空爆で最後にしてもらいたい。サルダールが子どもたちに未来がないと嘆く気持ちもよく分かる。これだけ長い間戦争をしてきたのだから、将来に希望を抱けないのは

当然だろう。しかし、こんな惨状を世界の人たちがそのままにしておくことはない。今度の空爆で、世界の人たちはアフガニスタンに強い関心を向けるようになった。私自身も、改めてアフガニスタンの惨状とタリバンのひどいやり方を知った。いったい誰が一番の被害者だったかを世界中の人たちも知った。これからは多くの救いの手が差し伸べられると思う」

と、自分自身への自戒も込めて、サルダールに語りかけた。

サルダールは、「そうなることを望む」と言って、皺だらけの顔に笑みを滲ませた。その笑顔が、栗生にはせめてもの救いだった。

実際、世界はアフガニスタンの再興に向けて真摯な取り組みを始めていた。アメリカはタリバンの敗北が濃厚になると、イタリアに亡命していたザヒル・シャー元国王と頻繁に接触を繰り返していた。元国王を国の中心に置いて、国民の心を一つにまとめようとしていたのだ。アフガン人の中には、ザヒル・シャー統治時代は夢のような時代であったと懐かしんで、彼の再登場を望む声も多い。そして、なによりも彼が最大民族のパシュトゥン人であるということも重要な意味があった。タジク人やウズベク人ではこの国をまとめることは難しいという現実があるからだ。すでに八十六歳と高齢ではあったが、ザヒル・シャー自身も国家統一に意欲を見せているという。

十二月になると、暫定行政機構も発足し、新政権の骨格も見えて来た。首相に相当する議長には、ザヒル・シャーに近いパシュトゥン人のハミド・カルザイが選出された。彼の父親はザヒル・シャー統治時代の国会議長であり、名門の出身である。アメリカに留学した経験もあり、アメリカ政府も信頼する人物であった。アフガニスタンは、このカルザイを新政府の核にして、復興に向けて新しい体制を整えつつあった。すでに欧米や中東、それに日本などが復興支援を表明しており、世界中が、長い間見捨てていたアフガニスタンを救おうと真剣に取り組み始めていた。

サルダールの苦難に満ちた話が終わると、栗生らは、サルダールの身体を労わるようにして玄関先まで送った。

栗生が応接室に戻ると、部屋の隅にはワヒドがカブールから運んできた真新しい絨毯が巻いたまま置いてあった。彼は、それを手に取って広げると、両手で身体の前に掲げた。そして、それまでの暗い沈鬱な空気を一掃するかのように、

「ここにアフガニスタンの明るい未来と希望があるじゃないか。こんな素晴らしい絨毯をアフガニスタンの子どもたちが作ることができる。これを日本始め、世界に輸出し、売っていけば、外貨だってどんどん入ってくる。それで豊かになれば、また、子どもたちも学校に行くことができるようになる。家族も幸せになれる」

「そうです。そのためにも、こんどの大仕事はぜひとも成功させたいですね」

と、ワヒドが栗生の言葉に応じた。

「必ず、成功するとも。そうしなければいけない」

栗生は、力を込めてそう言った。すると、ワヒドもモハマドもうれしそうに栗生の手を握った。

シャミールもソファの上から、

「ミスター・クリュウ、これは小さな一歩かもしれないが、必ず、大きな成果に繋がると思うよ。あたかも絨毯の一織りがやがて大きな絨毯になるようにね」

そう言って、思いっきり大きく両手を広げた。その大げさな仕種に、応接室の中に笑い声が上

がった。
　応接室の中で、その笑い声が静まると、庭先からは、コツコツと小さな金属音が聞こえて来た。栗生もシャミールもその音に耳を傾けた。テントに戻ったサルダールが再びハンマーを使って義足を作り始めたのだ。その槌音《つちおと》は、それまでのサルダールの気の滅入るような体験談に似つかわしくないくらいに軽快に響いていた。栗生には、その槌音のひとつひとつにサルダールの明日へのかすかな希望が込められているように思われた。

—了—

カブールにて

鬼島紘一（きじま・こういち）

新進気鋭の社会派作家。既刊に、『メナムの濁流』（双葉社）、『告発』（徳間書店）などがある。

ニューヨークの魂

2002年9月11日　　初版第1刷発行

著者 ——鬼島紘一
発行者 ——平田　勝
発行 ——花伝社
発売 ——共栄書房
〒101-0065　東京都千代田区西神田2-7-6 川合ビル
電話　03-3263-3813
FAX　03-3239-8272
E-mail　kadensha@muf.biglobe.ne.jp
http://www1.biz.biglobe.ne.jp/ ~kadensha
振替 ——00140-6-59661
装幀 ——廣瀬　郁
カバー絵 ——小野純一
印刷 ——中央精版印刷株式会社

ISBN4-7634-0390-7　C0093